AF397572

Die deutschsprachige Autorin **Melody Rose** hat ihre Leidenschaft für Bücher in die Wiege gelegt bekommen. Schon mit ihrer Mutter ist sie in fremde Welten eingetaucht. Mit dem Schreiben von Fanfictions hat sie begonnen und später ihr Zuhause in dem Verfassen von Romanen gefunden.

MELODY ROSE

DIE KLEINE Konditorei IN DEN Rocky Mountains

Überarbeitete Neuausgabe Oktober 2024

Copyright © 2024 dp Verlag, ein Imprint der
dp DIGITAL PUBLISHERS GmbH
Made in Stuttgart with ♥
Alle Rechte vorbehalten

Die kleine Konditorei in den Rocky Mountains

ISBN 978-3-98998-197-3
E-Book-ISBN 978-3-98998-208-6
Hörbuch-ISBN 978-3-98998-227-7

Dies ist eine überarbeitete Neuausgabe des bereits 2022 beim
dp Verlag, ein Imprint der dp DIGITAL PUBLISHERS GmbH, erschie-
nenen Titels Winterzauber in den Rocky Mountains
(ISBN: 978-3-98637-752-6).

Copyright © 2020, dp Verlag, ein Imprint der
dp DIGITAL PUBLISHERS GmbH

Dies ist eine überarbeitete Neuausgabe des bereits 2020 bei dp
Verlag, ein Imprint der dp DIGITAL PUBLISHERS GmbH erschiene-
nen Titels Clarctons Cakery – Eine Nacht voller Zimtsterne (ISBN:
978-3-96817-167-8).

Covergestaltung: Nadine Most
Umschlaggestaltung: ARTC.ore Design
Unter Verwendung von Abbildungen von
shutterstock.com: © Andrey tiyk, © RachenStocker,
© Iryna Tolmachova, © Studio 34, © insemar.vector.art, © Smit,
© Creativan
Lektorat: SL Lektorat
Satz: dp DIGITAL PUBLISHERS GmbH
Druck und Bindung: Books on Demand GmbH, Norderstedt

Liebe Leserinnen,

Liebe Leser,

dass ich eines Tages mal ein Vorwort zu meiner geliebten Verliebt in Clarcton-Reihe schreiben darf, hätte ich wohl vor zwei Jahren niemandem geglaubt. Die Reise nach Clarcton war für mich eine Achterbahnfahrt der Gefühle und alles begann mit einer, nein eigentlich mit zwei, Leidenschaften von mir: Backen und Schreiben.

Konditorin wollte ich damals immer werden, doch die Arbeitszeiten? Mit denen konnte ich mich dann doch nicht anfreunden. Deshalb wurde es dann ein anderer Brotjob, doch privat blieb die Passion fürs Backen. Am liebsten habe ich immer mit meiner Mama gebacken, richtig hohe Torten und Cupcakes, bei denen Amelia die Hände über den Kopf zusammengeschlagen hätte. Aber die Leidenschaft blieb, auch wenn die Zeit immer weniger wurde.

Als ich dann die Idee zur Cakery hatte, war es, als könnte ich beide Leidenschaften von mir miteinander verbinden. Auch wenn ich im Laufe der Jahre, in denen ich in der Welt von Clarcton eingetaucht bin, nicht mehr so viel gebacken habe, ist es dennoch schön, in dieser Welt von so vielen Leckereien umgeben zu sein.

Die Cakery wird dadurch, dass sie mein Debüt war, immer etwas Besonderes bleiben. Es ist die erste Geschichte von mir, die ich auf euch losgelassen habe und an dieser Stelle kann ich mich nur abermals bei euch bedanken. Die Unterstützung und der Support waren bei dieser Reihe so überwältigend.

Die Leser:innenzahlen sind wirklich beeindruckend und dass so viele von euch mit mir diese Reise in die Rocky Mountains angetreten haben, bedeutet mir die Welt.

Wenn ihr neu hier seid: Willkommen in Clarcton! Genießt die Geschichten, stellt euch eine Tasse Tee bereit und am besten noch etwas zu knabbern, sonst bekommt ihr bestimmt Gelüste beim Lesen. Ich danke euch allen von Herzen und möchte auch an dieser Stelle kurz nochmal die Chance nutzen und mich bei Francesca vom dp Verlag bedanken, die dieses Projekt so liebevoll betreut hat. Nur durch dich sind die Geschichten so groß geworden. Die Neuauflagen freuen mich riesig und ich hoffe, es werden dann noch mehr auf die Verliebt in Clarcton-Reihe aufmerksam.

Danke für alles, liebste Leser:innen und ich hoffe ihr freut euch nun auf eine Reise nach Clarcton, eine Kleinstadt, die euch verzaubert.

Ganz liebe Grüße
Eure Melody Rose, 2022

Das Tanklicht strahlt mich in leuchtendem Rot an. Seine Farbe erinnert mich an die Beleuchtung des Stripclubs, in den ich während meines Studiums geschleppt worden bin. Es war die erste Erfahrung mit Tequila und Brüsten. Beides nicht mein Ding.

Ich bin müde, kaputt und genervt davon, dass ich nun doch noch anhalten muss. Immerhin bin ich kurz vor meinem Ziel: Clarcton. Die Heimat, die ich so lange vermisst habe.

Ich sehe auf mein Navigationssystem, noch zwölf Kilometer bis zur nächsten Tankstelle. Das sollte meine kleine Lady wohl schaffen. Ich streiche liebevoll über das Lenkrad des Autos, das zuvor meinem Granddad gehört hat. Es bringt mich an jedes Ziel, vielleicht manchmal etwas langsam, aber immerhin.

Die Tankstelle ist schnell erreicht und ich steige aus. Sofort erschlägt mich die eisige Winterluft und Wölkchen bilden sich vor meinem Gesicht. Puh, die Kälte ist ab jetzt ein Teil von mir, oder wie hat das die Eiskönigin noch mal ausgedrückt? Schnell ziehe ich mir meine türkisfarbene Winterjacke über und stecke den Zapfhahn in das Loch. Ich bibbere, bin ich doch solche Temperaturen nicht mehr gewohnt, immerhin hat mich das Studium in Toronto mit Sonnenstrahlen überhäuft, ich glaube fast, ich bin sogar ein wenig braun geworden.

Aber nun ist es Zeit, zurückzukehren. Ich werde gebraucht.

Meine Schritte sind vorsichtig. Ausrutschen steht heute nicht auf meinem Plan, auch wenn es natürlich zu mir passen würde. Immerhin habe ich bereits einen guten Teil meines Lebens mit Tränen in den Augen auf dem Boden verbracht. Wie hätte Grandpa jetzt gesagt: „Krönchen richten, weiterlaufen." Er meinte wohl eher weiterschlittern.

Mein Magen knurrt und ich halte mir den Bauch. Wie lange ist es wohl her, seit ich das letzte Mal etwas zu futtern hatte? Ich überlege kurz. Vor rund sieben Stunden bin ich losgefahren und habe bis auf ein paar Bonbons nichts gehabt.

Ich gehe hinüber zur Backtheke und betrachte die Auslage. Das kann doch nicht sein. Die Törtchen, die wohl eine Art Cupcakes darstellen sollen, sind total matschig. Ich sehe mit einem Blick, dass der Teig darunter eklig sein muss und es der Creme an Standfestigkeit fehlt. Das ist eine Beleidigung für jeden Bäcker oder Liebhaber von gutem Gebäck.

„Amelia Ray?"

Ich sehe auf. Woher kennt die Dame hinter der Theke meinen Namen? Sie ist wohl im Alter meiner Mutter und hat ein sehr eingefallenes Gesicht. Sofort schäme ich mich für die Gedanken über die Törtchen.

„Ja?" Ich habe keine Ahnung, wer sie ist oder was sie von mir möchte.

„Kehrst du zurück zu deiner Familie?"

Woher weiß sie das? Ich traue mich lediglich zu nicken. Das ist gruselig.

„Ich bin eine alte Freundin deiner Mutter. Wir waren damals gemeinsam auf der Highschool, haben uns dann aber aus den Augen verloren."

Ich runzele die Stirn, lächle aber. Wenn sie eine Freundin meiner Mutter ist, kann sie kein schlechter Mensch sein.

„Wie haben Sie mich erkannt?" Ich bin noch immer irgendwie skeptisch.

„Du siehst aus wie eine typische Ray, die roten Haare. Die Gesichtszüge. Mensch Amelia, du bist wunderschön! Ich bin Annabelle, es freut mich, dich kennenzulernen."

Ich sehe in das Glas der Vitrine, in der sich mein Gesicht spiegelt. Meine schulterlangen roten Haare sind zerzaust, ich bräuchte dringend Koffein, um diesen Waschbären zurück in einen Menschen zu verwandeln und wieder Augen zu haben und nicht nur die Ringe darunter. „Vielen Dank. Ich bin Amelia, aber das weißt du ja schon. Bist du hier ganz allein? Hast du die Törtchen gebacken?" Ich muss es wissen.

„Ja, ich arbeite hier in der Spätschicht immer allein. Ich weiß, sie sehen schrecklich aus. Die werden geliefert, sind günstig, der Chef legt da keinen Wert drauf. Ich habe deinen angewiderten Blick genau bemerkt." Meine Wangen färben sich augenblicklich rot, und ich würde am liebsten umdrehen und gehen. „Die Backleidenschaft liegt euch Rays wirklich im Blut, hm?"

„Als Ray wird man mit dem Tortenheber in der Hand geboren."

Annabelle lacht schallend. Auf einmal sieht sie viel lebendiger aus als noch gerade eben, fast jung. Ich muss ebenfalls lachen.

„Was darf ich dir bringen? Wahrscheinlich kein Törtchen?“

Ich schüttele nur den Kopf und entscheide mich letztendlich für einen Schokoladenriegel, der geht einfach immer.

Das Bezahlen geht schnell, und ich sehe Annabelle im Rückspiegel noch winken, als ich langsam weiter in Richtung Heimat fahre. Es dauert noch einige Stunden, bis ich in Clarcton ankommen werde. Die Begegnung mit Annabelle war irgendwie komisch, sie ist so anders als meine Mom. Ich kann mir kaum vorstellen, dass sie Freundinnen gewesen sind. Mom ist so lebensfreudig und so energiegeladen, Annabelle ist das genaue Gegenteil. Aber ziehen sich Gegensätze nicht doch irgendwie immer an?

Die Fahrt dauert doch nicht ganz so lange, wie ich angenommen hatte. Als ich ankomme, steige ich schnell aus meinem alten Auto.

Der Dezember ist bereits da, der Duft von Zimtsternen liegt in der Luft, und ich atme tief durch. In Clarcton hat es im Winter immer so gerochen. Die Leute backen und die Fenster bleiben leicht geöffnet, um die anderen mit den Düften zu verwöhnen.

Ich wende mich um und betrachte das blasslila Schild über der Eingangstür, das seine besten Tage längst hinter sich hat. Das Holz ist gesplittert und auch der Schriftzug verblasst immer weiter. *Clarctons Cakery* steht darauf, und noch immer muss ich bei dem Namen lachen. Als die Cakery damals eröffnet wurde, suchte mein Tick-Tack-Grandpa nach einem Namen, der im Gedächtnis bleibt – Tick Tack Grandpa deshalb, weil

Urgroßvater ihm zu langweilig war. Das Ergebnis seines Brainstormings war eine Mischung aus Cake und Bakery, und so gründete er die *Clarctons Cakery* und taufte sie auf diesen wundervollen Namen.

Die Erinnerungen an die schönen alten Tage kommen wie von selbst: mit Grandpa am Herd, das Lachen meiner Granny, wenn er sie mit Zimt an den Händen an sich gezogen und goldbraune Spuren auf ihrer Kleidung hinterlassen hat. Ich seufze. Ich bin endlich wieder zuhause. In Clarcton, dieser wundervollen Kleinstadt in den Rocky Mountains, und ich liebe jedes Detail hier. Ich schließe mein Auto ab, und die Aussicht schleicht sich in mein Blickfeld.

Die Berge sind mit Schnee bedeckt, sie sehen aus, als würden sie Hüte aus Puderzucker tragen. In der Ferne sehe ich den See ohne Namen. Niemand weiß, wie er lautet. Bis auf einen Mann, so sagt die Geschichte der Besiedlung der Gegend, doch der war so griesgrämig, dass er ihn nicht verraten wollte. Ein Lächeln stiehlt sich auf meine Lippen. Vor meinem inneren Auge sehe ich mein jüngeres Ich mit Schlittschuhen an den Füßen über den See rasen. Als mich Mom erwischt hat, war sie richtig sauer. Am Tag danach hat das örtliche Radio berichtet, dass ein kleines Mädchen fast ertrunken wäre, weil die Eisschicht zu dünn und es ins eiskalte Wasser gefallen war. Die Zeit damals war trotzdem wunderbar, und ich denke gerne an meine Kindheit zurück.

Als der Anruf von meiner Mom kam, dass ich nach Hause kommen muss, habe ich nicht eine Sekunde lang gezögert. Mitten im Semester habe ich mich in mein Auto gesetzt und den Weg auf mich genommen. Meiner Granny geht es nicht gut. Sorge schleicht sich in meinen Kopf und sorgt für ein ungutes Gefühl in meiner Magengegend, das sich in ziehendem Schmerz bemerkbar macht. Unwillkürlich lege ich eine Hand auf den Bauch. Meine Mom meinte am Telefon, dass sie meine Hilfe in der Cakery braucht.

Die Cakery ist schon immer im Familienbesitz der Rays, da habe ich natürlich keine Sekunde gezögert, als sie mich gerufen hat. Unsere Spezialität sind die süßen Gebäckstücke – wenn man also ein Zuckerfan ist, findet man auf jeden Fall das Richtige. Trotzdem freuen sich auch die Kunden, die eher Deftiges mögen, über zahlreiche Kreationen. Außerdem stehen unsere Köpfe nie still und wir erweitern unsere Produktpalette immer wieder, das liebe ich sehr.

Ich habe es vermisst, hier zu sein. Meine Hände sind für das Backen geschaffen und nicht für das Schreiben von Hausarbeiten. Gegangen bin ich damals meinem Grandpa zuliebe. Er hat mich, als er im Sterben lag, darum gebeten. Ich bin sicher, es war sein innigster Wunsch, dass ich eines Tages in seine Fußstapfen treten würde oder gar in die von Granny. Aber für ihn war es wichtig, noch eine Basis aufzubauen, etwas anderes zu sehen. Er wollte mich nicht an einen Ort fesseln, sondern mir ein wenig Freiheit schenken. Ich habe ihm das Versprechen gegeben, dass ich nach Toronto gehe und durch ein Studium eine Alternative zur Cakery suche. Bankwesen. Absolut gar nicht meine Welt. Doch schnell habe ich bemerkt, dass mein Leben hier ist. In Clarcton, bei meiner Familie. Ich war oft versucht, einfach heimzufahren, und hatte das Gefühl, dass ich mit jedem Tag mehr vergesse, wie viel Zucker für ein Blech

Zimtsterne nötig ist. Das Backen ist meine große Leidenschaft, und ich bin mir sicher, dass mein Herz hauptsächlich für Backformen und Teig schlägt.

Auch wenn ich mir einen schöneren Grund gewünscht hätte, nach Hause zurückkehren zu können: Die Freude ist groß. Natürlich war ich in den Semesterferien ab und an zuhause. Doch jedes Mal lag Melancholie über den Besuchen, weil der Abschied bereits bevorstand und mir ins Ohr geflüstert hat: „Bald bist du wieder weg ...“

Jetzt kann ich meiner Leidenschaft nachgehen und muss nicht büffeln, sondern kann hier glücklich werden. Ich möchte in der Cakery bleiben und hier meine Zukunft aufbauen. Die Cakery übernehmen, meiner Mom den Job abnehmen und ihr somit unter die Arme greifen.

Anna. Sie schleicht sich auf einmal in meinen Kopf, und schnell zücke ich mein Handy. Anna ist die einzige Freundin, die ich während des Studiums gefunden habe. Viele haben mich komisch angesehen, weil es nicht unbedingt normal ist, dass man mit fünfundzwanzig Jahren noch ein Studium beginnt. Mittlerweile sind zwei Jahre seit dem Tod meines Grandpas und dem Beginn meines Studiums vergangen. Ich schreibe Anna kurz eine Nachricht, dass ich gut angekommen bin. Sie habe ich eingeweiht, was los ist. Niemand sonst weiß, dass ich bald selbstständig sein werde, denn ich werde die Cakery übernehmen und kann es kaum erwarten. Meine Mom schafft es allein nicht.

Schneeflocken landen in meinen roten Haaren. Ich streiche darüber und sehe in den Himmel. Jede einzelne von ihnen ist ein Unikat und findet ihren eigenen Weg. Ich schüttele kurz den Kopf, vertreibe die Gedanken über die Probleme unserer Spezies und gehe zur Tür.

Hinein in mein neues, altes Leben.

Kapitel Zwei — Jeremia

Der morgendliche Verkehr in Pawsten entlockt mir jeden Tag erneut ein Lachen – die Großstadt ist riesig, fast zwei Millionen Einwohner. Wobei, ein verzweifeltes Ächzen trifft es eher. Um neun beginnt das erste Meeting, und panisch werfe ich einen Blick auf die Uhr. Acht Uhr dreiundvierzig. Die roten Rücklichter meines Vordermanns und die von vielen anderen starren mich förmlich an. Das schaffe ich niemals. Schnell tippe ich eine kurze Nachricht an meinen Vater, dass ich nicht rechtzeitig da sein kann.

Die Firma ist ein Familienunternehmen, und schon immer wurde mir klargemacht: Ich bin derjenige, der die Leitung irgendwann übernehmen wird. Seit meiner Geburt wurde ich darauf getrimmt, habe einen Großteil meiner Kindheit in den Büroräumen und nicht in der Natur verbracht. Mittlerweile bin ich zweiunddreißig Jahre alt und habe mich mit dem Schicksal abgefunden, dass ich keine andere Wahl habe, als wirklich in die Fußstapfen meiner Eltern zu treten. Ich zweifle sogar daran, dass ich etwas anderes kann, als mit Zahlen zu jonglieren und passende Marketingansätze für andere Unternehmen zu finden. Darauf sind wir nämlich spezialisiert: Firmen groß zu machen und mit Marketingmaßnahmen zu unterstützen.

Verzweifelt streiche ich mir durch die Haare. Schneeflocken fallen vom Himmel und meine Laune wird noch schlechter. Ich hasse den Winter und alles, was damit zu tun hat. Die Hitze ist mein Freund, und ich vermisse die warmen Sonnenstrahlen auf meiner Haut. Wobei der Winter eine gute Sache hat: Man schwitzt sich im Anzug nicht zu Tode. Der gehört natürlich zur Businessetikette dazu, und mittlerweile finden sich in meinem Kleiderschrank kaum andere Klamotten. Meine Arbeit ist mein Leben, und manchmal frage ich mich, was ich ohne sie anfangen würde. Für mich existiert nur die Firma, und der Rest passiert nebenher.

Ich trete auf das Gaspedal, als ich bemerke, dass der Vordermann seinen Fuß von der Bremse nimmt und es weitergeht. Lästige zwanzig Minuten später und damit rund fünf Minuten zu spät parke ich auf meinem Privatparkplatz direkt auf dem Firmengelände. Während es auf so manchen wahrscheinlich einschüchternd wirkt, fühlen sich unsere Kunden hier sehr wohl. Ich selbst finde das Gebäude absolut passend, denn wir haben uns für Designerqualität entschieden. Es wurde extra für uns errichtet und den Vorlieben angepasst. Oft laufen hier hohe Tiere rein, die man mit alter Baumannskunst nicht beeindrucken könnte.

Ich schließe mein Auto ab, richte noch einmal die Krawatte und nehme meine Aktentasche zur Hand.

Kaum öffne ich mit meiner Zugangskarte die Tür, merke ich, wie sich der Stress aufbaut und mein Kopf anfängt zu pochen. Unsere Empfangsdame, deren Namen ich nicht einmal kenne, rennt auf mich zu. Sollte sie nicht eigentlich auf ihrem hübschen Hintern sitzen bleiben, um Kunden zu begrüßen?

„Mister Anderson, das Meeting findet in Raum siebenundvierzig statt. Der Investor verspätet sich ebenfalls um ein paar Minuten. Mister Anderson senior ist bereits eingetroffen."

Ich nicke lediglich. „Bringen Sie mir einen Cappuccino und ein Croissant in den Meetingraum."

„Natürlich, Mister Anderson."

Der Raum befindet sich hier im Erdgeschoss, unser Bürogebäude umfasst elf Stockwerke und es gibt genügend Zimmer, in denen Veranstaltungen abgehalten werden können. Manchmal finde ich den Weg zu den Räumen selbst nicht. Unser Gebäude wurde erst vor Kurzem umgebaut, es wird immer verwinkelter, und um die Schilder auch noch zu lesen, da fehlt mir nun wirklich die Zeit. Jedoch haben wir genügend Mitarbeiter, die dafür zuständig sind, die Gäste herumzuführen. Meist macht dies dann eine der Empfangsdamen. Meistens führen sie allerdings auch mich herum. In den letzten Jahren hat sich hier so viel getan und wir sind als Unternehmen stark gewachsen.

Ich öffne die Tür und stehe meinem Vater gegenüber. Seine Miene ist unergründlich, doch ich ahne, dass er sauer ist wegen meiner Verspätung.

Er hat markante Gesichtszüge, man sieht selten ein Lächeln auf seinen Lippen. Er hat dunkle Haare, die er stets streng gegelt hat. Sein Anzug sitzt bei ihm wie immer wie eine zweite Haut, wir Andersons sind wohl darin geboren.

„Sohn."

„Vater." Ich setze mich auf meinen Platz und packe meinen Laptop aus. Schnell ist die Präsentation gefunden und ich öffne sie. Vorbereitet habe ich sie gestern Abend. Sie zeigt die Entwicklung der Firma in den letzten Jahren. Mein Vater hat vor, das Unternehmen zu einem der größten des Landes zu machen und durch weitere Investoren Kapital zu beschaffen. Ich muss nur dabei sitzen, und natürlich war ich der Depp, der die ganzen Daten herausgesucht hat. Die letzten Jahre waren nicht immer leicht für unsere Firma, doch wir sind nie untergegangen. Das Ziel ist es, irgendwann unter den Top Fünf unserer Branche zu sein, und genau dafür brauchen wir Geld. Ich habe viel Zeit und Herzblut in die Präsentation gesteckt, um uns gut darzustellen, ich hoffe sehr, dass es von Erfolg geprägt wird.

„Du hast die Präsentation hoffentlich gut vorbereitet. Heute ist ein großer Tag für uns."

„Du findest die fertige Datei in deinem Postfach."

Er nickt und starrt auf seinen Laptop, als sich die Tür öffnet und der Investor den Raum betritt. Hoffentlich kommt mein Frühstück bald und vor allem mein Kaffee.

Die Sonne ist bereits untergegangen, und noch immer sitze ich im Büro. Der Tag war vollgepackt mit Meetings, und meine Kopfschmerzen haben sich über die Stunden intensiviert. Meine Mutter betritt den Meetingraum, meinen Vater im Schlepptau. Die beiden im Doppelpack anzutreffen ist selten, und ich bin gespannt, womit ich die Ehre verdient habe.

„Sohn, wir müssen mit dir sprechen." Die Stimme meines Vaters trieft vor Autorität, ich reagiere nicht, speichere die aktuelle Datei und schließe sie. Meine Eltern setzen sich mir gegenüber auf die Stühle und ich sehe sie fragend an. Meine Mutter nickt mir zu. „Du musst zu einem wichtigen Meeting in die Rocky Mountains. Dort wird sich zeigen, was du bereits kannst. Du weißt genau, dass du die Firma übernehmen könntest. Aber dafür musst du uns erst beweisen, dass du auch auf eigenen Füßen stehen kannst. Bereite es ordentlich vor und hol uns den Deal.“

Ich habe keine Wahl. Innerlich brodele ich, denn ich gebe alles für diese Firma, versuche immer, es meinen Eltern recht zu machen. Es ist eine Beleidigung, mich zu einem bescheuerten Meeting zu schicken, das dann über meine Zukunft entscheiden soll. Es gibt keinen besseren Chef als mich.

Kurz gehe ich im Kopf die Route durch, das sind mindestens zehn Stunden Fahrt. Der Schnee wird dichter, doch schon vor Jahren habe ich aufgegeben, meine Proteste auszusprechen. Wahrscheinlich kann ich einfach das Firmenflugzeug nehmen, und hoffentlich habe ich einige Tage Vorbereitungszeit, denn von diesem einen Meeting hängt meine Zukunft ab.

Kapitel Drei — Amelia

Mein Schlüssel passt noch und ich betrete das Treppenhaus. Die Cakery liegt im Erdgeschoss, in der Mitte wohnen meine Granny und meine Mom, und oben ist meine Wohnung. Ich gehe die Treppen nach oben, und auch hier riecht alles nach den Köstlichkeiten der Cakery. Ich atme den Geruch tief ein und genieße ihn.

Das Gefühl, nach Hause zu kommen, lässt sich mit keinem anderen vergleichen. Gleich sehe ich endlich die wichtigsten Menschen meines Lebens wieder, und ich freue mich unglaublich darauf. Die letzten Stufen fliege ich fast nach oben, zumindest fühlt es sich so an, und klopfe an. Die Vorfreude kribbelt in meinem Bauch und mein Herz wird gleich viel leichter.

Die Tür wird geöffnet und meine Granny steht vor mir. Ihre siebenundachtzig Jahre sieht man ihr nicht an, noch immer ist sie relativ fit. Ihre weißen Haare werden zwar immer weniger, doch trotzdem lässt sie es sich nicht nehmen, den Friseur dafür zu bezahlen, ihr eine Dauerwelle zu verpassen. Sie trägt eine schwarze Brille mit dünnem Rahmen. Die Altersflecken auf ihrer gebräunten Haut passen zu ihr und sind abgesehen von ein paar Fältchen das Einzige, was auf ihr Alter hinweist.

„Granny." Meine Stimme ist belegt und ich bin so unglaublich glücklich, sie wiederzusehen.

„Komm her, Am." Sie breitet die Arme aus, und ich muss mich zu ihr hinunter beugen. Ich drücke sie an mich und schließe kurz meine Augen. „Ich habe dich so vermisst." Sie lächelt mich an, bevor sie mir einen dicken Kuss auf beide Wangen gibt. Ich liebe diese Frau so sehr.

Ich mustere sie eingehend, doch sie sieht noch immer aus wie damals, als ich gegangen bin. Mom hat mir am Telefon nur gesagt, dass sie Unterstützung brauchen, weil Granny langsam schwächer wird, doch ich sehe ihr nichts an. Vielleicht hatte sie nur ab und an einen schlechten Tag? Ich muss sie beobachten!

Ich folge ihr in die Wohnung, und schon kommt mir meine Mom entgegengelaufen. „Amelia, du bist endlich wieder da." Ihr Strahlen überträgt sich automatisch auf mich, und ich nehme sie in die Arme. Die Wärme ihres Körpers umgibt mich, und ich spüre, wie der ganze Ballast von mir abfällt. Endlich darf ich die Verbindung zwischen Mutter und Tochter wieder erleben. „Danke, dass du gekommen bist." Ihre Stimme ist nur ein Flüstern, und ich ahne, dass sie kein Wort zu Granny gesagt hat, mich um Hilfe gebeten zu haben. Ihr drängender Blick bestätigt diese Annahme, und ich nicke.

„Das ist selbstverständlich."

Mein Bauchgefühl meldet sich, ich weiß nicht, was mit Granny los ist, doch ich hoffe sehr, dass sich dieser dumpfe Schmerz in meiner Magengrube nicht bestätigt.

Meine Granny hat noch Pancakes im Kühlschrank, die sie mir mit Ahornsirup und Zimt serviert. Ich sehe meine Pfunde schon wieder auf den Rippen, denn Granny ist die mit Abstand beste Köchin der Welt. Ich lächele, und vor allem mein knurrender Magen freut sich nach der langen Autofahrt über das Essen. Als der erste Bissen den Weg in meinen Mund findet, schmecke ich den original kanadischen Ahornsirup auf der Zunge. Ich stöhne genüsslich auf und schließe kurz die Augen. Ich habe im Studium meist die Mensa genutzt und deshalb auf solche Spezialitäten verzichten müssen.

Mein Blick wandert über die Bildergalerie in der Küche. Ich bin auf vielen Fotos zu sehen. Mein erster Schultag mit der Schultüte, das erste Weihnachten. Auch Bilder von meiner Mutter in jeglicher Lebenslage sind vorhanden. Dann betrachte ich das Hochzeitsbild meiner Großeltern. Grannys Kleid war sehr schlicht, immerhin ist die Hochzeit schon viele Jahrzehnte her. Grandpa trägt den Sonntagsanzug. Die beiden waren immer mein Vorbild für eine funktionierende Liebe. Sie haben sich im Jugendalter kennengelernt, doch Granny hat lange nein zu einer Verabredung gesagt. Noch Jahre später hat Grandpa sie damit aufgezogen. Mein Grandpa war meine männliche Bezugsperson, da mein Erzeuger sich sofort aus dem Staub gemacht hat, als Mom schwanger wurde.

Mir hat allerdings nie etwas gefehlt. Ich sehe mich auf einem Foto mit meinem Grandpa das erste Mal Fahrrad fahren. Meine ersten Plätzchen habe ich mit meinen Großeltern und meiner Mom gebacken. Es ist egal, wer deine Familie ist. Es ist nur wichtig, wer dir die Liebe schenkt, die du so dringend benötigst.

Als mein Grandpa zu den Engeln geflogen ist, haben wir lange gebraucht, um wieder auf Kurs zu kommen. Es war schwierig, denn irgendwie hat sich das Leben angefühlt, als wäre alles vorbei. Jede Erinnerung, vor allem jene, die mit der Cakery zusammenhängen, sind mit dem lauten Lachen meines Grandpas getränkt. Doch mittlerweile haben wir uns gefangen, erfinden neue Kuchenkreationen und machen somit meinen Grandpa bei den Engeln stolz. Jedes Mal, wenn die Sonne scheint und wir ein neues Rezept ausprobiert haben, ist mir klar: Der Sonnenschein ist mein Grandpa und er zeigt damit: Kinder, ihr macht alles richtig.

Kapitel Vier — Jeremia

„Du wirst mit dem Auto fahren, damit du die Unterlagen alle mitnehmen kannst."

Mein Kopf, der sich während der Belehrungen meiner Eltern schon im Halbschlaf befunden hat, ist sofort wieder wach. „Was? Das kann nicht euer verdammter Ernst sein."

„Jeremia, mäßige deinen Tonfall!" Meine Mutter mischt sich also auch noch ein, sehr schön. Den Rest der Ansage hat sie meinem Vater überlassen, das passt zu ihr.

„Wie lange soll dieses Meeting dauern? Und wann geht es denn los?" Ein Seufzer entweicht mir, und ich lege den Kopf in meine Hände. Ich habe keine Lust darauf, erst einmal ewig durch die Gegend fahren zu müssen, und das auch noch im Winter.

„Die Länge hängt davon ab, wie die Verhandlungen laufen. Es kommen Leute aus der ganzen Welt, die mit uns zusammenarbeiten möchten. Geplant sind vier Tage, aber du weißt ja, wie das abläuft. Du wirst übermorgen losfahren. Morgen hast du ja noch einige Termine."

Die wollen mich doch verdammt nochmal verarschen. Ich bin wütend, würde am liebsten schreien, doch mein Mund bleibt geschlossen. Ja natürlich, ich weiß genau, wie ein Meeting abläuft, weil ich bereits hunderte im Namen dieser Firma abgehalten habe. Freundliches Händeschütteln, Arschkriechen und wenn es gut läuft, noch einen Champagner auf den Tisch stellen. Aber vor allem mit der Präsentation überzeugen, mit dem Selbstbild. Sie denken wirklich, ich wäre ein blutiger Anfänger.

Manchmal fühle ich mich wie eine Marionette. Meine Eltern ziehen die Fäden und ich lasse alles einfach geschehen. Oft genug habe ich versucht, meinen eigenen Weg zu gehen, doch jedes Mal bin ich gefallen. Noch nie habe ich ein anständiges Dankeschön gehört, und auch jetzt, nachdem sie mir die Fakten und die Materialliste auf den Tisch geknallt haben, gehen sie einfach. Ich schlucke, presse die Fäuste auf meine Augen. Wenn ich hier der CEO bin, wird einiges anders laufen. Auch wenn ich noch keine konkreten Pläne habe – ich weiß, dass ich mein eigenes Ding durchziehen möchte.

Ich lese mir die Materialliste durch. Als ich sehe, was ich noch alles vorbereiten soll, geht mir die Hutschnur wirklich hoch. Meine Eltern haben einen absoluten Vogel! Ich verstehe, dass das Meeting wichtig ist. Ich weiß, dass es über meine Zukunft entscheidet, jedoch ist das einfach total viel Aufwand. Die Materialien muss ich noch heraussuchen und anpassen, abgesehen davon muss die Hauptpräsentation noch vorbereitet werden, und morgen habe ich Kundentermine bis abends um sechs. Ich muss Flipcharts schreiben, die Exceltabelle anlegen und all das in weniger Zeit, als zumutbar wäre. Die morgigen Kundentermine sind ebenfalls wichtig, da ich meine Marketingstrategien erklären und die Anwesenden davon überzeugen muss, dass ich der Richtige für den Auftrag bin. Denn genau das ist mein Job.

Kleine Firmen groß machen, mit vielen Marketingkampagnen, einer anständigen Website und vor allem viel Werbung. Gute Produkte sind vorausgesetzt.

Auch jetzt wandert mein Blick auf die Uhr: Es ist acht, also dringend Zeit, nach Hause zu gehen. Meistens wird es spät, doch bei dem Berg Arbeit, der noch vor mir liegt, weiß ich nicht, wann ich überhaupt atmen soll. Zum Glück nimmt man seinen Schädel morgens mit, sonst wäre ich wohl schon öfter kopflos angekommen und hätte mir Gedanken gemacht, was ich wohl daheim liegengelassen habe.

Ich packe meine Sachen zusammen und stopfe die Unterlagen in meine Tasche. Das muss ich wohl zuhause erledigen. Ich verlasse das Büro. Es sind keine Mitarbeiter mehr vor Ort, doch ich bin mir sicher, dass meine Eltern irgendwo noch wichtige Dinge erledigen. Die Gerüchte der Mitarbeiter sind auch mir zu Ohren gekommen. Es wird gemunkelt, dass meine Eltern mittlerweile fast im Obergeschoss leben. Es gibt dort wohl ein Badezimmer und auch ein Schlafzimmer. Als ich klein war, kamen sie wenigstens ab und an noch nach Hause. So weit wird es bei mir bestimmt nicht kommen. Hier auch noch übernachten ist nicht mein Traum.

Ich schließe mein Auto auf, und als ich den Motor aufheulen lasse, breitet sich ein Grinsen auf meinem Gesicht aus. Die Vorteile des Firmenwagens sind wirklich wundervoll, beispielsweise das Fahren auf Firmenkosten. Monatlich bekomme ich ein gutes Geld von der Buchhaltung überwiesen, natürlich ist da auch die Provision für erledigte Aufträge dabei. Aktuell bin ich nur angestellt, zwar als Juniorchef, aber dennoch, doch ich weiß, das Meeting kann das alles ändern. Ich schlucke und schlängle mich mit meinem Auto durch die Straßen. Es läuft natürlich aufgrund der Uhrzeit viel besser als heute morgen. Trotzdem bin ich froh, als ich angekommen bin.

Ich lege die Aufträge erst einmal auf den Wohnzimmertisch und lockere meine Krawatte. Schon jetzt ist mir bewusst, dass es eine lange Nacht werden wird, vollgestopft mit Arbeit.

Den Schlüssel in das Schloss der eigenen Wohnung zu stecken und das entspannende Klicken zu hören, fühlt sich an, als würde ich meinen Lieblingskuchen essen. Einfach himmlisch.

Ich betrete die Wohnung, und ein Lächeln bildet sich auf meinen Lippen. Endlich wieder zuhause! Alles ist noch beim Alten, zum Glück wurde mein Reich nicht zweckentfremdet. Ich stelle meine Schuhe vor meine Garderobe und meine Reisetasche daneben. Ich bin kein Mensch, der viele Klamotten benötigt. Das meiste habe ich hiergelassen, weil ich wusste, dass ich eines Tages zurückkommen würde. Als ich klein war, habe ich gemeinsam mit meiner Mom hier gelebt, doch nach Granddads Tod hat sie sich dazu entschlossen, nach unten zu ziehen. Ich weiß genau, dass dies ein abgekartetes Spiel der zwei Damen war – sie wollten mir mehr Privatsphäre geben. Die junge Generation fördern. Mom wünscht sich Enkel, und auch Granny wäre froh über neues Leben im Haus. In meinem Alter haben die meisten Frauen bereits eine Familie, doch bei mir ist das alles so weit weg. Immerhin muss dafür erst einmal ein Partner her, denn durch eigene Handanlegung wird das nichts mit dem Kinderwunsch. Als Einzelkind lastet dieser Druck auf meinen Schultern, denn immerhin muss ich dafür sorgen, dass Nachkommen für die Cakery da sind. Ich hätte gern Kinder, und würde ich mein sechzehnjähriges Ich befragen, hätte es mir auf jeden Fall gesagt, dass ich mit maximal vierundzwanzig Mutter sein würde. Doch niemals läuft das Leben, wie es soll, es spielt seine eigene Symphonie und reicht uns nur selten die notwendigen Notenblätter.

Ein Seufzen entfährt mir und ich versuche, die Gedanken abzuschütteln. Ich denke nicht gerne an verpasste Chancen, immerhin habe ich ein tolles Leben vor mir. Meine Familie steht hinter mir und ich genieße jede einzelne Sekunde, vor allem in der Cakery, darauf sollte ich mich freuen.

Ich gehe durch den Flur. Die aufgehängten Fotos zeigen Leckereien aus aller Welt. Ich habe mir verschiedene Bilder von Pinterest und Co. ausgedruckt. Ich mag das Ergebnis sehr, und jedes Mal muss ich lächeln. Die kahlen Stellen im Wohnheim haben mir gar nicht gefallen. Vielleicht habe ich nicht dekoriert, weil mein Herz in Clarcton geblieben ist. Im Wohnzimmer angekommen, lege ich mich direkt auf die Couch. Es sieht alles noch genauso aus wie zu dem Zeitpunkt, als ich gegangen bin. Das Gefühl der weichen Decke unter mir sorgt dafür, dass ich mich tiefenentspanne.

Ich nehme mein Handy zur Hand und öffne FaceTime. Ich muss dringend Anna anrufen, denn die Sehnsucht ist schon groß. Es klingelt und das Displey zeigt mir mein Duckface, das ich in die Kamera halte. Doch dann geht sie ran.

„Amelia. Du hast mich also doch nicht vergessen, junge Dame." Meine beste Freundin zu sehen fühlt sich einfach wunderbar an. „Natürlich nicht. Das habe ich dir doch versprochen." Sie grinst mich an, die roten Haare sind zerzaust. Mein Blick auf die Uhr zeigt, dass in weniger als drei Stunden schon wieder der Wecker klingelt, und ich bin dafür nicht bereit. „Habe ich dich etwa geweckt?" Ich ziehe eine Augenbraue hoch und sehe sie skeptisch an.

Sie nickt nur. Anna ist die größte Schlafmütze, die ich kenne, während ich nachtaktiv bin. Da ich durch die Cakery schon um halb drei mit dem Arbeiten beginne, bleibt mir auch nichts anderes übrig.

„Du weißt, eine tolle Frau braucht ihren Schönheitsschlaf. Du solltest jetzt übrigens auch ins Bett, immerhin startet dein Tag viel früher als meiner."

Ich nicke. Sie hat recht. Schnell verabschieden wir uns mit einem Knutscher auf die Kameras der Handys und legen auf. Ich gähne. Die Autofahrt hat mich geschlaucht, ebenso die Zeit danach mit meiner Familie. Ich denke an den morgigen Tag, während ich mich umziehe. Morgen werde ich zum ersten Mal wieder Teig an den Händen spüren und die Aromen der verschiedenen Gewürze werden in meiner Nase kitzeln. Die Vorfreude ist unglaublich groß, und ich kann es kaum erwarten, welche Kreationen mir morgen einfallen werden.

Kaum liege ich im Bett, gleite ich in einen Schlaf voller weihnachtlicher Gerüche und Leckereien.

Kapitel Sechs — Jeremia

Ich rolle die Papiere für das Flipchart ein und werfe sie in den Kofferraum. Den Halter dafür habe ich bereits eingeladen. Meinen Laptop benötige ich heute und vor allem morgen noch. Der Koffer, in dem sich alle Stifte befinden, steht bereits auf dem Rücksitz. Die Präsentation muss ich noch vorbereiten, sie wird digital stattfinden, doch manchmal brauchen die Kunden noch einen weiteren Kanal, um zu verstehen, daher das Flipchart.

„Sohn." Mein Vater steht urplötzlich hinter mir und legt mir eine Hand auf die Schulter.

Ich zucke zusammen und drehe mich zu ihm. „Ja?"

Er sieht mich an. „Ich hoffe, dir ist bewusst, was auf dem Spiel steht."

„Natürlich, Dad. Ich gebe mein Bestes, das weißt du."

Er sieht nicht glücklich mit meiner Antwort aus, irgendwas passt ihm nicht. „Wir erwarten absolute Perfektion. Wenn ich höre, dass du zu spät gekommen bist, dann knallt es." Er zischt die letzten Worte und ich nicke, fühle mich wie ein kleiner, machtloser Junge.

Ich würde so gerne so viel sagen, doch ich traue mich nicht. Manchmal muss man den Mund halten, um dann das zu bekommen, was man will.

„Ich möchte die Präsentation vorab sehen, sie muss perfekt abgestimmt sein."

Ich nicke erneut. „Ich schicke sie dir zu, damit du sie absegnen kannst."

Dieser Kontrollfreak.

„Auch wenn du diese Nacht nicht viel Zeit haben wirst zu schlafen, gute Nacht. Bis morgen."

Ich murmele nur *gute Nacht* und mache mich dann auf den Weg nach Hause. Mein Kopf schwirrt noch immer von den vielen Gedanken und verschiedenen Menschen des Tages. Tage voller Meetings sind die grässlichsten, ich habe gerne zwischendurch Zeit, um aufzuatmen. Diese Chance ist mir heute verwehrt worden. Das Schlimmste ist, wenn sich Gespräche durch zu viele Fragen der Kunden bis ins Unendliche ziehen.

Ich verstehe das, denn auch ich würde bei diesen Summen, die wir für die Auffrischung des Marketings verlangen, auf Nummer sicher gehen. Mein Terminkalender findet so etwas allerdings nicht lustig, denn zwischen den Meetings liegen meist fünf bis zehn Minuten. Mehr Luft lässt mein Dad nicht zu. Mit einer Raumänderung ist das, wenn alles glatt läuft, schon kaum zu schaffen, doch die Ladys, die das planen, haben die Anweisung von meinem Vater, so viele Verhandlungen wie möglich am Tag unterzubringen. Aktuell habe ich in der Firma nichts zu sagen und muss mich ebenfalls an diese Anweisungen halten. Für Dad gilt nur der Profit, und ich bin mir sicher, er würde für Geld sein Leben opfern und sein Erstgeborenes. Oh, das Erstgeborene wäre ja ich. Das würde er am liebsten auch ohne Geldsegen opfern. Ich weiß, dass er sich niemals Kinder gewünscht hat. Blöd gelaufen, da die Schwangerschaft erst zu spät entdeckt worden ist und meine Mutter doch noch anfing, eine Bindung zu ihrem Baby aufzubauen. Als Liebe kann man diese nicht bezeichnen, doch irgendwie hat sie wohl etwas gefühlt. Wahrscheinlich den Nachkommen für die Firma, durch den sie noch länger Geld erwirtschaften können.

Ich seufze und greife zu der Karte des Lieferdiensts. Schon lange schaffe ich es nicht mehr, für mich zu kochen, denn die Zeit habe ich einfach nicht. Ich lebe für die Arbeit. Wenn man meinen Lebensstil beschreiben müsste, würde man nur einen Begriff dafür finden: Workaholic. Ich bin süchtig nach der Arbeit, liebe es, wenn mein Kopf voller neuen Ideen ist. Doch manchmal ist es mir einfach zu viel, die Fäden meiner Eltern an meinen Händen, die mich bei jedem Schritt kontrollieren. Wenn ich zuhause arbeite, spüre ich keine Blicke meiner Eltern über meinen Schultern, die nach Fehlern suchen. Ich setze die Projekte der Kunden um und bringe meinen eigenen Touch mit rein. Natürlich hat der Kundenwunsch die oberste Priorität, doch manchmal kann ich Denkanstöße geben, von denen ich weiß, dass sie das Beste für die Projekte sind.

Schnell bestelle ich mir gebratene Nudeln mit Hühnerfleisch und dazu eine Asiasuppe. Zum Nachtisch gibt es gebackene Ananas und Bananen mit Honig. Heute schlemme ich mal wieder richtig. Der Lieferdienst braucht circa fünfundvierzig Minuten, also sollte ich mich schon einmal mit dem Laptop beschäftigen. Ich seufze, mein Kopf sehnt sich nach einer Pause, doch das ist nicht möglich. Ich habe keine Zeit dafür.

Ich klappe den Laptop auf, nachdem ich mein Hemd gewechselt und ein T-Shirt übergezogen habe. Eines der wenigen, die ich überhaupt besitze. Ich massiere mir die Schläfen, während der Laptop hochfährt, und lege kurz den Kopf in die Hände. „Bitte Kopf, mach noch mal ein paar Stündchen mit. Morgen müssen wir nur Auto fahren."

Schnell ist die Präsentation geöffnet, und ich hole die Dokumente dazu, die mir meine Eltern gegeben haben. Ich werde alles perfekt umsetzen. Der kleine Junge in meinem Herzen wünscht sich nichts sehnlicher als ein Lob von ihnen, doch langsam sollte ich der Realität ins Auge blicken und verstehen, dass ich keine Chance darauf habe. Sie werden niemals zufrieden sein, vor allem nicht mit mir. Sie haben mich niemals gewollt, und das haben sie mich auch oft genug spüren lassen, bis ich alt genug war, um eine Arbeitskraft zu sein. Ich presse meine Fäuste gegen die Schläfen und versuche, mir die Gedanken wegzuzaubern. Leider bin ich ein Muggel und nicht die perfekte Hermione Granger, die alle Zaubersprüche beherrscht. Ich lächle bei dem Gedanken an die Welt von Hogwarts; die Bücher waren jahrelang meine Zuflucht. Immerhin hatte ich oft genug das Gefühl, für meine Eltern nur der lästige Harry zu sein.

Ich versuche, nicht mehr daran zu denken, und sehe mir die Dokumente an. Es gibt viele Details, die ich in die Präsentation mit einbinden muss. Ich kenne die Firma so gut wie meinen rechten Daumen, nur mit der Orientierung im Gebäude habe ich Schwierigkeiten.

Dennoch muss ich uns für den Laien darstellen. Es ist manchmal schwierig, eine fremde Perspektive einzunehmen, wenn man selbst bis zum Hals im Sumpf steckt.

Die Liste der anwesenden Investoren und Firmen haben sie mir auch notiert. Mein Blick fliegt über die Namen und meine Augen weiten sich. Verdammte Scheiße, das ist doch nicht wahr. Ich kenne viele der Firmen und schlucke. Das sind die ganz großen Fische, und ich habe nur eine einzige Angel, mit der ich sie fangen kann.

Nur eine Chance, um sie zu überzeugen, mit uns zusammenzuarbeiten. Ich muss mich korrigieren, mit mir zu arbeiten, denn ich bin der Leiter dieses Projekts und weiß genau, dass dies die letzte Hürde ist, die ich nehmen muss. Nur noch diese einzige Prüfung, bevor meine Eltern das Geschäft auf mich überschreiben.

Wenn ich daran denke, weiß ich nicht, ob ich in Jubelschreie ausbrechen oder unter dem Druck zusammenbrechen soll. Mein Verstand rät mir zum ersten, also erlaube ich mir ein kleines Lächeln, denn ich weiß: Ich werde es allen zeigen und daraus die beste Präsentation machen, die die Welt jemals gesehen hat.

Als der Wecker klingelt, schrecke ich aus dem Tief-schlaf hoch und muss mich kurz orientieren. Als der Bick aus müden Augen auf die gewohnte Umgebung meines Heimes fällt, bildet sich ein Lächeln auf meinen Lippen. Ich bin bei meiner Familie. Ich habe das zu-rück, wonach sich mein Herz die ganze Zeit gesehnt hat. Jedes einzelne Mal, wenn ich mit meiner Mom te-lefoniert habe, habe ich die Cakery vermisst.

Richtig bewusst wird mir das Ganze, als ich meine Ar-beitskleidung anziehe und die Schürze umbinde. Im Spiegel des Badezimmers sieht mir eine ganz andere A-melia entgegen als diejenige, die ich im Studium war. Ich strahle von innen heraus, sehe zufriedener aus, und auch wenn ich die Schatten unter meinen Augen nicht ignorieren kann, könnte ich nicht glücklicher sein. Denn nun gehe ich in die Backstube und darf Lecke-reien kreieren. Ich muss mich zwar wieder an den Ar-beitsrhythmus gewöhnen, doch das tut meiner guten Laune eindeutig keinen Abbruch.

Ich gehe die Stufen leise nach unten, da Granny hof-fentlich noch schläft. Ich habe mir den Wecker mit Ab-sicht ein wenig früher gestellt, da heute alles perfekt laufen soll. Ich kann mit Fehlern nicht umgehen, hasse mich selbst für jeden einzelnen, der mir passiert.

Als ich die Backstube betrete und das schimmernde Licht der Konditorei Leben einhaucht, merke ich, wie sich das Lächeln in ein Grinsen verwandelt. Draußen herrscht noch tiefe Nacht, die Straßen von Clarcton sind vereist und ruhig. Keine Menschenseele ist unterwegs, jeder liegt vermutlich in seinem Bett und genießt die Wärme des liebenden Menschen neben sich. Oder aber er hat eine gute Decke, die ihn wärmt.

So wie ich. Ich habe keinen Mann, der mir mit seinen starken Armen Wärme schenken könnte. Hatte ich noch nie. Ich bin bereits mein Leben lang Single.

Ich habe meine Mutter niemals belogen, außer in Bezug auf mein Liebesleben. Wenn bei jedem Telefonat die Nachfrage kommt, lässt man sich irgendwann die besten Geschichten einfallen. Ich habe Studenten erfunden, habe von Partys gesprochen, während ich in meinem Schlafanzug mit Anna vor der Glotze saß, und die wildesten Storys erzählt. Und meiner Mutter geht es gut damit, sie war tatsächlich beruhigter, dass ich ausgehe, als wenn sie die Wahrheit gekannt hätte.

Als sie mich angerufen und um Hilfe gebeten hat, da habe ich sogar das Zögern in ihrer Stimme gehört. Sie hat gedacht, dass ich noch in einer fiktiven Beziehung stecken würde. Ich habe ihr erzählt, dass der Typ sich für eine Jüngere entschieden hat und ich natürlich sofort nach Hause komme. Dabei habe ich ihr versichert, dass ich keinerlei Herzschmerz habe und er mir nicht wehgetan hat.

Meine Mutter darf niemals erfahren, dass ich kaum Erfahrung mit Männern habe und mich nur habe entjungfern lassen, damit ich es hinter mir habe. Meine eigenen Hände sind mir doch am liebsten, sie können mich nicht verletzen, ich muss keine Gefühle für jemanden zulassen und schütze mich davor, mir das Herz brechen zu lassen, was früher oder später sowieso passieren wird. Niemals werde ich vergessen, wie ich einem Mann meine Liebe gestanden habe. Ich war gerade zwanzig Jahre alt und er der absolute Traummann. Also habe ich einfach meinen Mut zusammengenommen und ihn nach einem Date gefragt. Er sagte auch Ja, doch im Kino hatte er dann nur Augen für das hübsche Blondchen auf seiner anderen Seite. Irgendwann musste ich dann beobachten, wie er seine Finger unter ihren Rock schob.

Später habe ich erfahren, dass er eine Wette verloren hat und einen Tag lang zu allem Ja sagen musste. Blöd, dass ich ihn genau da gefragt habe.

Ich könnte noch ewig darüber philosophieren, doch ich muss backen. Das ist die beste Ausrede, die es gibt, um den Kopf abzuschalten und sich auf die Arbeit zu konzentrieren.

Als ich gerade noch einmal meine Hände wasche, wird die Tür der Backstube geöffnet. Ich sehe meine Mom und Granny und rolle mit den Augen. Das klappt ja super mit der Schonung.

„Guten Morgen, Darling." Meine Mom drückt mir einen Kuss auf die Stirn.

„Guten Morgen, ihr beiden. Granny, du solltest im Bett liegen und schlafen." Ich sehe sie streng an und sie lächelt mir nur liebevoll entgegen.

„Du kennst doch meine innere Uhr, außerdem würde ich dich niemals am ersten Tag mit deiner Mom hier allein stehen lassen." Sie drückt mir einen Kuss auf die

Wange. Das ist Granny, sie ist immer für einen da und stellt die Bedürfnisse anderer über ihre eigenen.

Das ist das große Glück, eine Familie zu haben. Ich bin froh, mit Mom und Granny eine Familie zu haben, ich könnte mir nichts anderes vorstellen.

Ich wurde schon immer bedingungslos von den beiden geliebt, vielleicht fällt es mir deshalb so schwer, mein Herz für Außenstehende zu öffnen? Wenn ich noch Platz für jemand anderen schaffen würde, wäre dann die Liebe zu meiner eigenen Familie geringer oder würde sie sich vergrößern? Ich weiß es nicht und bin auch nicht bereit, es auszutesten. Ich bin glücklich mit meinem Leben und werde mich jetzt erst einmal wieder in Clarcton einleben.

Bereits gestern Abend haben wir besprochen, worum ich mich heute kümmern soll. Weihnachtsdüfte liegen in der Luft. Es riecht nach Vanille und Zimt, aber auch Mandeln haben sich eingeschlichen.

Ich kümmere mich als erstes um kleine Lebkuchenmänner, die ich nach altem Familienrezept backen und danach verzieren werde. Als ich die Butter heranziehe, schaltet Mom das Radio an und das Szenario wird von winterlicher Musik untermalt. Es herrscht eine positive Stimmung in der Backstube, und ich genieße es, den Teig an meinen behandschuhten Fingern zu spüren sowie die Muskeln in den Armen, als ich ihn knete.

Als es sich die vielen kleinen Männer im Backofen bequem gemacht haben, um dort eine anständige Bräune zu bekommen, mache ich mich an mein Lieblingsrezept. Zimtsterne. Ich habe es bereits als Kind geliebt, der Küchenmaschine zuzusehen, wie aus dem Eiweiß eine Masse wird und man sie auf dem Teig verteilt. Ich denke gerne an meinen Grandpa zurück, wie wir gemeinsam die Sterne ausgestochen haben, indem er meine kleinen Hände in seine genommen hat. So lange, bis ich es geschafft habe.

Mittlerweile halten mich seine Hände zwar nicht mehr, doch immer, wenn ich Zimtsterne backe, habe ich das Gefühl, dass er mir über die Schulter sieht und darauf achtet, dass ich die Zacken auch ordentlich aus den Ausstechern löse.

„Es ist wichtig, dass man die Konturen des Sterns erkennt, sonst könnten wir ja auch Zimtherzen verkaufen, oder?"

Bei der Erinnerung an sein kehliges Lachen kommt es mir vor, als wäre es gestern gewesen, doch mittlerweile ist es schon so viele Jahre her, dass er die Cakery damit erhellt hat.

Ich blinzele die Tränen weg, als ich den fertigen Teig in den Kühlschrank stelle. Er muss nun für mindestens zwei Stunden kalt stehen, doch der Rest geht später schnell. Deshalb kann ich mich in der Zwischenzeit um meine kleinen Männer kümmern, die ich aus dem Ofen nehme und abkühlen lasse. Ich kann es kaum erwarten, ihnen mit Hilfe von Zuckerguss ein Gesicht zu geben und ihnen eine Geschichte zu schenken.

Kapitel Acht — Jeremia

Irgendwann weit nach Mitternacht habe ich den Weg in mein Schlafzimmer gefunden. Der Lieferdienst war zuverlässig und hat mir wenigstens eine warme Mahlzeit gebracht. Jetzt könnte ich endlich abschalten, ich könnte meine Gedanken ruhen lassen und in den verdienten Schlaf gleiten, doch das geht nicht. Mein Kopf steht nicht still. Mein Gedankenkarussell hat vergessen, den Pausenknopf zu drücken, und dreht sich kontinuierlich im Kreis. Es ist belastend, unter Dauerstrom zu stehen, doch wenn ich mir meine Eltern ansehe, denke ich, dass ich mich nicht beschweren kann.

Die beiden führen das Unternehmen seit vielen Jahren, ohne auch nur einmal in den Urlaub gefahren zu sein oder eine Pause zu verlangen. Ich mache das Ganze jetzt auch schon ein paar Jahre mit. Aber es ist falsch, zu schwächeln. Schwäche ist etwas für Versager, und deshalb massiere ich mir die Schläfen und versuche, einen ruhigen Kopf zu behalten. Ich sollte mich nicht beschweren, immerhin kann ich ein anständiges Leben führen. Ich brauche mir keine Gedanken über Arbeitslosigkeit oder kein Essen auf dem Tisch zu machen. Den Luxus zu haben, einfach bei einem Lieferdienst bestellen zu können, ist groß und nicht selbstverständlich.

Man sollte sich im Leben immer an die Dinge erinnern, die einem als selbstverständlich erscheinen, es aber nicht sind. Es ist das höchste Gut, jeden Tag selbst wählen zu können, was man tun möchte. In meinem Fall entscheiden das zwar meine Eltern, doch immerhin könnte ich, wenn ich wollte, meinen eigenen Weg gehen.

Fast muss ich lachen. Als würde ich jemals den Fängen meiner Eltern entkommen. Natürlich stellen sie es so hin, als wäre ich frei, doch die Schwere meiner Fesseln zieht mich hinab. Ich werde immer die Marionette sein, die alle Aufgaben erfüllt, nur um Ruhe zu haben. Ich arbeite bereits mein ganzes Leben darauf hin und bin nun bereit für die Verantwortung. Zumindest so bereit, wie man es eben sein kann. Wahrscheinlich gibt es nie einen richtigen Zeitpunkt, um ein riesiges Unternehmen zu übernehmen, aber ich denke, mittlerweile wäre die Zeit reif, um den nächsten Schritt zu gehen. Wenn da nicht dieses dumme Meeting wäre, von dem sie jetzt alles abhängig machen.

Ich fühle die Last auf meinen Schultern, die droht, mich nach unten zu drücken. Der Druck ist stark, doch ich bin stärker und stehe stramm, die Knie zittern, aber ich breche nicht ein.

Ich bin ein Anderson, ich bin nicht für Schwäche geboren, sondern dafür, immer weiterzumachen.

Der Junge, der überlebte. Ich starte erneut mit den Büchern um meinen Kindheitshelden. Harry Potter. Er ist der Beweis dafür, dass man alles schaffen und seine Ziele erreichen kann.

Mittlerweile kann ich manche Textzeilen auswendig, doch trotzdem werde ich böse, als Hagrid den kleinen Harry seinem Onkel überlässt. Im Nachhinein weiß man vieles besser.

„Du liest doch nicht etwa schon wieder diesen Quatsch, Jeremia? Hast du deine Aufgaben bereits erledigt?"

Ich sehe in die strengen Augen meiner Mutter und klappe das Buch vorsichtig zu, sodass keine Macken hineinkommen. „Natürlich, Mom."

Heute ist mein Geburtstag, das haben die Erwachsenen gestern Abend besprochen, und ich frage mich, was ich wohl bekommen werde. Ich werde schon zehn!

Sie greift nach den Blättern um nachzusehen, ob ich alle Dinge wirklich erledigt habe. In der Schule ist mir meist langweilig, denn die Aufgaben, die ich dort bekomme, sind nicht annähernd so schwer wie die zuhause.

„Das ist in Ordnung. Wie sieht es mit dem heutigen Aktienkurs aus? Was bedeutet das für uns?"

Diese Frage stellt sie mir täglich. „Wir haben gerade ein leichtes Tief beobachten können, doch das muss noch nichts heißen, Mom. Die Börse ist noch viele Stunden geöffnet. Trotzdem wäre nach dem langen Hoch ein guter Moment, um nachzukaufen."

Sie sieht zufrieden aus, auch wenn ich schon lange kein Lächeln mehr auf ihrem Gesicht entdeckt habe. Wäre es unhöflich zu fragen, ob sie mir einen Kuchen backen könnte? Ich habe in der Klasse mitbekommen, dass die anderen Kinder immer Gebäck mitbringen, wenn sie Geburtstag hatten. Ich habe das noch nie gemacht, aber ich wäre gern einmal normal ...

„Mom?" Ich habe Angst vor ihrer Antwort, aber immerhin bin ich nun zehn Jahre alt, ich muss jetzt mutig sein und mich trauen. „Kannst du mir einen Kuchen für die Schule backen?" Ich rede viel zu schnell und habe leichtes Bauchweh.

„Jeremia. Wir brauchen uns bei keinem anderen Kind einschleimen. Was haben dein Dad und ich dir beigebracht?"

„Man braucht keine Freunde, um erfolgreich zu sein", murmele ich und merke, wie sich Tränen in meinen Augen bilden.

„Ich muss wieder auf die Arbeit, du bist ein großer Junge. Heute Abend bringe ich dir Pizza mit, in Ordnung? Happy Birthday." Sie streicht mir kurz über das Haar.

Ich bin längst eingeschlafen, als beide von der Arbeit kommen, und habe später die ganze Küche abgesucht, nirgends war ein Stück Pizza für mich. Ein Geschenk gab es ebenfalls nicht, denn für den Erfolg braucht man keine Almosen.

Ich erwache schlagartig und bin kurzzeitig verwirrt. Dann begreife ich, dass ich geträumt habe – von einem Tag vor vielen Jahren. Ich versuche, die Erinnerung zu verdrängen. Am Tag nach diesem habe ich zum allerersten Mal in meinem Leben eine Ohrfeige bekommen, als ich versucht habe, einen Geburtstagskuchen für die Schule zu backen und dabei fast die Küche abgefackelt habe. Seit diesem Jahr habe ich aufgegeben, mich nach Freunden umzusehen oder mir gar zu wünschen, irgendjemand würde mich akzeptieren.

Ich war immer der kleine, verwöhnte Junge, der im Hemd zur Schule geschickt wurde, während andere Kinder Superhelden auf ihren coolen Shirts hatten. Niemand wusste, dass ich gerne beim Fußball mitgespielt hätte, aber meine Eltern mir das verboten hatten. Ich hätte mich schließlich dreckig machen und meine weiße Weste ruinieren können.

Wie oft habe ich mir gewünscht, ich würde in einer Besenkammer wohnen und von einem großen Kerl auf einem Motorrad und mit einem Geburtstagskuchen in der Hand abgeholt werden! Es wäre mein erster Kuchen gewesen. Doch ich bin nie entkommen, sondern habe mich irgendwann damit abgefunden, ein Einzelgänger zu sein und für mich selbst zu leben. Das macht alles viel einfacher und lässt den Schmerz vergessen, der in der Brust auflodert, wenn man daran denkt, wie schön es wäre, jemanden an der Seite zu haben.

Aber wie könnte man jemanden lieben, der niemals Liebe erfahren hat und nicht einmal weiß, wie sich das anfühlt?

Kapitel Neun — Amelia

Ich sehe ungeduldig auf die Uhr. Die Leckereien stehen bereit und können von unseren Kunden mitgenommen oder gleich hier genossen werden. Wir haben Platz für um die dreißig Gäste, es gibt Sessel und Couches, auf denen man es sich bequem machen kann. Manche Möbelstücke greifen die Farbe unseres Schildes, also blasslila, auf. Jetzt im Winter ist natürlich alles dekoriert, zum Beispiel mit kleinen Schneemännern, die den Weihnachtsmann anhimmeln. Rudolph mit seinen Freunden steht auch da und viel glitzernder Schnee ist auf den Tischen verteilt. Während der Wintertage haben wir oft mehr Abholer, da es zuhause vor dem Kamin kuscheliger ist als in einem Café.

Eine gesunde Nervosität hat sich in meinen Magen geschlichen. Ich freue mich einfach unglaublich und hoffe, manche Gesichter zu erkennen, die damals immer in die Cakery gekommen sind.

Als ich den Schlüssel um Punkt neun Uhr umdrehe, macht sich eine Harmonie in meinem Herzen breit. Es ist das Gefühl, angekommen zu sein.

Als ich die Tür öffne, schlägt mir direkt der Geruch von Neuschnee entgegen. Ich atme tief durch, schließe sie wieder und trete mit einem Lächeln hinter die Theke. Meine Mom kommt um die Ecke.

„Es ist schön, dich wieder hier zu haben." Sie legt die Arme um meine Schultern und drückt mir einen Kuss auf die Schläfe. „Du bist eine wunderschöne Frau geworden in den zwei Jahren, aber es freut mich, dass du nicht vergessen hast, wo dein Zuhause ist."

„Mom!" Ich sehe sie entsetzt an. „Ich habe euch jeden einzelnen Tag vermisst. Das Studium habe ich nur Granddad zuliebe gemacht, sonst wäre ich niemals aus Clarcton weggegangen, und das weißt du genau."

Sie nickt. „Aber es hat dir gutgetan, auch mal Großstadtluft zu schnuppern. Wenn man nie etwas anderes gesehen hat, kommt man irgendwann in einen Alltagstrott. Ich möchte, dass du gerne hier bist." Meine Mom ist alt geworden in der Zeit, in der ich weg war. Ihre Hände zittern, und sie sieht nicht mehr so unbeschwert aus wie zuvor. Anscheinend brauchen beide Frauen Hilfe.

Irgendwo hat sie recht, ich habe durch das Studium gemerkt, dass mein Herz in Clarcton ist und ich jetzt absolut glücklich mit meiner Situation bin. Ich kann froh sein, dass ich auch mal etwas anderes erkundet habe, um zu wissen, dass mein Platz hier ist. Ich küsse meine Mom auf die Wange.

„Granny schläft jetzt. Wir müssen sie in nächster Zeit zur Ruhe zwingen."

Ich nicke und seufze. „Granny ist genauso eigensinnig wie die ganze Familie Ray. Es ist schwer, einen Esel davon zu überzeugen, zu laufen, wenn er stehen bleiben will."

Mom muss lachen. Ich falle mit ein, und dann wird die Tür geöffnet. Es ist Jeff, das erkenne ich sofort an den dicken Winterstiefeln mit roten Rentieren, und als ich ihm ins Gesicht blicke, da sehe ich die vergangenen zwei Jahre, in denen ich weg war. Man erkennt die Zeit, die vergangen ist. Sein Bart ist länger geworden und an seinen Augen haben sich Fältchen gebildet. Jeff ist bereits seit vielen Jahren Stammkunde; er war ein guter Freund meines Granddads und ist mittlerweile ein fester Bestandteil der Familie geworden.

„Na sieh mal einer an, wer zuhause ist." Sein Gesicht hellt sich auf, und ich gehe um die Theke herum, um ihn in eine Umarmung zu ziehen. Die Kälte des Winters klebt an ihm, und ich genieße die leichte Feuchtigkeit seiner Klamotten. „Los, dreh dich einmal für mich, Prinzessin."

Ich lache und er hält meine Hand fest, als ich mich einmal im Kreis drehe. Das musste ich damals schon immer für ihn tun – keine Ahnung wieso.

„Du siehst wunderschön aus, Kleines. Dein Großvater wäre stolz darauf, was aus dir geworden ist. Das Kleid steht dir hervorragend." Er küsst meine Wange und ich gehe wieder hinter die Theke, um seine Bestellung fertig zu machen. Dafür brauche ich keine Worte, ich kenne sie in- und auswendig.

Kapitel Zehn — Jeremia

Der Wecker ist ein Arschloch. Ich habe das Gefühl, gerade erst die Schatten meiner Vergangenheit vertrieben zu haben und in den Schlaf geglitten zu sein, als er mich herausreißt. Dem Menschen, der das frühe Aufstehen erfunden hat, gehört mal ordentlich in die Eier getreten.

Heute muss ich zu dem wohl wichtigsten Meeting meiner Karriere, zu dem Event, das über meine Zukunft entscheiden wird. Trotzdem bin ich genervt von dieser elendig langen Autofahrt, die vor mir liegt. Ich kann den Winter nicht leiden und noch weniger die verschneiten Straßen Kanadas, die das rasante Vorankommen unmöglich machen werden.

Ich erhebe mich aus dem Bett und freue mich schon jetzt auf den Geruch des Kaffees und das Koffein in meinen Adern. Danach werde ich wohl noch duschen und dann langsam aber sicher losfahren, immerhin komme ich nicht wirklich voran, wenn ich weiter herumtrödele.

Ich betrete meine Küche, und als sich das Licht in meine Augen brennt, stoße ich einen kurzen Fluch aus. Ich drücke den Einschaltknopf. Das orangene Kontrolllämpchen flackert nicht auf, und ich warte verzweifelt darauf, dass sich irgendetwas tut. „Warum geht dieses verdammte Drecksteil nicht an?“

Das darf doch wohl jetzt wirklich nicht wahr sein. Wer zum Teufel ist so gegen mich, dass ich jetzt ein defektes Gerät in der Küche stehen habe? Der einzige Verbündete in dieser scheißkalten Welt ist mein schwarzes Elixier, das mich wach macht und mir durch den Tag hilft.

Heute scheint alles gegen mich zu sein. Ich reiße den Stecker wütend aus der Dose und werfe die Maschine direkt in die Tonne.

Du Miststück kannst mich kreuzweise am Hintern pusten.

Ich steige unter die eiskalte Dusche, um die fehlende Tasse auszugleichen. Doch es funktioniert nicht. Ich werde nicht wach. Das Wasser prasselt auf meinen Körper, und ich fahre mir mit den Händen über mein Gesicht, meinen Bart entlang, und atme tief ein.

Ich hoffe einfach nur, dass der Tag nicht noch schlimmer wird. Eine entspannte Autofahrt und irgendeine Raststätte, an der ich einen großen Coffee to go holen kann, um den Tag ohne Tote durchzustehen. Ich hoffe, die Kaffeemaschine verzeiht mir, dass ich sie direkt entsorgt habe, aber wenn man mir die erforderlichen Dienste nicht mehr erweist, kann man mir direkt gestohlen bleiben.

Was soll heute schon noch groß passieren? Vielleicht rennt mir ja ein Elch vor das Auto oder es bleibt liegen und ich verpasse das Meeting, das wäre wohl das Worst-Case-Szenario.

Doch das wird nicht passieren. Ich gehe den Schritt in Richtung CEO, und deshalb wird das Glück mit mir sein.

Als ich die Stimme von Effie aus *Tribute von Panem* in meinem Kopf höre, wird es dringend Zeit, aus der Dusche zu steigen und mich anzuziehen, bevor ich durch meinen Koffeinmangel wirklich noch durchdrehe und mich freiwillig bei irgendwelchen hirnrissigen Spielen melde.

Kapitel Elf — Amelia

Ich setze mich zu Jeff, denn er ist aktuell unser einziger Gast. Draußen verdichten sich die Schneeflocken zu einem Gestöber, kämpfen, um sich gemeinsam zu einem Sturm aufzubauen.

Auch wenn ich den Winter liebe, sind Tage wie heute nicht gut für das Geschäft. Vor zwei Jahren haben wir das noch nicht so bemerkt, immerhin hatten wir da noch keine große Konkurrenz. Heute ist das anders. Die Leute können sich online sogar Leckereien nach Hause bestellen, ohne dass sie auch nur einen Schritt vor die Tür setzen müssen.

Die Welt wird immer digitaler, und vielleicht sollte ich mal mit Mom sprechen, ob die ausbleibende Kundschaft heute wirklich nur am Wetter liegt oder ob wir uns etwas überlegen müssen.

Ich schiebe die Gedanken beiseite, immerhin ist heute der erste Tag, an dem ich zurück bin. Deshalb kann ich doch eindeutig davon ausgehen, dass alles besser wird … oder?

„Worüber grübelst du, Prinzessin?" Jeff legt eine Hand auf meine und ich sehe ihn an.

„Ich mache mir wie immer über so vieles Gedanken, das hat sich nicht geändert." Ich lächele ihn an und er schenkt mir ebenfalls ein Lächeln.

„Das stimmt. Du warst immer diejenige, die tausend
Mal über etwas nachgedacht hat, bevor sie sich getraut
hat, etwas zu unternehmen."

Das klingt genau nach mir.

„Damals haben dein Grandpa und ich uns überlegt,
dass ich mich als Santa verkleide, um dich zu überraschen." Diese Geschichte kenne ich noch nicht, ich bin
gespannt. Ich genieße jede einzelne Story, die Jeff mir
von damals erzählt. Man fühlt sich weniger allein,
wenn die Erinnerungen an geliebte Menschen aufge-
frischt werden.

„Ich habe mich also in die schönste Kluft geworfen,
und dein Grandpa hat mit dir den Baum fertig ge-
schmückt. Ich weiß, dass ihr immer zu spät dran wart."
Er hat absolut recht. Während Granny immer schon in
der Küche das Essen vorbereitet hat, ist jedes Jahr der
große Stress losgegangen, da der Baum noch nicht ge-
schmückt war. Granddad und ich haben meistens so
lange gebraucht, dass wir es gerade so zum Essen geschafft haben.

„Du musst circa vier Jahre alt gewesen sein, damals
warst du noch so süß klein und knuffig." Er zwickt mir
in die Wange. „Ey, ich bin immer noch süß!", quieke ich.

Jeff grinst mich schief an. Diese Diskussion würde ich
jämmerlich verlieren. „Ich kam also rein, als Santa, und
du hast dich zu mir umgedreht, mir tief in die Augen
geschaut und deine kleine Stirn gerunzelt. Du hast geschrien: Das ist nicht Santa!"

Diese Erinnerung gefällt mir, und ich kann es lebhaft
vor meinen Augen sehen.

*„Das ist Onkel Jeff*hast du geschrien, und ich glaube,
in diesem Moment haben dein Granddad und ich dafür

gesorgt, dass das kleine Mädchen nicht mehr an Santa glaubt. Und das nur, weil du mir in die Augen gesehen hast."

Ich lehne meinen Kopf an seine Schulter und er streicht mir über meinen Arm, malt kleine Kreise darauf, genau wie Granddad es immer getan hat.

„Ich vermisse ihn auch, Prinzessin", flüstert er in mein Ohr, bevor er meine Schläfe küsst. Wie Granddad.

Kapitel Zwölf — Jeremia

Heute ist wirklich die ganze Welt gegen mich. Ich bin seit mehr als vier Stunden unterwegs, mein Magen knurrt und meine Augenlider versuchen, sich mit der Schwerkraft zu verbünden und wollen immer wieder zufallen.

Der Schneesturm wird stärker, ich kann nicht so schnell fahren, wie ich es gerne tue, sonst komme ich von der Fahrbahn ab und das wäre die bekanntliche Kirsche auf der Torte.

Aufgrund der Wetterlage haben viele Raststätten geschlossen, und in den wenigen Ausnahmen war so viel los, dass ich gefühlt mitten auf dem Highway hätte parken müssen. Ich habe bisher also keinerlei Möglichkeit für eine Pause gehabt, doch langsam merke ich, wie sich meine Gliedmaßen versteifen, also muss ich bald anhalten, um ein paar Schritte zu gehen.

Nach weiteren einhundert Kilometern sehe ich den Lichtblick: ein Schild für eine Raststätte, die mit warmem Mittagessen wirbt. Ich setze den Blinker und fahre ab. Jetzt muss ich nur noch hoffen, dass dort geöffnet und es nicht vollkommen überlaufen ist.

Das Glück scheint auf meiner Seite zu sein, denn der Parkplatz ist relativ leer und ein Licht brennt im Inneren des Imbisses. Es sieht nicht sehr ansprechend aus. Das Türschloss ist nicht robust, die Tür ist alt. Sie muss wohl mal rot lackiert gewesen sein, an manchen Stellen erkennt man die Farbe noch.

Es wirkt eingefallen, ein wenig verwahrlost. Der Kinderspielplatz neben dem Imbiss sieht aus wie aus einem schlechten Horrorfilm. Jedoch wird es wohl einen Kaffee für mich geben und etwas zu futtern.

Drinnen werde ich von einer Frau begrüßt und lasse mir den Weg zur Toilette zeigen. Als ich mich erleichtert habe, gehe ich zurück an die Verkaufstheke.

„Was darf es für Sie sein?" Die Dame lächelt mich an.

„Einmal Poutine mit Champignons und ein Canada Dry. Später nehme ich einen großen Coffee to go." Meine Stimme klingt müde und ich muss mich räuspern, um meine Bestellung zu tätigen.

„Nehmen Sie Platz."

Ich nicke und setze mich in die hintere Ecke, dabei zücke ich mein Smartphone und kümmere mich um den vollen Posteingang. Es sind bereits einige Mails eingetrudelt, obwohl die Kollegen wissen, dass ich auf dem Weg zum Meeting bin.

Trotzdem gibt es harte Vorschriften. Ich möchte die wichtigen Dinge absegnen, bevor sie an die Kunden geschickt werden. Ich habe gerne die Kontrolle über die Geschäfte, deshalb segne ich viele Dinge erst ab, nachdem ich mir einen Überblick verschaffen konnte.

Das ist noch so eine Sache, die ich als CEO lernen muss. Führung bedeutet zu delegieren und auf die Mitarbeiter zu vertrauen, das wird eindeutig nicht zu meinen Stärken gehören, doch das werde ich lernen müssen.

Ich stecke mein Smartphone wieder ein, als mir die Dame die dampfenden Pommes mit Braten-Käse-Soße vor die Nase stellt, getoppt mit frischen Champignons und einem Hauch Petersilie.

Mein Magen knurrt und ich fange sofort an zu essen. Die Pommes sind größtenteils schön durchtränkt mit der Soße – und an anderen Stellen super knusprig –, und der Käse schmilzt auf der Zunge. Auch wenn der Laden nicht gut aussieht, kann ich das Essen absolut empfehlen.

Als ich noch einen Schluck des Getränkes zu mir nehme, fühlt sich der Tag schon nicht mehr so schlimm an. Die Kollegen munkeln, dass ich kein angenehmer Gesprächspartner bin, vor allem nicht, wenn mein Magen knurrt. Da sollte man mich in Ruhe lassen.

Hungrige Hunde beißen, die bellen nicht nur.

Kapitel Dreizehn — Amelia

Der Kassenschluss ist ernüchternd, doch trotzdem lasse ich mir meine Laune nicht verderben. Wir konnten knapp die durchschnittlich berechneten Tageskosten decken, und wenn ich mir die Zahlen der vergangenen Wochen ansehe, war das heute nicht der schlechteste Ertrag. Ich kann also froh sein, dass sich heute Nachmittag noch einige Menschen in die Cakery geflüchtet haben, um dem Schneegestöber für einen kleinen Moment zu entkommen.

Meine Mom und ich putzen nun noch den Laden, und ich packe die Leckereien in eine Dose, die heute keinen Besitzer gefunden haben. Zum Glück ist meine Mom sehr gut darin abzuschätzen, wie viel verkauft werden wird. Es ist nicht mehr viel da, und diese Leckereien werde ich mir heute Abend im Bett schmecken lassen. Es dauert gute zwei Stunden, bis wir endlich richtig Feierabend machen können; mir tun die Knochen weh und ich bin unglaublich müde. Es muss sich alles neu einspielen, immerhin bin ich es nicht mehr gewohnt, täglich mehr als zwölf Stunden zu arbeiten.

Mein Magen knurrt, als ich in die Wohnung von Mom und Granny laufe, um gute Nacht zu sagen. Der Anblick sagt mir allerdings, dass ich mir doch noch Streichhölzer für meine zufallenden Augenlider besorgen sollte.

„Ich habe dein Lieblingsessen gemacht."

Das hat Granny also getan, als wir dachten, sie hätte sich hingelegt. Auf dem Esszimmertisch liegen viele kleine Teigtaschen auf Tellern. Pierogi.

„Ich habe mehrere Füllungen gemacht, meine Mädchen haben doch sicherlich großen Hunger."

„Mom. Du musst dich ausruhen." Meine Mutter legt einen Arm um Granny, und ich sehe erneut die Ähnlichkeit der beiden. Sie haben die hellen Augen wie alle Mitglieder der Familie Ray. Es liegt derselbe Glanz in ihrem Blick, wenn sie einander ansehen und ich die bedingungslose Liebe zueinander erkenne. Granny küsst meine Mom und wir setzten uns hin. Als ich das erste Stück der Teigtasche in meinen Mund schiebe, stöhne ich genüsslich auf. Das kann mir keine Großstadt bieten. Meine Granny ist nicht nur mit Abstand die beste Bäckerin der Welt, nein, sie besitzt eindeutig auch im Kochbereich Künste, von denen ich hoffe, sie ansatzweise geerbt zu haben.

„Das Wetter wird noch schlimmer, wenn man den Nachrichten Glauben schenkt", meint meine Mutter, bevor sie sich ebenfalls bei den Teigtaschen bedient.

Ich nicke. „Das habe ich auch schon gehört."

Granny lächelt uns an. „Der Winter in Clarcton war schon immer eigensinnig. Wir sollten den Nachrichten nicht glauben. Mutter Natur hat ihre Tochter losgeschickt, um uns einen schönen Winter zu schenken. Das bedeutet für uns, dass wir darauf vertrauen müssen."

Ich lächele bei dem Gedanken an ein kleines Mädchen mit weißen Haaren, das gerade die Welt in Atem hält. „Sie scheint aber ein wenig durcheinander zu sein, so wie das Wetter heute gewechselt hat."

Granny sieht mir tief in die Augen. „Unterschätze niemals die Wut eines pubertierenden Kindes. Wenn wir Pech haben, hat dein Granddad dem Schneemädchen auch noch von der Cakery erzählt und wie viel mehr Charme sie hat, wenn Schnee liegt."

„Er blickt auf uns hinab und ist jeden einzelnen Tag stolz darauf, dass wir geöffnet haben und die Menschen glücklich machen." Die Worte stammen von meiner Mom, und ich muss schlucken, als ich die Tränen erkenne, die in Grannys Augen schimmern.

„Ich kann es nicht erwarten, seine Arme um mich zu spüren, wenn er mich an sich zieht. Ich werde ihm berichten, dass er stolz auf seine Frauen sein kann."

„Damit lassen wir uns noch viele Jahre Zeit, Granny", antworte ich und schlucke die aufkommenden Tränen hinunter.

Kapitel Vierzehn — Jeremia

Langsam wird es dunkel und ich bin nicht annähernd so weit gekommen, wie ich es eigentlich geplant hatte. Es sind geplante zehn Stunden Fahrt, ich wollte heute mindestens die Hälfte schaffen, doch bin gerade einmal fünfhundert Kilometer weit gekommen. Es sind viele Baustellen auf dem Weg und der Schnee tut sein Übriges. Ich muss mir eine Schlafmöglichkeit suchen für einige Stunden, damit ich morgen ohne Unfall weiterfahren kann.

Ich bin erleichtert, dass ich mich für einen Tag Puffer entschieden habe. Es ist absolut undenkbar, dass ich zu dem wichtigsten Meeting meiner Karriere zu spät erscheine. Dann könnte ich mich in der Firma nicht mehr sehen lassen, geschweige denn je wieder nach Hause zurückkehren.

Ich glaube, das wäre für meinen Vater ein Grund, mich zu enterben, denn für ihn gibt es kein Zuspätkommen. Es gibt nur eine schlechte Vorbereitung. Man muss immer sämtliche Eventualitäten einplanen, um stets vor allen anderen vor Ort zu sein. An meiner Pünktlichkeit arbeite ich noch.

Ich fahre vom Highway ab und sehe ein Hotel. Es wirkt schäbig, und ich werde es mir wohl erst einmal von innen ansehen müssen, um die Entscheidung treffen zu können, ob ich hierbleiben werde.

Ich schnappe mir meine Reisetasche und stapfe durch den knöchelhohen Neuschnee auf dem Parkplatz. Einen Winterdienst scheint der Betreiber schon einmal nicht zu kennen, das gefällt mir gar nicht.

An der Rezeption – oder dem, was dieser schiefe Holztisch darstellen soll – sitzt ein bulliger Typ in einem alten Holzsessel. Seine Nase ist rot, und ich bin mir sicher, dass das nicht von der Kälte kommt, sondern von der Bierflasche in seiner Hand.

„Auf dem Parkplatz liegt ziemlich viel Schnee. Man sollte ihn räumen, bevor sich jemand verletzt." Meine Stimme ist autoritär, doch ruhig. Ich habe keine Lust auf einen unnötigen Streit mit dem betrunkenen Besitzer dieser Absteige hier.

„Dann nimm dir doch ne Schippe, wenn es dich stört."

Ich schnaube empört. „Ich brauche ein Zimmer."

„Sorry, alle belegt. Ich habe keinen Platz für reiche Schnösel, die denken, sie sind die Größten."

Das darf doch jetzt wirklich nicht wahr sein! Ich trete näher an ihn heran und sehe ihm tief in die Augen. „Jetzt hör mir mal zu, du alter Trinker. Ich sollte dafür bezahlt werden, hier eine Nacht zu verbringen, wahrscheinlich stehen Schimmel und defekte Federn auf dem Programm. Also gib mir ein Zimmer, ich zahle dir dafür sogar das Doppelte."

Er erhebt sich und baut sich vor mir auf. Der Typ ist breiter als angenommen, aber durch seinen Bierbauch stellt er keine Bedrohung dar. Wahrscheinlich ist er so aus der Puste, sobald er sich bewegt, dass ich keine Angst vor einem Hieb haben muss. „Verschwinde aus meinem Hotel und sieh zu, wo du pennst. Ich brauche dein Geld nicht."

So ein Arschloch. Ich lege einige Dollarscheine auf den Tisch, doch er würdigt sie keines Blickes.

„Raus hier, es ist mein Hausrecht, und wenn du nicht willst, dass mein Hund dir die Hölle heiß machst, verpisst du dich jetzt. Kannst ja deinen Alten ausrichten, dass man mit dem goldenen Löffel im Arsch auch Respekt gegenüber anderen haben kann."

Ich atme tief durch und verwerfe den Gedanken, diesem Idioten die Fresse zu polieren. Aufgeplatzte Knöchel würden im Meeting auffallen. „Fick dich", murmele ich, als ich mein Geld wieder nehme und zurück zum Auto laufe. Das wird also mein heutiger Schlafplatz. Ich kann froh darüber sein, dass ich nur wenige Stunden Zeit habe, bis ich wieder los muss. Manche Menschen sind doch wirklich unglaublich.

Kapitel Fünfzehn — Amelia

Heute fällt es mir nicht leicht, aus dem Bett zu kommen. Der kurze Moment mit Granny gestern hängt mir immer noch hinterher. Niemals würde ich es verkraften, wenn ihr etwas zustoßen würde, deshalb bleibt sie heute auch wirklich im Bett. Zumindest am Vormittag.

Der sechste Dezember, also Nikolaustag, steht an, und dementsprechend dürfen wir die Kreationen für die diesjährige Feier des Kindergartens backen. Auf diesen Auftrag freue ich mich jedes Jahr wieder. Für die Kinder wird es Cakepops geben in den verschiedensten Varianten.

Ich verlasse mein warmes Nest, mache mich kurz frisch und gehe in die Backstube. Ich bin fokussiert auf die Arbeit, die vor mir liegt. Ich hole die bereits gestern vorbereiteten und zerbröselten Rührkuchen aus dem Kühlschrank – weitere muss ich noch backen, aber für die ist zumindest der Teig vorbereitet. Die Sorten Vanille, Nugat, Marmor und Apfel stehen auf dem Plan. Bei Kindern ist es wichtig, mit bekannten Geschmacksrichtungen zu arbeiten. Wenn man zu viele Gewürzkreationen mit einbringt, kann es sein, dass es für den Kindermund zu viele neue Eindrücke sind. Deshalb habe ich mich an die Basics gehalten.

Ich ziehe meine Handschuhe an und vermische die Krümel des Vanille- und Apfelteiges mit Frischkäse.

Normalerweise bin ich absoluter Fan von Zitronencakepops, doch im Winter ist das meist nicht so passend.

Als die Kugeln an den Stielen zum Antrocknen kleben, werfe ich die Maschine an und forme den restlichen Teig.

Es gibt runde, also normale Pops, die ich später sowohl zu Santas als auch zu Rentieren verzieren werde. Auch Tannenbäume und Wichtel stehen auf dem Plan, und Nikolausstiefel dürfen natürlich nicht fehlen.

Ich sehe auf die Uhr, sie zeigt fünf an. Somit liege ich absolut im Plan. Aber wo ist Mom? Sie sollte bereits wach sein und sich um das Gebäck für die Theke kümmern. Ich runzele die Stirn. Da ich aber kurz Zeit habe, werde ich zumindest schon einmal die Marzipanmasse für die Torte vorbereiten, die im Winter zu unserem Standardsortiment gehört.

Wir versuchen stets, alles frisch zuzubereiten, trotzdem bleibt es nicht aus, dass wir viele Zutaten oder fertige Teige auftauen müssen, ansonsten würde unser Zeitmanagement leider nicht funktionieren.

Ich teile die Böden und verstreiche die Creme darauf. Man muss darauf achten, gleichmäßig zu arbeiten, denn sonst quillt sie über. Ich staple die Böden aufeinander, als die Tür aufgerissen wird. Mom steht im Rahmen, ein Bein bereits in der Kochhose, das andere hängt noch runter. „Ich habe die Bestellung für den Kindergarten vergessen. Es tut mir leid, Amelia."

Ich grinse sie nur an. „Kein Problem, ich liege sehr gut in der Zeit, und die Marzipantorte ist auch gleich fertig." Man sieht ihr an, dass sie wirklich gerade erst aus dem Bett gepurzelt ist. Ihre Locken stehen wild vom

Kopf ab, sie nimmt sich ein Haarnetz und versucht, die Mähne unter Kontrolle zu bringen.

Manchmal ist sie einfach das pure Chaos. Dort, wo ich absolut strukturiert bin, herrscht bei ihr oft Planlosigkeit. Ich muss das wohl von meinem Vater haben, jedoch werde ich das wohl nie erfahren. Ich seufze und mache die Marzipantorte fertig, danach werde ich die Cakepops verzieren.

Mit dem Transporter voller Cakepops zu fahren, ist immer eine Herausforderung, auch wenn wir alles für die Sicherheit tun. Doch bei der heutigen Wetterlage ist es wirklich unmöglich, voranzukommen, denn ich kann kaum meine eigene Hand vor Augen erkennen. Der Schnee hat sich verdichtet und legt nun einen Tango aufs Parkett, der uns allen den Schweiß auf die Stirn treibt.

Ich mache so langsam wie nie und brauche eine Stunde bis zum Kindergarten, den man normalerweise in fünfzehn Minuten erreicht. Die Strecke laugt mich aus und zeigt mir, wie müde ich bin, doch es bleibt keine Zeit, um darüber nachzudenken. Ich muss Kinderaugen zum Strahlen bringen.

Der Hintereingang des Kindergartens ist mir vertraut und ich bin froh, diesen Auftrag nach zwei Jahren Pause wieder ausführen zu können. Früher habe ich diesen Kindergarten selbst besucht, und es war immer ein Highlight, wenn Grandma und Granddad die Leckereien zum Nikolaus gebracht haben. Ich war jedes Mal stolz darauf, dass sie aus unserem Haus stammen und wir meinen Freunden eine Freude bereiten konnten.

Die Erinnerung stimmt mich traurig. Wie sehr ich diese Zeit vermisse!

Ich öffne die hintere Tür des Transporters, die Träne an meiner Wange ist bereits angefroren und ich merke die bittere Kälte in meinen Gliedern.

Der Winter in Kanada war schon immer etwas ganz Besonderes. Die Elche schlüpfen aus ihren Verstecken und der Schnee spielt seine eigene Rolle im Theaterstück. Die Winterkönigin muss wohl sauer sein auf die Menschen, denn jetzt gerade ist sie die Hölle für jeden, der das Haus verlassen muss.

„Amelia, bist du es?"

Ich drehe mich um und sehe in die Augen von Sue. Sie ist mittlerweile die Leiterin des Kindergartens; ihre Oma war damals meine Kindergärtnerin – ja, auch hier liegt ein Familienbetrieb vor.

„Hey Sue." Ich winke ihr zu und werde von ihr in eine feste Umarmung gezogen.

„Ich wusste gar nicht, dass du zurück bist. Clarcton war anders ohne dich."

Ich muss lächeln und genieße die Umarmung. Sue und ich haben nicht viel miteinander zu tun gehabt, doch in einem kleinen Dorf wie diesem kennen sich die Leute. Es herrscht eine Harmonie und eine Grundliebe, die ich wertschätze.

Sue hilft mir, die Leckereien in den separaten Raum zu tragen, den die Kinder bereits dekoriert haben. Es stehen Stiefel an der Wand, und beim Anblick der vielen Kinderschuhe, die mit Schokolade und Mandarinen gefüllt sind, macht sich Freude in mir breit.

Der Tisch, der für die Cakepops gedacht ist, wurde mit Kunstschnee verziert, und an den Fenstern hängen verschiedenste Gemälde der kleinen Künstler.

Als ich alles angerichtet habe, ziehe ich mich in eine Ecke zurück.

„Kinder. Wir hatten Besuch – der Nikolaus hat uns etwas mitgebracht!"

Die Tür wird aufgerissen, und rund vierzig kleine Füße rennen in den Raum. Ich höre erstaunte Stimmen, sehe, wie die Ersten sich die kleinen Kugeln in den Mund schieben, und mein Herz wird erfüllt von Liebe. Das Strahlen in den Augen der Kleinen ist der größte Dank, den es in dem Beruf gibt. Die von Schokolade verschmierten Gesichter strahlen, und als Sue mir ein „Danke" zuhaucht, ist es Zeit, zu gehen. In der Cakery ist noch genug zu tun, aber erst mal muss ich sicher nach Hause kommen.

Kapitel Sechzehn — Jeremia

Mein Handy klingelt und reißt mich aus dem Schlaf. „Anderson?" Meine Stimme klingt belegt, und ich bin mir sicher, dass das nicht von den paar Minuten Tiefschlaf kommt, der mir vergönnt war. Es fühlt sich zumindest so an, als hätte ich kaum eine Sekunde richtig erholsam geschlafen. Mein Hals kratzt und mir läuft die Nase. Verdammt noch mal, das darf doch wirklich nicht wahr sein.

„Jeremia. Das Meeting wurde verschoben aufgrund der aktuellen Wetterlage. Es ist erst in drei Tagen angesetzt. Sei pünktlich." Die Stimme meines Dads lässt mich endgültig richtig wach werden, doch als ich ihm gerade antworten will, da hat er schon aufgelegt.

Die Kunden kommen aus der Nähe des Meetingsortes, anscheinend ist dort das Wetter noch schlimmer. Mir verschafft es auf jeden Fall mehr Luft. Ich hoffe sehr, dass die Kunden nicht verärgert sind, sondern eher erleichtert, dass sie zuhause bleiben können.

Ich stelle den Sitz auf die Fahrerposition und reibe mir mit den eiskalten Händen über mein Gesicht. Ich will unbedingt heute ankommen, denn das Meeting findet in einem Hotel statt, dort warten ein anständiges Bett und vor allem eine richtige Heizung auf mich. Hoffentlich hat mein Vater daran gedacht, den Hotelaufenthalt zu verlängern. Dort kann ich dann direkt noch einmal die Präsentationen durchgehen. Die drei Tage sorgen dafür, dass ich dann auch mal die Punkte auf der To-do-Liste weiter unten abhaken kann.

Ich putze mir die Nase, bevor ich versuche, mit den Scheibenwischern den Neuschnee von der Scheibe zu bekommen, doch darunter ist alles gefroren. Genervt stelle ich die Heizung auf die höchste Stufe und warte, dass die Scheiben frei werden.

Der Tag startet ja mindestens genauso gut wie gestern.

Viele Stunden später gebe ich auf und fahre vom Highway ab, der wegen eines Verkehrsunfalls gesperrt worden ist. Ich muss also auf der Landstraße weiterfahren. Mir ist bitterkalt, meine Nase hat sich mittlerweile selbstständig gemacht und ist auf dem besten Weg, wegzulaufen. Hoffentlich bekomme ich keine Grippe, die mich dann noch zusätzlich ausknockt, ich kann förmlich spüren, wie sich die Viren in meinen Zellen festsetzen.

Ich bin genervt und umklammere das Lenkrad fester. Ich habe heute noch nichts gegessen, nur einen Schokoriegel, den ich im Handschuhfach gefunden habe. Ich habe den ganzen Tag bereits die Heizung aufgedreht, um der Kälte zu entfliehen. Es klappt nicht, denn mittlerweile spüre ich meine Zehen nicht mehr.

Das Ortsschild des Dorfes, in das ich gerade fahre, ist kaum zu lesen, irgendwas mit *Cla*. Mehr kann man nicht erkennen, denn es herrscht ein heftiger Sturm. Außerdem haben wir fast zwanzig Uhr. Mein Auto wackelt von den Windböen, und die Schneeverwehungen sind heftig und sorgen dafür, dass ich das Lenkrad mit beiden Händen festhalten muss, um den Wagen auf der Straße zu halten.

Er wird langsamer, obwohl ich das Gas durchdrücke. Was ist denn nun los? Ich rolle mittlerweile nur noch und runzele die Stirn.

Dann bleibt das Auto komplett stehen.

„Das darf jetzt nicht sein." Ich versuche, den Motor erneut zu starten, doch mehr als ein Stottern bringt er nicht zustande. Ich! Raste! Aus!

Mit beiden Händen schlage ich auf das Lenkrad und greife dann zu meinem Smartphone. Kein Empfang, wahrscheinlich sind die Dienste bei dem Unwetter ausgefallen. Verfluchte Scheiße!

Ich sehe mich um, die Straßen sind dunkel, doch ich brauche Hilfe. Da hinten brennt ein Licht, doch ich erkenne nicht, was es ist. Aber es scheint meine einzige Chance auf einen warmen Schlafplatz zu sein.

Kapitel Siebzehn — Amelia

Ich war selten so froh, dass ein Tag vorbei ist. Wir haben die Reste des Gebäcks an die Nachbarn verteilt und müssen nun nur noch die Cakery wieder auf Vordermann bringen.

Granny geht es bedeutend besser, nachdem sie am Morgen ausgeschlafen hat.

Ich gähne herzhaft und freue mich einfach nur auf mein Bett, das schon nach mir ruft. Nachher werde ich nicht einmal mehr mit zu Granny und Mom in die Wohnung gehen, sondern einfach nur schlafen. Das klingt nach einem hervorragenden Plan, und meine Augenlider, die bereits halb zufallen, stimmen mir zu.

Es klopft an der Ladentür. In der Dunkelheit erkenne ich eine schemenhafte Gestalt. „Wir haben geschlossen!", schreie ich, und die Müdigkeit spricht eindeutig aus mir.

„Amelia. Vielleicht braucht jemand Hilfe", tadelt mich meine Grandma, und ich stöhne innerlich auf. Ich will heute einfach meine Ruhe, ist das zu viel verlangt?

Granny öffnet die Tür, und eine verschneite Gestalt kommt in die Cakery. Auf dem Boden, der vor einer Minute noch blitzblank war, liegt nun Schnee. Ich bin schon jetzt auf hundertachtzig.

„Junger Mann. Ist alles in Ordnung bei Ihnen?" Granny sieht ihn von unten an.

Der Mann ist groß, klopft sich den Schnee von den Schuhen und öffnet seine Jacke: Er trägt einen Anzug, und auf den schwarzen Lederschuhen liegt Schnee. Warum zum Teufel trägt man an diesem stürmischen Wintertag einen Anzug? Kann mir das irgendjemand erklären?

Der Mann zittert am ganzen Körper und sieht das erste Mal auf. Ein Bart kommt zum Vorschein sowie ein markantes Gesicht. Er muss älter als ich sein – ich schätze ihn auf Mitte dreißig – und scheint sich erkältet zu haben. Das würde zumindest die rote Nase erklären. Arroganz spiegelt sich in seinem Blick, als er uns alle mustert. Er ist mir schon jetzt unsympathisch, obwohl er noch keinen Ton gesagt hat. Er sieht elegant aus, doch macht auf mich den Eindruck, als komme er nicht von hier. Er ist so anders.

„Guten Abend, die Damen. Ich bin auf dem Weg zu einem geschäftlichen Termin, doch leider ist mein Auto liegengeblieben. Gibt es hier irgendwo eine Übernachtungsmöglichkeit und am besten noch eine Werkstatt, die sich morgen meinen Wagen ansehen kann?“ Das Lächeln, das er meiner Grandma schenkt, ist nicht echt, das erkennt man sofort. Er ist genauso genervt wie ich von der Situation. Auch wenn es absolut falsch ist, hoffe ich einfach, dass Granny ihn wieder wegschickt.

„Sie können hier schlafen, nachdem Sie erst einmal gegessen und sich aufgewärmt haben. Sie sind völlig durchgefroren, mein Junge.“ Sie hat ihre Hand bereits auf seinen durchnässten Arm gelegt, und ich rolle mit den Augen.

Das war es wohl für heute mit einem ruhigen Abend. Es wäre aber auch zu viel des Guten gewesen, einfach mal eine Nacht durchzuschlafen und nichts zu tun, aber nein, meine Granny hat ein zu großes Herz.

Wenn ich nicht so müde wäre, wäre ich vielleicht begeisterter von unserem Gast gewesen. Ich mustere ihn noch einmal, und er sieht mich abschätzend an. Es liegt nicht an der Müdigkeit, es liegt an seiner unglaublichen Arroganz.

Kapitel Achtzehn — Jeremia

Ich weiß, dass ich dankbar sein sollte, aber ich frage mich, in welchem Achtzigerjahre-Film ich hier gelandet bin. Anscheinend ist das hier eine Bäckerei. Die alte Dame scheint ja ganz nett zu sein, aber wenn ich diese junge Frau ansehe, könnte ich mir echt gegen die Stirn klatschen.

Sie trägt eine fadenscheinige Schürze und ein Kleid, doch ich bin mir sicher, dass sich darunter schöne Kurven verstecken. Ihr Gesicht ist ungeschminkt, die roten Haare stehen ihr wild vom Kopf ab. Sie sieht aus wie die letzte Putzfrau, und wahrscheinlich ist sie das auch. Das würde zumindest den Besen in ihrer Hand erklären.

„Gibt es eine Pension in der Nähe?" Ich möchte nicht bei fremden Personen übernachten. Es sieht hier weder nach Internetempfang noch nach einem Hotel aus.

„Junger Mann. Es ist kalt draußen, hier in Clarcton gibt es eine Pension, die seit vielen Jahren geschlossen ist, also es gibt nur uns. Sie müssen sich ausruhen." Die alte Dame legt eine Hand auf meine Stirn. „Vor allem benötigen Sie dringend einen heißen Tee und eine dicke Decke." Sie nickt, als würde sie sich innerlich bereits eine Liste machen, was sie als nächstes tun will.

Mir bleibt nichts anderes übrig. „Ich würde kurz einige Dinge aus dem Auto holen. Vielen Dank für die

Übernachtungsmöglichkeit. Morgen in aller Früh werde ich mich nach etwas Neuem umschauen."

Ich sehe die Oma an. Sie lächelt mir zu und tätschelt dabei meinen Arm.

Dies ist eindeutig keine Familie für mich, und ich bin jetzt schon froh, wenn ich morgen Abend hoffentlich in meinem Hotel sitze und das Meeting noch einmal durchgehen kann. Am Auto angekommen, ist der Schnee mittlerweile so dicht, dass ich gar nichts mehr erkenne.

Ich schnappe mir schnell Laptop und ein paar Klamotten und gehe wieder in die Richtung der Bäckerei. Ich sollte noch fragen, was sie für die Nacht verlangen. Ich kann hier wohl schlecht mit Kreditkarte bezahlen, doch ein paar Dollar habe ich immer dabei. Immerhin ist es ein Ausweg, um nicht wieder im Auto schlafen zu müssen. Hoffentlich gibt es ein separates Zimmer.

Die Tür ist noch geöffnet, also trete ich ein und streife mir die Schuhe ab. Es wird immer glatter draußen, und auch wenn ich noch nie Winterstiefel getragen habe, weil sie so gar nicht zu meinem Stil passen, scheint man die in diesem Dorf wirklich zu benötigen.

„Du machst alles wieder dreckig!", faucht mich die junge Frau an.

„Dann benutz den Mopp und mach es wieder weg", zische ich zurück, sodass nur sie es hören kann.

Ihr Gesicht wird knallrot, und ich schenke ihr noch ein falsches Grinsen, bevor ich der alten Dame folge, die mir den Weg weist.

„Normalerweise kann man hier nicht übernachten, deshalb kann ich Ihnen nur das Sofa meiner Enkelin anbieten."

Es klingt verlockender als der Autositz, also spare ich mir wohl oder übel den Kommentar.

Wir steigen die Treppe hinauf, und jede Stufe knarzt. Die Dielen sind verschrammt, doch ich bin jetzt nicht in der Lage, um zu meckern.

Kurz darauf stehen wir in einer kleinen Wohnung, die ein wenig chaotisch ist. Es liegen Sachen herum und eine Reisetasche steht noch neben der Garderobe. Warum das denn?

„Wenn Sie sich frisch gemacht haben, können Sie einfach ein Stockwerk hinunter kommen, dann gibt es etwas zu essen."

Ich bedanke mich. Wo bin ich hier nur gelandet?

Nach einer ausgiebigen Dusche fühle ich mich wie ein neuer Mensch. Ich sehe in den kleinen Badezimmerspiegel und kämme mir die Haare. In einem frischen Hemd geht es mir gleich besser. Die Kälte steckt mir zwar immer noch in den Knochen, wird jedoch allmählich von der Wärme vertrieben. Ich sehe total fertig aus, das liegt an der roten Nase und an den Augenringen. Die letzte Nacht im Auto hängt mir eindeutig noch hinterher.

Ich gehe in die Küche ein Stockwerk weiter unten, wo ich bereits erwartet werde. Die junge Frau von zuvor trägt nun ein schlabberiges Shirt zu einer Jeans und sieht ebenfalls frisch geduscht aus. Neben ihr sitzt eine etwas ältere Person, die wohl ihre Mutter sein muss. Gibt es hier keine Männer im Haus? Das Ganze wird immer kurioser ...

Auf dem Tisch stehen verschiedene Leckereien – ich erkenne Teigtaschen, Kartoffeln, Hackfleisch und eine

Bratensoße, die gut riecht. Mein Magen knurrt, doch ich sollte mich erst einmal vorstellen.

Ich strecke der alten Dame meine Hand entgegen. „Ich bin Jeremia Anderson. Vielen Dank für die Dusche und den Schlafplatz, das bedeutet mir viel." Das Dankeschön bleibt mir fast im Halse stecken, es gehört nicht zu meinen Stärken, mich zu bedanken, doch ich habe das Gefühl, dass ich hier ein wenig netter sein muss als sonst.

„Du kannst mich Granny nennen oder Catherine. Setz dich, Junge. Das sind Amelia, meine Enkeltochter, und Lisa, meine Tochter."

Ich bemerke die Liebe in ihren Augen und zucke innerlich zusammen. So einen Glanz habe ich noch nie gesehen, wenn man jemanden einfach nur vorstellt. Die Erkenntnis tut mir weh, also nicke ich den Frauen zu und mache ein gleichgültiges Gesicht, um mir meine Gedanken nicht anmerken zu lassen.

Diese Sehnsucht, die mich erfüllt, wenn ich in Catherines Augen blicke, und die Liebe, die sie ausstrahlt, ist alles, was ich mir seit meiner Kindheit wünsche.

Und so verbringe ich mein erstes richtiges Abendessen in einer Kleinstadt mit einer fremden Familie. Es wäre gelogen, wenn ich behaupten würde, die Liebe im Raum nicht zu spüren. Sie fühlt sich irgendwie wie eine feste Umarmung an.

Es ist schön und gleichzeitig beängstigend.

Kapitel Neunzehn — Amelia

Ich kann ihn nicht leiden. Beim Abendessen schlägt er sich den Bauch voll, doch er beteiligt sich nicht an der Konversation. Normalerweise lese ich in Menschen wie in einem offenen Buch, doch seins ist eins mit sieben Siegeln und fest verschlossen. Skepsis macht sich in mir breit, zudem steht die Frage im Raum, wo er schlafen soll. Ich kann ihn in meiner Wohnung nun wirklich nicht gebrauchen, vor allem nicht am heutigen Tag. Unter der Dusche wäre ich fast eingeschlafen, doch als ich mich für die Nacht verabschieden wollte, durfte ich mir einen Vortrag von Granny anhören, wie unhöflich es gegenüber unserem Gast wäre. Dieser Frau schlägt man nichts ab, keinen einzigen Wunsch.

„Jeremia. Deinen Schlafplatz bei Amelia kennst du ja bereits."

Ich verschlucke mich fast an meiner Tasse Tee. Vielen Dank fürs Fragen, Großmutter.

Jeremias Blick kreuzt meinen. Ich versuche, irgendeine Emotion darin zu erkennen, doch vergeblich. Ich sehe nichts in seinen Augen, so ausdruckslos habe ich noch kein Gesicht erlebt. Was versteckt dieser Mann?

Ich versuche ein freundliches Lächeln und erinnere dabei wahrscheinlich an die zurückgebliebene Hyäne aus dem König der Löwen. Ich bin einfach so müde ...

„Ich würde dann ins Bett gehen", murmele ich, während ich den Tisch abräume und die Teller in die Spülmaschine sortiere. Man darf ja nicht meinen, dass der Herr auch nur einen Handschlag helfen würde. Ich hoffe einfach nur, dass er morgen mit seiner Karre weiterfährt und ich ihn nie wiedersehen muss.

Jeremia sagt nichts und erhebt sich wenig später, um mir zu folgen. Er hat noch immer kein einziges Wort mit mir gesprochen, was mich auf der einen Seite unglaublich ärgert, mich aber gleichzeitig beruhigt. Ich bin mir sicher, dass wir uns angiften würden, und dafür fehlt mir die Energie.

Ich gehe die Treppenstufen hinauf und versuche zu ignorieren, dass er der erste Mann ist, der meine Wohnung betritt. Ich hätte mir tausend andere lieber hergewünscht, aber das Leben spielt eben sein eigenes Spiel.

Mein Weg führt direkt ins Wohnzimmer, und ich bin heilfroh, dass ich bisher noch keine Zeit hatte, um Unordnung zu schaffen. Es herrscht nur ein wenig alltägliches Chaos. „Du kannst hier auf der Couch schlafen. Ich hole dir ein Kissen und eine Decke."

Er nickt nur und stellt seine Tasche auf das alte grüne Dreisitzersofa meines Granddads. „Catherine hat mir bereits alles erklärt."

Entschuldige, dass ich nett sein wollte, du Griesgram, denke ich. Ich kann mir nicht vorstellen, dass es für ihn bequem sein wird – der große Mann auf dem kleinen Sofa. Aber wahrscheinlich ist es besser, als gar kein Dach über dem Kopf zu haben.

Schnell habe ich Kissen und Decke besorgt und gehe zurück ins Wohnzimmer. Er hat einen Laptop auf dem Schoß und sieht verbittert aus – und wichtig, wie es

Menschen mit Laptops oft tun. „Hier." Ich strecke ihm die Sachen hin und er legt sie achtlos neben sich.

„Habt ihr hier WLAN?" Seine Stimme klingt gepresst und unter Stress.

Ich nicke und sehe auf mein Smartphone. Ist es wirklich eine gute Idee, ihm auch noch unser Internet anzubieten?

Wobei ... ich habe kein Netz. Das ist komisch. „Das WLAN funktioniert nicht, das muss am Wetter liegen. Mein Handy geht generell nicht." Ich lache frustriert auf, setze mich neben ihn und spüre die Wärme seines Körpers an meiner Schulter. Schnell rutsche ich ein Stück von ihm weg. Der Fernseher funktioniert ebenfalls nicht, also schalte ich ihn wieder aus. Ich gehe zum Radio, drücke auf den Knopf und setze mich wieder. „Vielleicht funktioniert wenigstens das." Ich lächele ihn an, doch er starrt noch immer auf den Bildschirm, dann auf sein Smartphone. Er versucht einen Hotspot zu finden, doch Vergeblich.

Das Radio knarzt kurz, doch dann hört man eine Stimme. „Aufgrund der aktuellen Wetterlage sehen wir uns gezwungen, alle Bewohner zu bitten, in ihren Häusern zu bleiben. Autofahrten sollten bis auf Weiteres nicht erfolgen. Spaziergänge sind natürlich weiterhin möglich. Wir wünschen allen viel Spaß im Schnee!"

Jeremia springt auf und reißt das Radio von der Kommode. Es fällt ihm hinunter und poltert auf den Boden.

„Das kann doch jetzt nicht dein verschissener Ernst sein, oder?" Glühend heiße Wut macht sich in meinen Adern breit.

Er wirft mir achtlos mehrere Dollarscheine hin und ich sehe, wie sich seine Brust schneller als üblich hebt und senkt.

„Wo ist hier eine Werkstatt?" Seine Stimme klingt gepresst, und in seinen Augen erkenne ich Wut.

„Sie ist viel zu weit weg. Es ist zu gefährlich, verdammt!" Ich werde lauter und er sieht mich aus seinen dunklen Augen an.

„Ich repariere morgen mein Auto und verschwinde. Ich halte es in diesem Dorf nicht eine Sekunde länger aus als nötig. Manche Menschen müssen arbeiten", faucht er und klappt frustriert sein Notebook zu.

„Ich glaube nicht, dass das so leicht wird, aber ich wünsche es dir. Gute Nacht." Vor allem ist es mein Wunsch, dass er so schnell wie möglich verschwindet.

Der Geruch nach Geld und Macht in unserem Haus ist ekelerregend. Es fällt mir schwer, nett zu sein, doch immer, wenn ich meiner Wut Luft machen will, erinnere ich mich an die Worte meines Granddads.

„Behandele dein Gegenüber immer so, wie du behandelt werden möchtest. Schenke ihm ein Lächeln. Es wird dauern, doch der Moment kommt, in dem es erwidert wird."

Wenn ich weiter so viel grinsen muss, werden mir meine Mundwinkel wehtun.

Kapitel Zwanzig — Jeremia

Verfluchte Scheiße. Ich bin wirklich am Arsch. Mein Handy zeigt keinen einzigen Balken an. Ich versuche trotzdem, meinen Vater zu erreichen, doch ich bin machtlos. Amelia hat sich verpisst, und ich bin so sauer, dass ich nun unter der Decke liege und die Müdigkeit nicht zulassen kann. Das ist doch alles nur ein blöder Alptraum. Ich kneife mir in den Arm und zucke vor Schmerz zusammen. Alles klar, eindeutig kein Traum.

Verdammt. Einmal in meinem Leben geht es um eine große Chance, verflucht, es geht um alles. Und dann spielt das Wetter so verrückt, dass ich in einem kleinen Dorf strande?

Das darf wirklich alles nicht wahr sein. Ich umklammere mein Smartphone fester und kneife die Augen zusammen. Morgen muss ich eine Lösung finden, vielleicht funktioniert das Auto wieder. Ich bin ein freier Mann, niemand kann mich daran hindern, an meinem Zielort anzukommen.

Noch zwei Tage bis zu dem wichtigsten Tag meiner Karriere. Die Zeit muss reichen, ich darf nur nicht den Fokus verlieren. Morgen sieht alles schon ganz anders aus.

Ich wache auf und mein erster Blick geht aus dem Fenster. Verflucht, der Schnee ist über Nacht noch mehr geworden. Ich raufe mir die Haare und lasse mir keine Zeit, um richtig wach zu werden, sondern ziehe mir ein Hemd und einen Pullover über. Dieser Winter verlangt mir wirklich alles ab. *Bitte, lass das blöde Auto wieder funktionieren. Ich muss hier weg.*

Der Geruch von Zimt liegt in der Luft und ich muss niesen. Dieser ganze Weihnachtskram ist nichts für mich. Ich nehme mir ein Taschentuch und putze mir die Nase. Heute geht es mir schon besser. Die Couch war zwar unbequem und mein Rücken schmerzt, aber die Erkältung klingt ab. Ich kann mich ja auch mal an etwas Kleinem erfreuen.

Die Sonne steht bereits am Himmel, und ein Blick auf mein Handy bestätigt, dass wir acht Uhr haben. Es sind wenige Stunden Schlaf gewesen, doch ich bin voller Adrenalin, zu meinem Meeting kommen zu können.

„Immer noch kein Netz", fluche ich und werfe das Handy auf den Tisch. Jetzt sollte ich erst einmal Amelia suchen gehen, dann etwas zu essen, und anschließend kümmere ich mich um das Auto. Vielleicht kann mir Catherine sagen, wo hier eine Werkstatt ist.

Ich kann mir gar nicht vorstellen, dass sie und Amelia miteinander verwandt sein sollen. Catherine ist liebenswürdig, ein wenig zittrig auf den Beinen, aber die Herzlichkeit in Person. Wenn ich an Amelia denke, sehe ich sie immer noch in ihren Putzklamotten den Laden schrubben, und ihre Art ähnelt der einer Kratzbürste.

Diese beiden Frauen passen für mich nicht in eine Welt, aber was weiß ich schon von einem funktionierenden, liebevollen Elternhaus?

Kapitel Einundzwanzig — Amelia

Anna? Bist du wach?

tippe ich in mein Smartphone und versuche dabei, die Tatsache zu ignorieren, dass im Zimmer nebenan ein fremder, arroganter Schnösel liegt. Zum Glück geht mein Smartphone im Moment wieder, aber der Empfang ist verdammt instabil. Die komplette Situation geht mir auf die Nerven, und ich bin noch immer geladen, dass er so achtlos das Radio heruntergeworfen hat. Was wäre gewesen, wenn es kaputt wäre und daran Erinnerungen gehangen hätten? Er ist bestimmt einer von der Sorte, die denkt, sich mit ihrem prall gefüllten Geldbeutel alles kaufen zu können. Natürlich regiert Geld die Welt. Trotzdem bin ich froh, mein Leben hier zu führen und nicht so arrogant zu sein wie er.

Klar. Was geht ab in deiner kleinen Cakery?

Anna hat geantwortet, und sofort schreibe ich mir den ganzen Frust von der Seele.

Stell dir vor: Gestern Abend hat so ein zwielichtiger, arroganter Schnösel aus der Großstadt an unsere Tür geklopft, der pennt jetzt auf der Couch. Er ist wohl auf dem Weg zu irgendeinem mega wichtigen Meeting. Er hat mein Radio fast kaputt gemacht!!

Wie sieht er aus?!

Ist das wirklich ihre einzige Frage? Ich schicke ihr das Emoji, das sich gegen die Stirn schlägt, und bin versucht, dies ebenfalls zu tun.

Lass dir nicht alles aus der Nase ziehen. Vielleicht ist er gar nicht so übel ... Spinnenweben im Schritt lassen grüßen, und er liegt schon in deinem Wohnzimmer! Du könntest wenigstens mal spannen gehen!

Mein Gesicht wird knallrot. Ich würde mich selbst nicht als prüde bezeichnen, aber Anna kann so locker über Sex reden. Das fällt mir nicht ganz so leicht. Vielleicht, weil ich dann ja zugeben müsste, dass ich noch nicht viele rangelassen habe. Das muss Anna eindeutig nicht wissen.

Anna. Du bist echt ne Spinnerin!

Ein kleines Lächeln huscht doch noch über meine Lippen, als ich das Smartphone weglege.

Ich stehe auf und strecke mich kurz. Es wird noch einige Tage dauern, bis ich mich an den Rhythmus des Schlafens gewöhnt habe, aber ich bin guter Dinge. Ich laufe in Richtung Wohnzimmer und erschrecke.

Scheiße, ich habe ganz vergessen, dass dieser Mann noch dort liegt. Anna hat mich einfach abgelenkt mit ihrem Gerede. Schnell will ich umdrehen und mich unbemerkt aus dem Staub machen, als mein kleiner Zeh vor den Türrahmen knallt. „Verdammte Scheiße", zische ich. Schnell drehe ich mich zu Jeremia um, doch der schnarcht weiter, als wäre nichts geschehen.

Dieser Trottel ist auch noch schuld am pochenden Zeh.

Die Vorbereitungen in der Backstube sind weniger umfangreich als sonst, mein Zeh pocht leicht und erinnert mich die ganze Zeit an den Idioten in meinem Wohnzimmer. Ich hätte die Cakery bei dem Wetter am liebsten geschlossen gelassen, um niemanden aus dem Schutz seines Hauses zu locken, doch Granny ist strikt dagegen.

„Die Cakery öffnet jeden Tag die Türen, auch wenn wir nur Zuflucht im Schneesturm sind", lauten ihre Worte. An den Feiertagen haben wir meist nur kurz geöffnet, wenn überhaupt. Aber wenn alle anderen geschlossen haben, da haben wir meist noch geöffnet. Das hat Grandpa eingeführt, und es war eine der wenigen Entscheidungen, über die meine Großeltern sich richtig gestritten haben. Wenn zwei Dickköpfe aufeinandertreffen, kann es schon einmal zur Eskalation kommen. Die sah damals allerdings so aus, dass mein Grandpa abends extra ihren Lieblingskuchen gebacken hat, weil ihn das schlechte Gewissen aufgefressen hat. Ich muss damals sechs Jahre alt gewesen sein und habe ihm nach den Schulaufgaben geholfen, die Sahne auf der Torte zu verteilen.

„Merke dir eins, mein Engel. Lasse die Liebe deines Lebens niemals einschlafen. Beweise deiner wichtigsten Person stets die Stärke deiner Gefühle, auch wenn du sie gerade nicht so dolle leiden kannst. Das ist wichtig, weil manchmal alle Zeit der Welt nicht genug ist."

Bis heute habe ich diese Weisheit nicht vergessen.

Wir bereiten die Kuchen und Gebäckstücke vor, und bald ist es geschafft. Ich scheine Jeremia wirklich nicht geweckt zu haben, denn bisher ist er nicht aufgetaucht. Heute morgen habe ich gehört, wie sich Mom und Granny über die Wettersituation unterhalten haben. Sie denken beide nicht, dass Jeremia weiterfahren kann, und Granny hat direkt gemeint, dass er hierbleibt.

Ich könnte kotzen. Vielleicht ist das Glück auf meiner Seite.

Jeremia betritt die Cakery. Er trägt einen Pullover, doch der weiße Hemdkragen blitzt heraus. Er sieht elegant aus, und ich bin froh, ihm nicht wieder in Putzkleidung gegenüberzustehen. Es ist mir absolut egal, ob ich ihm gefalle, aber in meinem aktuellen Outfit fühle ich mich doch wohler. Alles ist besser als die Putzkleidung des Abends.

„Guten Morgen. Du kannst abwaschen, falls du dich nützlich machen willst." Ich schenke ihm ein zuckersüßes Lächeln und stelle die letzten Cupcakes in die Anrichte.

„Hör nicht auf meine Enkelin, erst einmal wird gefrühstückt. Entschuldige die fehlenden Manieren." Grannys Blick spricht Bände, als sie mich tadelnd betrachtet.

Ein Abwasch hat noch nie jemandem geschadet ...

Kapitel Zweiundzwanzig — Jeremia

„Ich muss nach meinem Auto sehen", murmele ich. Ich kann den Blick nicht von Amelia lösen, die heute ganz anders aussieht als gestern. Sie trägt ein Kleid, das ihrem Dekolleté absolut schmeichelt. Es hat einen Herzausschnitt und endet knapp über dem Knie – sie sieht überraschenderweise wirklich hübsch aus. Ihre Figur kommt gut zur Geltung und sie ähnelt nicht annähernd der Kreatur von gestern Abend. Sie hat Make-up aufgelegt, und die zartrosa Lippen schimmern von einem Hauch Gloss.

Ich muss an die Luft, sonst gehen meine Gedanken einen ganz falschen Weg ...

Draußen schlägt mir die Kälte ins Gesicht, und ich schlinge schützend meine Arme um mich. Eine Winterjacke habe ich bisher in meinem Leben nicht gebraucht, doch mein Zähneklappern spricht Bände. Ich stapfe durch den Schnee, der sich mittlerweile bis fast zu meinen Knien hochgearbeitet hat. Ich sehe mein komplett eingeschneites Auto und seufze. Das wird ewig dauern, bis ich alles freigeschaufelt habe.

„Jeremia. Verdammt, das bringt nichts!" Auf einmal höre ich Amelias Stimme hinter mir und drehe mich um. Sie hat sich eine Jacke angezogen und hohe Stiefel.

Ich kann einen Streifen ihrer Haut entdecken, es macht mich an. Ich drehe in der Kälte durch, daran muss es liegen.

„Zieh dir die Jacke über." Sie streckt mir eine dicke rote Jacke entgegen und Handschuhe sowie eine Mütze, an der Bommel hängen und die mir so gar nicht gefällt. Vor allem ist die Mütze grün, die Jacke rot. Was soll ich darstellen, eine Ampel? Die Kälte in mir lässt mich nicht weiter darüber nachdenken; ich nehme ihr die Jacke ab und ziehe sie über. Sie ist ein wenig zu klein, doch ich bekomme sie zu. Die Mütze setze ich ebenfalls auf und die Handschuhe wärmen meine Finger fast augenblicklich.

„Danke", murmele ich und fange an, den Schnee von meinem Auto zu entfernen.

„Jeremia. Das bringt wirklich nichts. Du kommst von hier nicht weg." Sie legt eine Hand auf meinen Arm, und die Berührung lässt mich zusammenzucken. Ich sehe sie an, direkt in ihre Augen, und für einen kurzen Moment vergesse ich das Chaos um mich herum. Für einen Augenblick schiebe ich sogar das Meeting beiseite.

„Hör zu, Amelia. Du kannst das nicht verstehen. Ich habe nur noch zwei Tage, bis ich einen wichtigen Schritt in meiner Karriere angehe." Meine Stimme ist leise, eindringlich, und ich will, dass sie versteht, wie wichtig mir das Ganze ist.

„Okay, dann buddeln wir jetzt das Auto frei." Und damit holt sie einfach eine Schaufel, ohne viel nachzufragen.

Ich nehme alle meine Gedanken von gestern zurück. Diese Frau ist der absolute Wahnsinn.

Ich kann nicht sagen, wie lange es dauert, bis ich vor der geöffneten Motorhaube stehe und Amelia bereits zum dritten Mal versucht, das Auto zu starten. Ich werde wütend und schlage verzweifelt die Motorhaube zu. „Verdammte Scheiße!", schreie ich, und Amelia steigt aus.

„Da hinten könntest du Handyempfang haben, komm mit." Sie zeigt auf den weiteren Straßenverlauf. Erst heute sehe ich die Schönheit der Gegend, die Berglandschaft. Wow. Amelia weiß genauso gut wie ich, dass ich den Kampf gegen die Zeit verloren habe. Ich komme hier erst einmal nicht weg, und wenn kein Wunder passiert, wird soeben meine komplette Karriere von einem Schneesturm zerstört.

Das Meeting wurde schon verschoben, und ich denke nicht, dass das ein zweites Mal passieren wird. Wahrscheinlich wusste mein Vater, dass der Weg schwer werden wird und hat es deshalb verschoben. Verdammt, ich bin so eine Enttäuschung. Mir bleibt also nichts anderes übrig, als Amelia zu folgen. „Komm, wenn du telefoniert oder es wenigstens versucht hast, in die Cakery, Granny hat das Frühstück fertig. Es tut mir leid, dass du an dem Meeting nicht teilnehmen kannst", murmelt sie.

Sie kann nichts dafür, doch die Worte bleiben mir im Hals stecken. Amelia geht zur Cakery, und ich kann nicht verhindern, ihr hinterherzusehen. Sie ist heute anders, eine richtige Dame.

Ich reiße mich los und sehe auf mein Handy. Tatsächlich habe ich einen Balken und wähle die Nummer meines Vaters. Die Mailbox springt sofort an.

„Dad. Das Auto ist liegengeblieben, ich sitze in einem kleinen Dorf namens Clarcton fest. Hast du etwas vom Meeting gehört? Gibt es Neuigkeiten?"

Mehr schaffe ich nicht zu sagen, denn die Verbindung bricht ab. Ich habe wieder kein Netz, also stecke ich das Handy wieder ein und gehe in die Cakery.

Mittlerweile ist das kleine Schild umgedreht, *Open* steht nun dort, wenn man auf den Eingang zugeht. Drinnen heißt mich erneut der leckere Duft willkommen, und mein Magen knurrt. Amelia hat bereits die Jacke ausgezogen, und ihre roten Wangen erinnern noch an ihre Hilfe im Schnee. Ich sollte ihr danken.

„Welchen Kuchen möchtest du denn?" Catherine sieht mich an, Amelias Mom nimmt mir die Jacke ab, und ich blicke mich in der Cakery um. Es haben sich zwei Leute hierher verirrt. Bei dem Wetter ist das wahrscheinlich kein Wunder, dass sie ins Trockene geflüchtet sind, doch trotzdem ist es schade, dass nicht mehr Menschen den Weg hierher gefunden haben.

„Kuchen zum Frühstück?", murmele ich.

Catherine sieht mich aus ihren freundlichen Augen an und lächelt. „Du kannst frühstücken, was du möchtest." Sie behandelt mich wie ein zerbrechliches Kind, und vielleicht bin ich das auch.

Also traue ich mich zum ersten Mal in meinem Leben, Torte zur ersten Mahlzeit des Tages zu machen. „Ich nehme die Marzipantorte und einen Kaffee." Ich lege die Dollarscheine, die ich für angemessen halte, auf den Tresen.

„Das wirst du schön wieder einpacken. Hier gibt es Gastfreundschaft, und du bleibst nun erst einmal hier, ohne irgendeine Gegenleistung."

Ich fühle mich machtlos. Mit Geld kann ich umgehen, aber mit Dankbarkeit und Höflichkeit überhaupt nicht.

Kapitel Dreiundzwanzig — Amelia

Ich kann nicht glauben, dass ich ihm geholfen habe. Irgendetwas in seinem Blick hat mir gesagt, dass wir es zumindest versuchen müssen, den Wagen zum Laufen zu bringen. Leider ist der absolut tot und verträgt wahrscheinlich den Winter nicht. Die Verzweiflung in Jeremias Augen hat mich dazu veranlasst, netter zu sein. Außerdem lähmt mich heute nicht die Müdigkeit und ich kann wieder klarer denken. Von dem Anschiss meiner Grandma mal ganz abgesehen …

Nun sitzt er also in der Ecke der Cakery, die Schultern eingezogen und die Stirn in Falten gelegt. Er sieht plötzlich viel älter aus als vorher. Ich kenne das, wenn manche Situationen einen altern lassen und man auf einmal das Leben aus einem anderen Blickwinkel betrachtet. Jeremia scheint eine große Last zu tragen.

Er nimmt eine Gabel von der Marzipantorte. Ich habe sie heute gemacht, und gespannt warte ich auf seine Reaktion.

Als er genüsslich die Augen schließt und sich ein kleines Lächeln auf den sonst so grimmigen Lippen bildet, da weiß ich, dass ihm meine Torte schmeckt. Mein Herz, das gerade einen kleinen Luftsprung veranstaltet, ignoriere ich geflissentlich.

Der Tag verläuft schleppend. Jeremia tippt in der Ecke der Cakery irgendetwas auf seinem Laptop und lässt sich die verschiedensten Kreationen von Granny bringen.

Ich muss lachen, als ich langsam erkenne, dass er satt ist, aber einfach nicht nein sagen kann. Die Gabeln werden weniger voll, aber er isst tapfer weiter.

Wir haben kaum Gäste, doch das habe ich mir fast gedacht. Draußen auf der Straße ziehen Kinder die Schlitten zur Piste, und ich muss lächeln, als ich die ersten Schneemänner vor der Cakery entdecke.

Winter bedeutet ein Stückchen Kreativität und gemeinsame Zeit.

„Granddad? Können wir einen Schneemann bauen bitte?" Ich ziehe das Bitte so lang wie die Kaugummis, die ich manchmal heimlich unter den Tisch klebe. Mom hat gesagt, wenn ich sie schlucke, kann ich nicht mehr aufs Klo. Ich habe doch aber nicht immer einen Mülleimer in der Nähe und weiß oft nicht, wohin mit den Kaugummis.

Draußen schneit es. Ich habe bereits meine Stiefel ganz allein angezogen, und stehe nun vor meinem Opa.

„Na klar. Ich ziehe mich noch an, du kannst bereits vor der Cakery anfangen. Ich bringe Granny mit."

O ja! Mit den beiden ist es immer so lustig. Draußen fange ich bereits an, die erste Kugel zu formen. Irgendwann ist sie so groß, dass ich nicht weiterkomme.

„Warte. Wir helfen dir." Granny und Granddad packen mit an, und gemeinsam bauen wir den größten Schneemann, den ich je gesehen habe.

„Er braucht einen Kuchen! Wir müssen ihm noch eine Schneetorte backen!"

Ich kreische auf, als mich der Schneeball meiner Granny auf dem Rücken trifft. „Erst einmal müssen wir Granddad mit Schnee bewerfen – los!"

Wir werfen ihn auf den Boden und reiben ihn mit Schnee ein, trotzdem wird mir nicht kalt. Unser Lachen erhellt den Winterhimmel.

Ich erinnere mich genau an diese Stunden. Noch Jahre später habe ich bei dem Anblick von Schneemännern einen Stich im Herzen gespürt. Langsam kann ich mich aber wieder über die vielen Schneefiguren freuen. Keine hat einen Kuchen in der Hand, dieses einzigartige Detail gab es nur ein Mal.

Jeremia blickt zu mir, und ich habe das Gefühl, dass er mir meinen Schmerz anmerkt, denn er schenkt mir ein kleines Lächeln. Ich bin mir sicher, dass er es nicht einmal weiß, dass er mich damit ein wenig aufmuntert.

Am Abend sitzen wir gemeinsam am Esstisch und essen Grannys Eintopf. Die Sorgenfalten auf Jeremias Stirn sind noch immer da. Man sieht ihm richtig an, dass er die ganze Zeit nachdenkt, und ich würde ihm gern irgendwie helfen. Eine Idee bildet sich in meinem Kopf. Das wird lustig. Ich werde ihn ein wenig provozieren.

„Woher kommst du Schlipsträger eigentlich? Und was machst du beruflich?"

„Amelia!" Granny geht direkt dazwischen, doch ich zucke nur mit den Schultern.

„Ich will unseren Gast auf unbestimmte Zeit nur näher kennenlernen." Unschuldig lächele ich und sehe Jeremia an. Wenn ich mich nicht täusche, ist gerade ein ganz kleines Lächeln über seine Lippen gehuscht. Bei seinen grimmigen Zügen bin ich mir da allerdings nicht sicher.

„Ich bin Juniorchef in einem Marketingunternehmen. Anderson, falls euch das was sagt. Die Firma gehört meinen Eltern, und ich werde sie eines Tages übernehmen."

Normalerweise sollte man bei einer solchen Aussage Freude erwarten, doch er rattert diesen Text einfach hinunter wie ein Roboter. Irgendetwas stimmt an der Sache nicht.

Anderson ist mir natürlich ein Begriff, und ich verstehe nun, warum ihm das Geld, das für uns einen Monat Ruhe bedeuten würde, nicht wichtig ist.

„Du hast doch bestimmt in deinem Leben noch nie richtig gearbeitet oder gar eine Jogginghose getragen."

Er schnappt nach Luft und sieht mich an. „Ich beweise dir, dass ich anpacken kann. Wir machen daraus eine Wette."

Nun bin ich an der Reihe, die Augenbrauen hochzuziehen. „Ach, und was habe ich davon?"

Meine Granny und Mom verfolgen die Szene fasziniert.

„Wenn ich es nicht schaffe, deine Aufgaben zu erfüllen, entwickele ich ein Marketingkonzept für eure Bäckerei. Gratis."

Ich schlucke, höre, wie am Tisch die Luft eingesogen wird und auf einmal Stille herrscht. „In Ordnung. Was, wenn ich verliere?"

Er sieht mir tief in die Augen. „Dann haben wir ein Date. Ich werde dir ein Outfit aussuchen und wir gehen aus."

Ich kann nur an die Chance für die Cakery denken, also strecke ich meine Hand aus und er nimmt sie in seine. „Du kannst mit dem Plan bereits anfangen."

Er schenkt mir ein siegessicheres Lächeln. „Rasiere dir die Beine, ich überlege schon einmal, was ich mit dir tun werde."

Das Gespräch dreht sich nur noch um uns, es wird wärmer im Raum und er streicht mit seinem Daumennagel über meine Handfläche. Ich muss schlucken, um ein Aufseufzen zu verhindern.

„Ab ins Bett, Kinder!" Granny unterbricht uns. Zum Glück.

Kapitel Vierundzwanzig — Jeremia

Ich sitze auf der Couch in Amelias Wohnzimmer und versuche erneut, meine Eltern zu erreichen. Es kommt keine Verbindung zustande, und ich werfe das Handy wütend auf den Wohnzimmertisch.

„Klappt es immer noch nicht?" Amelia betritt den Raum in einem Pullover und einer Leggings, die ihre Beine umschmeichelt. „Nein, euer Dorf hat bei diesem Wetter gar keinen Handyempfang, oder?"

Sie muss lachen. Die glockenhellen Töne erfüllen den tristen Winterabend, und auch auf meine Lippen legt sich ein Lächeln. Ich kann mir unser Date schon vorstellen. Sie wird schön aussehen, wir werden etwas essen und uns dabei über alles Mögliche unterhalten. Keine Ahnung, warum ich den Drang habe, sie näher kennenzulernen. Vielleicht weil ich auf unbestimmte Zeit in ihrer Wohnung festsitze?

„Bist du müde?" Sie sieht mich an, und ich lasse meinen Blick von unten nach oben über sie wandern.

„Nein und du?"

Sie schüttelt den Kopf. Ich mag den Rotton ihrer Haare. Ob er gefärbt ist?

„Wollen wir noch einen Film ansehen?", fragt sie leise und fast schüchtern. Sie ist nicht mehr die Kratzbürste von gestern Abend.

„Klar, gern.“ Ich öffne die oberen Knöpfe meines Hemdes und krempele die Ärmel hoch. „Ich freue mich schon darauf, dich morgen mal in einem Shirt zu sehen“, sagt sie.

Ich grinse sie an. „Glaub mir, so etwas habe ich auch im Kleiderschrank. Nur in meinem Beruf gehört Businesskleidung eben zur Etikette, irgendwann passt sich der Schrank an.“

Sie nickt. „Ich vergleiche mich manchmal mit Louisa Clark aus *Ein ganzes halbes Jahr* – sie trägt einfach das, was sie mag, und hört nicht auf die Meinung anderer.“

Von wem spricht sie? Wer soll Louisa Clark sein?

„Ich habe keine Ahnung, wen du meinst.“

Ihre Augen weiten sich, und ich stelle mir vor, wie sie sich öffnen, wenn ich Amelia berühre und dabei beben lasse. Gott, sie sollte mir lieber etwas von dieser Lea erzählen oder wie sie noch gleich hieß.

„Hummelstrumpfhosen? Tragische Liebe? Das Mädchen im roten Kleid?“

Ich habe noch immer keinerlei Ahnung, was sie gerade von mir will.

Zwei Stunden später sitzt neben mir ein kleines Häufchen Elend, das laut schnieft und sich zwar immer wieder die Tränen wegwischt, aber nichts gegen die stetige Flut machen kann.

Der Film hat mich beeindruckt. Wie tief eine Liebe sein kann, für die sich Louisa zum Schluss selbst zerstört, um für ihn da zu sein.

Ich lege einen Arm um Amelias Schultern.

„Ich habe diesen Film schon tausende Male gesehen, aber es bricht mir immer wieder das Herz“, flüstert sie.

Das erklärt, warum sie manche Szenen leise mitgesprochen hat. Mich würde interessieren, ob sie das überhaupt gemerkt hat. Ist ihr aufgefallen, dass sie ihre Fingernägel an der Stelle in die Handflächen gekrallt hat, als der Zuschauer erfährt, dass der Protagonist sterben wird?

Ich habe nicht jede Szene des Films mitbekommen, weil Amelia mich mit ihrer Schönheit und Hingabe für die Geschichte abgelenkt hat. Sie hat Tränen auf ihren Wangen, und ich zögere. Ich würde sie gerne wegstreichen. Was habe ich zu verlieren?

Ich fahre mit dem Daumen über ihre Wange und fange die Tränen auf. Ihre Haut ist warm, und ich mag es, sie unter meinen Fingern zu spüren.

Amelia sieht mich von unten an, und gerade jetzt ist sie wunderschön. Der verheulte Blick stört mich nicht. Sie senkt die Lider, und ich betrachte ihre Lippen. Sie schmiegt sich enger an meine Hand, und ich würde sie gerade so verdammt gern küssen. Ich will ihre Lippen auf meinen spüren und ihren Mund erkunden.

Ich merke, wie ich hart werde und schlucke.

Sie öffnet langsam die Augen und sieht mich an.

Ich fühle mich machtlos.

„Ich sollte schlafen gehen." Ihre Stimme ist kratzig, als sie sich von mir löst und aufsteht. „Gute Nacht, Jeremia. Danke für den schönen Abend." Sie dreht sich nicht noch einmal um, und das ist gut so, sonst hätte ich sie wirklich geküsst.

Kapitel Fünfundzwanzig — Amelia

Als mein Wecker klingelt, bin ich absolut froh darüber. Die Nacht war grauenhaft, weil ich meine Gedanken nicht von ihm losreißen konnte. Jeremia Anderson.

Wir hätten uns gestern Abend fast geküsst, und ich weiß nicht, ob es an der Liebe in dem herzzerreißenden Drama lag oder daran, dass er mich einfach angesehen hat.

Für eine kurze Zeit hatte ich alles andere vergessen. Trotzdem wäre es falsch gewesen, den Kuss zuzulassen, immerhin kenne ich diesen Mann nicht einmal.

Als ich durch das Wohnzimmer in die Küche schleichen will, steht Jeremia plötzlich vor mir. Mit nacktem Oberkörper.

„Ich brauche arbeitstaugliche Kleidung." Er sieht ernst aus, und ich muss fast lachen bei seinem motivierten Anblick.

„Guten Morgen. Ich brauche erst einen Kaffee, dann gehen wir zu Granny." Ich versuche, nicht auf seine Brust zu starren, auf der sich die Härchen kräuseln. Ich ignoriere mein klopfendes Herz und presse unauffällig meine Beine zusammen.

„Übrigens: Guten Morgen, Amelia."

Der Klang meines Namens aus seinem Mund gefällt mir. Ich betätige die Kaffeemaschine und spüre Jeremias Präsenz hinter mir.

„Würdest du mir auch einen machen? Sonst falle ich mit dem Kopf wahrscheinlich in eine Schüssel voller Teig." Er flüstert mir diese Worte ins Ohr, und es wäre egal, was er haucht, denn seine Hitze an meinem Ohrläppchen treibt meinen Puls in die Höhe.

Ich nicke nur. Wenn ich auch nur einen Satz sagen würde, könnte ich das Zittern nicht unterdrücken, das sich in mir ausbreitet.

„Mit Milch bitte." Er drückt mir einen kurzen Kuss unters Ohrläppchen und verschwindet im Bad.

Mein Herz pocht wie wild, und ich fasse mir an die Stelle, die er liebkost hat. Verdammt noch mal, er macht mich verrückt, und dafür hasse ich ihn.

Wenig später gehen wir beide mit Kaffeetassen in den Händen und Jeremia in dem Pullover von gestern in Grannys Wohnung. Dort herrscht schon das blühende Leben, und trotz der Tatsache, dass wir drei Uhr in der Früh haben, höre ich Weihnachtslieder aus ihrem Radio.

„Guten Morgen, ihr Hübschen", murmelt meine Mom und drückt uns beiden die Schulter, bevor sie direkt in Richtung Backstube verschwindet.

Ich wende mich an Granny. „Hast du vielleicht etwas zum Anziehen für Jeremia?"

Sie nickt und zeigt auf einen Stapel, den sie bereits bereitgelegt hat. Als ich sehe, dass es sich um Grandpas Klamotten handelt, muss ich ziemlich schlucken. Mir war klar, dass Jeremia aus seinen Sachen wählen würde, doch es war mir nicht bewusst, dass ich einen Stich in meinem Herzen spüren werde.

Ein paar Minuten später kommt er aus dem Bad, und nichts erinnert mehr an den Menschen im Anzug. Er trägt die alte Jeans meines Opas. Noch immer sehe ich die Mehlspuren darauf, obwohl sie natürlich längst vergangen sind. Die Beine waren immer mehr weiß als alles andere. Obenrum trägt er ein schwarzes Shirt und darüber ein Karohemd.

Er sieht gut aus, seine Haare fallen ihm locker in die Stirn.

„Bist du bereit, bei den Vorbereitungen für die heutige Öffnung zu helfen?"

„Bereit, wenn du es bist, mit mir auf ein Date zu gehen."

Er schenkt mir ein Lächeln und ich sehe ihn grimmig an.

„Ich hoffe, der Marketingplan ist fertig, du wirst in einer Stunde vor Schmerzen stöhnen."

„Ich würde dein Stöhnen lieber hören, Amelia", murmelt er, als er an mir vorbeiläuft.

Habe ich erwähnt, dass ich ihn hasse?

Kapitel Sechsundzwanzig — Jeremia

Niemals hätte ich erwartet, dass ich mich tatsächlich auf den Tag freue. Es ist verdammt früh, und ich bin zu einer Zeit aufgestanden, zu der ich sonst ins Bett falle. Komische Welt.

Als ich in den Klamotten von Amelias Großvater auf dem Weg in die Backstube bin, werde ich leicht nervös. Ich möchte dieses Date mit Amelia unbedingt haben. Nach dem gestrigen Abend ist mir ihr Anblick noch lange im Kopf herumgeschwirrt. Ich konnte kaum einschlafen, obwohl ich völlig fertig war.

In der Backstube angekommen, nehme ich die Umgebung zum ersten Mal richtig wahr. Die Geräte scheinen alt zu sein, erinnern an vergangene Zeiten, und ich bin mir sicher, dass es mittlerweile neuere Hilfsmittel gibt.

„Sag mir, was ich tun kann." Ich blicke Amelia herausfordernd an, und ihr Lächeln bringt mich kurz aus dem Konzept. Wie konnte ich am ersten Abend ihre Schönheit außer Acht lassen? Ich muss blind gewesen sein, denn selbst jetzt, in ihren Arbeitsklamotten, wirkt sie elegant. Sie trägt eine Schürze und darunter ein lockeres Kleid und strahlt eine Ruhe aus, nach der ich mich sehne. Ich muss mich konzentrieren.

„Als erstes müssen wir den Teig für die Marzipantorte machen." Sie wirkt so professionell, dass es mir schwerfällt, ein Grinsen zu unterdrücken.

Amelias Mom ist bereits fleißig bei der Arbeit und ich bewundere es, dass sie trotz tiefer Augenringe glücklich dabei wirkt und leise eine Melodie summt.

In dieser Familie herrscht eine Grundharmonie, nach der ich mich heimlich mein Leben lang gesehnt habe. Es wäre nicht richtig zu behaupten, dass ich nicht mehr an das Meeting denke, doch sich die ganze Zeit den Kopf darüber zu zerbrechen, würde auch nichts an der Gesamtsituation ändern. Es fühlt sich irgendwie an wie Urlaub.

„Jeremia? Schläfst du mit offenen Augen?" Amelia schnippt mit den Fingern vor meinem Gesicht herum, und ich erwache aus meinen Gedanken. „Ja, tut mir leid, Chefin."

Sie grinst und ohne, dass ich es bemerkt habe, ist die Schüssel auf einmal gefüllt mit verschiedensten Zutaten. „Und jetzt lass deine Muskeln spielen und knete." Sie lacht, als ich das Hemd ausziehe, weil mich die Hitze der Öfen zum Schwitzen bringt.

Im Shirt kann sie mich auch besser angaffen, also fange ich an. Der Teig ist klebrig, und ich frage mich, wie daraus eine homogene Masse entstehen soll.

Es kommt mir wie eine Ewigkeit vor, bis er die Konsistenz hat, mit der Amelia zufrieden ist. Mir schmerzen die Arme, der Schweiß steht mir auf der Stirn und läuft mir den Rücken hinunter.

Verdammte Scheiße, warum ist backen denn so anstrengend? Amelia lässt mir keine Zeit zum Aufatmen, denn es geht sofort weiter. „Diese Cakepops müssen glasiert werden, ich zeige es dir." Glasiert? Keine Ahnung, wovon sie spricht, aber es klingt heiß aus ihrem Mund.

Sie hat einen roten Fleck auf der Wange. Ohne groß darüber nachzudenken, fahre ich mit dem Daumen darüber. „Du hattest da etwas", murmele ich.

Auf einmal ist es nicht mehr die Hitze der Öfen, die mich um den Verstand bringt, es ist Amelias Haut unter meinen Fingern. Ich spüre die Wärme ihrer Wangen und ziehe schnell die Hand zurück, bevor ich sie hier vor ihrer Mutter und ihrer Grandma gegen den Tisch drücke und küsse. Wobei ... dann hätte sie Teig an allen Stellen ihres Körpers und durch die Hitze würde aus ihr das leckerste Kuchenstück werden.

Ich muss dringend etwas tun, auch wenn das bedeutet, diese komischen Kugeln mit verrücktem Zeug zu überziehen.

„Als letztes und bevor du duschen kannst, habe ich noch eine Idee." Amelia lächelt mich an und ihre Augen leuchten. Wie können sie so sehr glänzen, wenn sie von Kuchen und Keksen spricht? Ich bin mir sicher, wenn ich von meiner Arbeit rede, wird mein Blick stumpf.

„Die Idee von einer Torte aus weißer Schokolade und Himbeeren kam mir einfach so. Ich würde sagen, mit der Kombination machen wir aber lieber kleine Schneemänner, das passt besser zur Jahreszeit. Als besonderes Extra mischen wir Zimt mit hinein und Bananen."

Moment, das ist ihr mal eben in der Nacht eingefallen? Wie kreativ ist sie denn bitte?

Mein Magen knurrt und Amelia bricht in schallendes Gelächter aus. „Du hast Hunger, oder?"

Ich muss ebenfalls grinsen und sehe auf die Uhr. „Ich bin seit Ewigkeiten wach und arbeite, und das ist nicht gerade meine Uhrzeit. Wenn du noch von solchen Kreationen sprichst, dann überkommt es mich."

Sie lächelt mich an. „Wir frühstücken, wenn alles fertig ist. Vielleicht darfst du auch mal probieren."

Ich schmunzele, und dann beginnen wir mit den Schneemännern. Die Grundlage ist ein Biskuitteig, wie mir Amelia fachmännisch zu erklären versucht. Dazu kommt Himbeerkonfitüre und eine Creme aus weißer Schokolade mit einem Hauch von Kokos und Bananen.

„Dass meine ersten Schneemänner mal aus Kuchen bestehen würden, habe ich auch nicht erwartet." Die Worte sind heraus, ohne dass ich darüber nachgedacht habe.

Amelia sieht mich an, als wäre ich ein gebranntes Kind. Mitleid spiegelt sich in ihren Augen und mir zieht es das Herz zusammen. Nein, sie soll mich nicht so ansehen.

„Du hast noch nie einen Schneemann gebaut?"

Ich stehe auf und verlasse ohne ein weiteres Wort die Backstube

Ihr Mitleid kann ich nicht ab, ich benötige eine Dusche, um meine Gedanken zu sammeln und diesen Blick zu vergessen. Ich schlage mit einer Faust fest gegen die Wand und bin froh, dass sie nicht nachgibt. Fuck, ich sollte einfach meine jämmerliche Fresse halten. Mitleid bedeutet Schwäche. Ich bin nicht schwach, das gehört sich nicht als Anderson.

Kapitel Siebenundzwanzig — Amelia

Er hat noch nie einen Schneemann gebaut. Nie in seinem Leben hat er dabei die Kälte in den Fingern gespürt, weil man ohne Handschuhe besser bauen kann. Ich kann mir kaum vorstellen, dass er noch nie nach den passenden Steinen gesucht hat, um das Gesicht zu kreieren. Niemals ist er in den Genuss gekommen, extra in den Supermarkt zu laufen, um Karotten zu kaufen, weil Mom gerade erst einen Eintopf aus denen im Kühlschrank gekocht hat.

Es tut mir weh zu wissen, dass er niemals in den Genuss dieser Erinnerung gekommen ist. Das gehört zu einer schönen Kindheit absolut dazu, und als er aufsteht und geht, da weiß ich nicht, wie ich ihn aufhalten kann.

Die Schneemänner stelle ich kalt. Einen lege ich auf einen Extrateller, den schönsten von allen, um ihn später Jeremia zu geben.

Mitgefühl zeigen steht bei mir an hoher Stelle, doch ich weiß nicht, ob ich das Thema ansprechen soll. Ich kenne es zu gut, wenn man Dinge sagt, die man danach am liebsten zurücknehmen würde, weil sie zu viel offenbaren. Zudem scheint Jeremia sich selbst vor irgendetwas zu schützen, daher werde ich die Klappe halten.

Ich höre die Dusche in meiner Wohnung rauschen, demnach mache ich mich in Grannys Bad fertig. Sie hat

ihm ein türkisfarbenes Hemd meines Granddads herausgelegt, und ich ziehe das passende Kleid dazu an.
Am Saum tanzen kleine Schneemonster miteinander.
Ich liebe dieses Kleid, es hat einen Herzausschnitt, und
ich wähle dazu meine Kette mit der Schneeflocke daran. Ich habe sie als Abschiedsgeschenk von Grandma
bekommen, als ich ins Studium gestartet bin.

Ich seufze. Am Winter hasse ich die Melancholie, die
in der Luft liegt. Ich stecke meine Haare hoch und
schminke mich leicht. Als ich Jeremia wenig später
wortlos das Hemd in die Hand drücke, wirkt er nicht
mehr so locker. Er hat seine Mauer erhöht, sie wieder
aufgebaut, gerade als ich das Gefühl hatte, ihm ein wenig nähergekommen zu sein.

Er steht neben mir, als ich die Tür aufschließe und das
Schild umdrehe.

„Ruht euch doch heute aus. Amelia und ich bekommen das hin", sagt Jeremia zu Mom und Granny, und
ich bewundere ihn für das Angebot.

„Er hat recht, wir sind in der Wohnung." Mom zieht
Granny aus der Cakery, und auf einmal sind wir allein.

Der Blick meiner Mom hat Bände gesprochen, sie will,
dass wir alleine sind. Dass sie mich ihm nicht nackt in
die Arme schiebt, fehlt da noch. Die alte Kupplerin.

Ich denke nicht, dass Jeremia der Richtige für mich
ist. Eine Beziehung auf Zeit ist Gift fürs Herz. Es ist komisch, überhaupt darüber nachzudenken, aber irgendwie schleicht es sich einfach in meinen Kopf. Ich weiß
ja nicht einmal, ob er auch nur ansatzweise ähnlich
denkt. Ich muss mich schützen und darf es nicht an ihn
verlieren, dieses Herz, denn nach dem Schneesturm
holt uns die Realität ein. Dann muss Jeremia zurück an

die Spitze seines Unternehmens, und ich werde weiterhin hier sein und mein Erbe antreten.

Unsere Leben sind vorherbestimmt, und auch wenn ich sehr glücklich mit meiner Zukunft bin, ist da ein kleiner Teil in mir, der sich danach sehnt, Jeremia einen Platz zu geben.

Als Jeff die Cakery betritt, erkenne ich Jeremia gar nicht wieder. „Herzlich willkommen in Clarctons Cakery. Was darf ich für Sie tun?" Er hat ein Lächeln im Gesicht, wirkt professionell und freundlich.

„Wo habt ihr den aufgegabelt?" Jeff schlägt ihm freundschaftlich auf die Schulter und schlingt danach die Arme um mich. „Na meine Kleine, alles in Ordnung?"

Ich schließe die Augen, als er mir einen Kuss auf die Schläfe gibt. Jeff ist immer ein wenig mein Zuhause in Person. Er hat die väterliche Rolle übernommen, nachdem mein Grandpa es nicht mehr konnte.

Jeremia ist sichtlich verwirrt, als Jeff mich auffordert, mich zu drehen. Ich werfe die Arme in die Luft und tue ihm den Gefallen, darauf achtend, dass auch Jeremia genug sieht. Das Kleid schwingt im Takt meiner Bewegung, und ich muss lachen, als mir danach kurz schwindelig ist.

„Sie ist wunderschön, nicht wahr?", fragt Jeff Jeremia, und ich werde rot.

„Zweifellos."

Oh, verräterisches Herz, hör auf zu klopfen, er ist unser Untergang.

Als Jeff seine Bestellung hat, kümmert sich Jeremia um eine Gruppe älterer Damen. Sie haben sich trotz des Schneesturmes nach draußen getraut und sind gute

Gäste. Jede hat mindestens ein Stück Torte vor der Nase und Jeremia sitzt inmitten der Damen.

„Ach Schätzchen, du darfst hier ruhig bleiben." Er wird in die Wange geknufft, und es sieht aus, als würde es ihm irgendwie gefallen.

Ich bin entspannt, weil ich weiß, dass alles läuft. Nur unser Marketingkonzept sehe ich in Gefahr, denn bisher hat Jeremia alles gemacht, was ich gesagt habe. Verdammt, das habe ich so wirklich nicht erwartet.

Heute Abend muss er beim Abwasch helfen, und das kann ich mir nun wirklich nicht bei ihm vorstellen. Wahrscheinlich hat er bei sich zuhause dafür Personal oder so.

Als die Damen nach einer zweiten Kaffee- und Kuchenrunde verlangen, gehe ich Jeremia zur Hand. Er sieht glücklich aus, und ich mag das Lächeln auf seinem Gesicht.

„Du machst das wirklich toll." Meine Worte sind ehrlich gemeint, und während ich einen Latte macchiato mache, stelle ich mich auf die Zehenspitzen und küsse seine Wange. „Dankeschön für deine Hilfe."

Erfreut stelle ich fest, dass sich sein Gesicht rosig färbt.

Kapitel Achtundzwanzig — Jeremia

Es macht Spaß, die alten Damen zu verwöhnen und dabei ihre Aufmerksamkeit zu bekommen. Der Arzt der Omas wird sich wohl nicht freuen, denn sollte eine von ihnen Diabetes haben, wird das heute eindeutig ein schwarzer Tag in ihrer Geschichte.

Ich bewundere die Familie Ray. Sie verkauft zwar ihre Dienste, doch es hängt keine Gewitterwolke in Form von Zahlendruck über der Cakery. Die Preise sind fair, aber ich kann mir nicht vorstellen, dass dieses Konzept auf lange Sicht funktionieren kann.

Wir leben in einer schnellen Welt, die immer rasanter wird. Heutzutage müssen die Menschen das Haus nicht mehr verlassen, um irgendetwas zu erledigen. Der Charme eines alten Cafés wird oft nicht mehr gewertschätzt, sondern eher als lästig angesehen.

Am Durchschnittsalter der Gäste sieht man das deutlich. In meinem Kopf entwickle ich verschiedene Maßnahmen, die der Cakery helfen würden. Auch wenn ich gut arbeite und die Wette gewinnen werde, kann ich zumindest ein paar Anregungen anbringen. Amelia wird eines Tages das Geschäft übernehmen und sollte ihr Leben lang eine gute Summe auf dem Konto haben, ohne Monate, in denen sie nicht weiß, wie sie laufende Kosten begleichen soll.

Ich hatte immer den Vorteil, Geld zu haben und einen angemessenen Lebensstil halten zu dürfen, doch ich kenne genug Familien, in denen es nicht so ist.

Wie oft habe ich damals Geld „verloren", nur damit es meine Klassenkameraden finden und sich ein Frühstück kaufen konnten? Ich habe manchmal meiner Klassenlehrerin mehr als nötig für die Klassenfahrt gegeben, denn sonst hätte dieses eine Mädchen nicht mitfahren können. Ich erinnere mich nicht mehr an ihren Namen, irgendwas mit L. Sie hatte immer die billigsten Klamotten an und ihre Mutter war Aushilfe in der Charité.

Ich bin ihr einmal gefolgt und habe gesehen, wie sie in einem Mülleimer nach Essen gesucht hat. Nach einer anonymen Spende ist das nie wieder passiert. In den Augen der anderen war ich allerdings immer der Böse. Ich war immer der Arrogante, der vor Geld stinkt. Aber das war in Ordnung so, immerhin habe ich still und heimlich etwas Gutes getan. Dankbarkeit konnte ich sowieso noch nie händeln.

Die Damen verabschieden sich irgendwann, nachdem mich alle in die Arme geschlossen haben. So viele Küsse an einem Tag habe ich bisher auch noch nicht bekommen. Amelia sieht mich grinsend an, als sie abends den Schlüssel umdreht.

Ich bin total fertig. Es war eine tolle Erfahrung, doch mir tun die Füße weh, meine Arme schmerzen von dem Hin- und Hertragen der vielen Leckereien.

„Ich habe noch etwas für dich. Setz dich." Ich bin überrascht, aber zu müde, um zu widersprechen. Ich setze mich in die Ecke. Meine Schläfen pochen. Wenn ich gedacht habe, ein Meeting wäre anstrengend, so habe ich mich getäuscht. Es ist ein absolutes Zuckerschlecken im Vergleich zu diesem Job hier.

„Mach die Augen zu“, höre ich Amelia.

„Warum?“

„Jeremia.“ Ihr Tonfall ist ernst und Widerrede ist nicht gestattet, also gebe ich ihr diese Genugtuung und schließe die Augen. Sie stellt etwas vor mir ab.

„Du kannst sie nun wieder aufmachen.“ Ihre Stimme ist dicht an meinem Ohr, und ich spüre, dass sie sich neben mich setzt.

Ich öffne die Augen, und vor mir auf dem Tisch liegt einer der kleinen Schneemänner von heute früh. Ich habe keinen einzigen probieren können, denn die Gäste sind voll darauf abgefahren; sie waren in kürzester Zeit ausverkauft.

„Eine erste Erinnerung muss gebührend gefeiert werden.“ Amelia reicht mir eine Kuchengabel, und ich weiß nicht genau, welche Emotionen gerade in mir toben. „Erste Male sind immer etwas Besonderes. Also lass dir den ersten Schneemann schmecken.“

Ich möchte so viel sagen, aber Amelia steckt mir einfach eine Gabel voller Kuchen in den Mund, und ich muss lachen. Dies ist das schönste erste Mal, will ich sagen. Doch der Geschmack auf meiner Zunge, diese Kombination lässt mich einfach nur genüsslich aufstöhnen.

Diese Frau ist der Wahnsinn.

Kapitel Neunundzwanzig — Amelia

Er zieht mich einfach in seine Arme, ohne ein Wort zu sagen, doch ich habe den Glanz in seinen Augen gesehen. Er ist glücklich, und meine Idee mit dem Schneemann war großartig. Ich spüre seine Hände an meiner Taille, sitze auf seinem Schoß, und diese Umarmung hat etwas Intimes. Mein Kopf ruht auf seiner Schulter, und die Stille ist angenehm. Nur mein Herz pocht wie wild in meiner Brust. Keine Worte würden diesem Augenblick gerecht werden.

Wir verbringen eine Ewigkeit in dieser Position. Wahrscheinlich kommt es mir nur so vor, doch Jeremia schenkt mir in diesem Moment die Unendlichkeit. Ich spüre den rauen Stoff der Jeans durch die dünne Strumpfhose. Mir wird heiß und meine Gedanken driften weg. Was würde er tun, wenn ich nun die kleine Kuhle zwischen seiner Schulter und seinem Hals küssen würde? Nur kurz mit den Lippen streifen? Ich atme gegen seine Halsbeuge und sehe, wie sich Gänsehaut auf seinem Körper bildet.

„Amelia", flüstert er rau.

Ich bleibe stumm, doch ich spüre, wie er den Griff an meiner Taille ein wenig verstärkt. Es fühlt sich gut an, so von seinen kräftigen Händen berührt zu werden, mit denen er heute Vormittag noch den Teig geknetet hat.

Er fährt mit den Fingern zu meinen Oberschenkeln, und ich küsse federzart die Stelle an seinem Hals. Jeremia stößt die Luft aus. Das ist zu viel, wir müssen aufhören.

Seine Finger wandern meine Oberschenkel nach oben. Ich traue mich nicht, ihn anzusehen, und spüre jede Faser meines Körpers. Das hier darf nicht passieren, er wird mein Herz brechen. Schnell stehe ich auf und streiche meinen Rock glatt.

„Wir müssen noch alles aufräumen." Ich sehe ihm nicht in die Augen, sondern flüchte hinter die Theke. Ich gehe meiner Routine nach und zwinge mich, an nichts anderes mehr zu denken als daran, dass die Cakery fertig gemacht werden muss. Ich benötige dringend Feierabend, fühle mich ausgelaugt.

Nein – ich belüge mich selbst. Ich fühle mich so lebendig wie nie zuvor. Ich spüre jede Faser meines Körpers, das Pochen zwischen meinen Beinen und seine Finger auf meiner Haut. Das ist zu viel für mich.

„Was kann ich tun?" Ich höre Jeremia hinter mir, seine Stimme klingt normal, er scheint sich gesammelt zu haben. Vielleicht hat ihn das alles auch kalt gelassen und er spielt nur ein Spiel mit mir?

Ich schlucke, verdränge die Gedanken daran. „Du kannst die Spülmaschine ausräumen, die Platten müssen mit Hand abgewaschen werden."

Er protestiert nicht, sondern nimmt mir die Platten aus der Hand und geht zum Spülbereich. Seine Schultern hängen hinunter und ich seufze.

Warum ist das Leben so verdammt kompliziert?

Kapitel Dreißig — Jeremia

Ich liege auf der Couch und die Gedanken lassen mich nicht schlafen, obwohl mein Körper nach Erholung ächzt. Ich spüre noch immer ihren Kuss, das Gefühl ihrer Schenkel unter meinen Händen. Verdammt, ich war so hart. Ich hätte sie am liebsten auf den Tisch gelegt und mich in ihr versenkt, nur um den Druck zu lindern.

Sie hat angefangen, und an dem Schaudern ihres Körpers habe ich gemerkt, dass sie es ebenfalls wollte. Wir haben seitdem keinen Ton miteinander gesprochen, abgesehen von ihren Arbeitsanweisungen. Ich bin froh, dass nun endlich Feierabend ist. In wenigen Stunden klingelt bereits wieder der Wecker, und ich frage mich, wie die Familie das jeden Tag auf die Beine stellt.

Das hält kein Mensch ein Leben lang aus und hat auch nichts mit einer angemessenen Work-Life-Balance zu tun. Keinen Tag hat die Cakery geschlossen, zumindest wenn man Jeff Glauben schenken kann. Er macht sich Sorgen um Amelia, und das tue ich auch. Ich bin in Gedanken bei der ganzen Familie Ray. Catherine scheint nicht mehr die fitteste Person zu sein, und auch wenn sie dies zu verstecken versucht, habe ich heute die Erleichterung gesehen, als ich sie weggeschickt habe.

Die Cakery bräuchte dringend Personal, ordentliche Öffnungszeiten mit Pausen und bessere Maschinen. Das alles wäre ein hoher Kostenaufwand, doch ich kann mir nichts anderes vorstellen.

Man sollte schließen, um eine Neueröffnung zu feiern, die das neue Konzept vorstellt. Ich bin mir sicher, dass es keinem aus der Familie gefallen wird, deshalb behalte ich meine Idee lieber für mich.

Die Müdigkeit steckt mir in den Knochen und meine Arme schmerzen noch immer, als Amelia vor mir her in die Backstube läuft.

„Guten Morgen, Jeremia. Heute habe ich etwas Besonderes mit dir vor." Catherine küsst meine Wange und die von Amelia, und mein verräterisches Herz genießt für einen einzigen Wimpernschlag das Dazugehören.

Catherine nimmt mich am Arm und ich folge ihr. Was hat sie nur vor? Ich habe keinen blassen Schimmer, doch ich bin gespannt. „Du wirst heute eine Torte backen. Amelia wird dir helfen, aber du entscheidest über die Zutaten." Ich runzele die Stirn, warum sollte ich so etwas tun? „Wir werden die Cakery ab morgen schließen. Sieh es als kleines Abschiedsgeschenk an die Gäste. Wir glauben an dich."

Ich kann den Schock in Amelias Augen erkennen. „Granny – warum?"

„Aktuell übersteigen die Kosten unsere Einnahmen, der Schneesturm knockt uns alle aus. Wir müssen da jetzt durch, um danach wieder starten zu können. Ihr beide habt euch außerdem Zeit zu zweit verdient."

„Aber das können wir doch nicht machen." Amelia ist eindeutig fassungslos, doch ich erkenne darin eine Chance. Eine Chance für einen Neuanfang.

„Der Entschluss steht fest. Wir brauchen alle noch ein wenig Ruhe und der Schneesturm sorgt dafür, dass wir immer weniger Kunden haben. Nicht nur der Sturm ..." Die letzten Worte murmelt Catherine nur.

Amelia nickt, scheint langsam zu verstehen, dass es ihrer Granny absolut leid tut, aber sie einfach recht hat. Ich glaube eher, dass Amelia nicht weiß, was es bedeutet, frei zu haben. Sie ist mir ähnlicher, als sie denkt. Ehe ich hier gestrandet bin, wusste ich ebenfalls nicht, wie es sich anfühlt, Luft für Gedanken zu haben. Wie es ist, wenn der Kopf nicht dauernd von der Arbeit beherrscht wird. Das Meeting kann ich vergessen, doch da sich an der Situation nichts ändern wird, muss ich lernen, sie zu akzeptieren.

„Dann lass uns endlich unser Date angehen. Ich habe ja wohl eindeutig gewonnen." Mit dem lockeren Tonfall versuche ich, ihr ein Lächeln abzuringen, doch sie sieht mich grimmig an.

„Jetzt back erst einmal deine Torte und übersteh den Tag, Anderson."

Das Grinsen verkneife ich mir bei ihrem herausfordernden Blick.

Als die Cakery drei Stunden später öffnet, blicke ich stolz auf die Torte hinab. Ich habe mich für eine Mischung aus dunkler Schokolade mit Spekulatiuscreme und Orangenkonfitüre entschieden. Klingt in der Kombination ekelhaft, doch die einzelnen Zutaten haben gut geschmeckt. Das Backen verlief unter Anleitung von Amelia, denn mehr als eine Ahnung, wie das Ergebnis schmecken soll, habe ich nicht. Aber die gemeinsame Arbeit war schön. Jetzt wandern meine Gedanken zum vergangenen Abend. Ich will mich nicht entschuldigen, denn es tut mir nicht leid, ihr nähergekommen zu sein. Wenn es nach mir geht, war sie mir nicht nah genug.

Das erste Stück meiner Kreation bestellt Jeff, und wir genehmigen uns alle eines. Die ganze Familie Ray setzt sich zu ihm an den Tisch, und ich bin nervös. Wenn der Kuchen ekelerregend schmeckt, blamiere ich mich eindeutig. Ich habe zwar keine Ahnung vom Backen, doch es wäre mir peinlich. Auf der oberen Schicht habe ich kleine Schokopinguine auf einer Rutsche platziert. Als ich gesehen habe, wie Amelia mit wenigen Handgriffe diese Figuren aus Marzipan formt, da habe ich sie noch mehr bewundert, als ich es ohnehin tue.

„Bevor wir die leckerste Torte der Welt probieren, wollte ich mich kurz bedanken. Danke, dass ihr mich einfach so aufnehmt und ich hier bleiben kann, bis der Sturm vorüber ist." Wow, die Worte wollten nicht mal in meinem Hals stecken bleiben, und als ich das Lächeln der Rays sehe, da wird mir warm.

„Unsere Tür wird immer offen stehen, auch in Zukunft." Catherine.

Ich nicke und bin einfach nur dankbar.

Dann stoßen wir alle mit vollen Kuchengabeln an, und ich lache, als Jeffs Stück direkt auf seinem Hemd landet. Als ich meine Kreation probiere, achte ich nur auf die anderen. Ich sehe Amelia genüsslich die Augen schließen, Catherine wirkt ebenfalls entzückt, mir schmeckt es hervorragend.

„Ich bin stolz auf dich. Sie ist sehr lecker, Jeremia“, sagt Catherine.

Ich bin stolz auf dich. Wie viele Jahre habe ich auf diesen Satz gewartet? Wie viel Arbeit habe ich jeden Tag geleistet, um ihn nur einmal von jemandem zu hören? Das ist mir zu viel, ich muss an die frische Luft.

Ich schnappe mir ohne ein weiteres Wort meine Jacke und gehe hinaus. Der Schnee ist noch immer dicht. Als mir die Tränen in die Augen schießen, kann ich jedoch nicht mehr viel erkennen und auch nicht klar denken.

Catherines Worte haben mir viel bedeutet, es geht mir gut hier. Diese Familie hat mich einfach aufgenommen und ich fühle mich wie Tarzan. Auch er wusste am Anfang nicht, wie man mit seiner neuen Familie umgehen soll, und auf einmal wurde er mit Liebe überschüttet.

„Jeremia.“ Amelia ist ganz nahe, doch durch den Schnee kann ich nicht viel erkennen.

„Gib mir zwei Minuten – ich komme gleich wieder rein.“ Ich klinge abwehrend, sie soll gehen. Ich ertrage gerade keine Nähe, ich bin es gewohnt, meine Probleme und Gefühle mit mir selbst auszumachen. Da kann ich niemanden gebrauchen.

Sie kommt auf mich zu.

„Bitte, Amelia. Geh wieder rein. Ich brauche nur kurz für mich allein.“ Nun spreche ich leiser, flehender. Versteht sie nicht, dass ich gerade keinen anderen Menschen ertrage?

„Es hat dir noch nie jemand gesagt, dass er stolz auf dich ist, nicht wahr? Du rennst vor deinen Emotionen weg. Jeremia, es ist gut, etwas zu fühlen.“

Nein, es ist zu viel. Ich kann nicht.

Sie kommt noch näher. „Es ist nicht schlimm, Emotionen zuzulassen", flüstert sie, als sie vor mir steht.
Ich halte es nicht aus.
Ich will sie so sehr.

Ich muss ihm folgen, denn gerade ist es eindeutig zu viel für ihn. Ich weiß selbst, wie es ist, wenn die Emotionen einen dazu zwingen, innezuhalten. Wenn man überlegen muss, was genau Worte in einem auslösen.

Ich schlinge die Arme um ihn, schmiege mich einfach an ihn, vergesse dabei die nasse Jacke an seinem Körper. Der Schnee durchweicht unsere Haare und Kleidung. Jeremia zittert, doch er lässt meine Nähe zu.

„Ich bin da für dich", murmele ich an seiner Brust. Er küsst meinen Kopf und ich werte es als ein stummes Dankeschön.

„Könnten wir langsam reingehen? Sonst erfrieren wir."

Gemeinsam betreten wir die Cakery und Granny wirft mir nur einen stummen Blick zu. D*as hast du gut gemacht, Kind.*

Es fühlt sich komisch an, zum Ladenschluss den Schlüssel umzudrehen und nicht zu wissen, wann man wieder öffnen kann. Es wird ungewohnt sein, wenn morgen der Wecker nicht klingelt, um mich aus dem Schlaf zu reißen. Ich bin ein Arbeitsmensch und weiß nicht einmal, wie man Freizeit schreibt, deshalb bin ich nicht sonderlich erfreut über die Zwangspause. Die Stammkunden haben wir kontaktiert, ein Zettel hängt an der Tür. Noch mehr Zeit mit Jeremia wird mir nicht guttun.

„Lasst uns klar Schiff machen und Schluss für heute. Es wird für uns alle gut sein, durchzuatmen." Granny klatscht in die Hände, und wir alle packen mit an. Mit einem Händepaar mehr sind wir schnell fertig, und kurz darauf haben wir die Maschinen abgedeckt und die Utensilien in ihre Schubladen geräumt. Die Küchenmaschine fehlt mir schon jetzt, doch für mich selbst werde ich trotzdem weiter backen. Es ist kein Abschied für immer, fühlt sich eher an wie eine Beziehungspause, von der man nicht ahnt, ob es je wieder so wird wie zuvor.

„Wie wäre es mit einem gemeinsamen Abendessen?" Granny blickt in die Runde, und Jeremia kratzt sich verlegen am Hinterkopf. „Wäre es in Ordnung, wenn Amelia und ich in ihrer Wohnung essen? Ich würde gerne für sie kochen."

Danke fürs Fragen? Vielleicht ist mein Kühlschrank ja total leer.

Sofort mischt sich Mom ein. „Das ist gar kein Problem – wir sehen uns morgen. Habt einen schönen Abend und genießt das Essen." Ich höre ihren zweideutigen Ton eindeutig heraus, und als sie schnell mit Granny das Weite sucht, da muss ich grinsen. Die haben doch einen Plan.

Jeremia und ich gehen in meine Wohnung. „Du willst also kochen, ja?" Ich kann die Vorfreude nicht unterdrücken. Noch nie hat jemand für mich gekocht, der nicht zur Familie gehört.

„Jap, es gibt Hühnchenbrust mit grünen Bohnen und dazu Kartoffelpüree. Tut mir leid, was anderes kann ich nicht kochen." Er lacht verlegen und ich will ihn unterbrechen, dafür habe ich eindeutig nichts da.

Als er meinen Kühlschrank öffnet, bin ich verwundert. Warum ist der prall gefüllt mit allen möglichen Lebensmitteln?

„Ich war heute im Dorfladen um die Ecke, als ich sagte, dass ich kurz eine Runde um den Block drehe. Wenn ihr schon kein Geld annehmt, kann ich wenigstens eure Kühlschränke füllen."

Das ist so unfassbar nett von ihm! „Dankeschön." Wir sehen uns in die Augen, doch bevor ich den Moment greifen kann, wendet sich Jeremia ab.

„Kannst du Kartoffeln schälen? Darin bin ich eine Niete."

„Ich dachte, ich werde bekocht?"

Er sieht mich mit Unschuldsmiene an. „Gemeinsam kochen ist doch viel romantischer, oder, Amelia?"

„Das ist aber kein Date, nicht wahr?"

„Nein, aber ich habe mir eins verdient." Er blickt mich an, und ich würde gerade alles dafür tun, um noch einmal die Nähe von gestern zu spüren. Ich würde tausende Dates mit ihm haben, ich bin ihm ja jetzt schon irgendwie verfallen. Verdammt noch mal, muss wirklich erst ein Mann aus der Großstadt kommen, um mein Herz zu erobern? Anscheinend ja. Ich sollte sämtliche Gedanken über Bord werfen.

„Okay, du hast dir das Date verdient. Ich habe die Wette verloren."

Das kindliche Grinsen und der Jubelschrei aus dem Mund des sonst so toughen Geschäftsmanns wärmen mein Inneres.

Es ist schade, eine so gute Chance auf kostenfreies Marketing zu vergeben, doch Jeremia hat in der Cakery wirklich überall mit angefasst und alle Aufgaben gewissenhaft erledigt. Er hat gewonnen.

„Und jetzt los, wenn die Kartoffeln nicht bald im Topf landen, verhungern wir."

Ich zeige ihm liebevoll den Mittelfinger, greife aber zu den Kartoffeln. Klassische Rollenverteilung würden wir schon einmal hinbekommen.

Später sitze ich ihm gegenüber, und das Huhn zergeht mir auf der Zunge. „Wo hast du so gut kochen gelernt?" Ich sehe Jeremia an. „Es schmeckt himmlisch", ergänze ich, bevor ich eine Bohne in meinen Mund schiebe.

„Ich habe früh angefangen, für mich selbst zu sorgen. Die Basisrezepte kann ich, und selbst ein fünfjähriges Kind kann Hähnchen anbraten. Es gab dann halt immer leichte Dinge, deshalb kann ich nicht sonderlich viel kochen."

Ich bemerke das traurige Lächeln auf seinem Gesicht, auch wenn er versucht, es zu verbergen. „Du warst viel allein, oder?"

Er nickt und trinkt einen Schluck Wasser. „Meine Eltern haben sich für die Karriere entschieden. Ich war ein Klotz am Bein, ein Unfall in einer Nacht. Das habe ich immer wieder zu spüren bekommen, aber lass uns über etwas anderes reden."

Ich will nachhaken, doch es scheint ihn zu quälen, an seine Kindheit zu denken. Der Abend ist zu schön, als dass ich ihn durch negative Gedanken verderben möchte.

„Lass uns morgen gemeinsam etwas unternehmen. Ich habe da auch schon eine Idee“, wechsle ich das Thema.

„Amelia Ray, was hast du vor?“ Er zeigt mit der Gabel auf mich und ich strahle ihn an.

„Wir genießen den Winter und nutzen den Schnee. Du wirst einen Skianzug brauchen, Jeremia.“

Sein geschockter Blick ist es schon jetzt wert.

Das wird unfassbar lustig.

Kapitel Zweiunddreißig — Jeremia

Ich werde von einem Poltern geweckt und stöhne auf. Das kann nicht ihr Ernst sein. Ich lege mir das Kissen über die Ohren und versuche, wieder in meinen Schlaf zu driften, doch es klappt nicht. Spätestens als ich höre, wie sie an mir vorbeigeht und die Kaffeemaschine anstellt, bin ich hellwach. Natürlich ist das Modell so laut wie ein Automotor. Ich setze mich auf und sehe über meine Schulter zu Amelia. Sie scheint nicht gemerkt zu haben, dass ich wach bin, und tänzelt herum.

Ihr Oberteil geht ihr bis knapp über den Hintern, doch darunter sehe ich einen roten String aufblitzen. Meine Kehle wird trocken. Sie singt leise ein Weihnachtslied, das ich nicht kenne. Sie sieht glücklich und entspannt aus, und ich spanne so lange, bis sie sich zu mir umdreht und in der Bewegung innehält.

Ich grinse. „Guten Morgen, Dancing queen."

Sie wird rot und murmelt ein *Guten Morgen*. Ich muss lachen. „Ich springe mal unter die Dusche, Prinzessin. Lass dich nicht abhalten, mir hat gefallen, was ich gesehen habe."

Sie zeigt mir liebevoll den Mittelfinger, und ich spüre ihren Blick in meinem Rücken, als ich im Bad verschwinde.

Wenig später prasselt das Wasser auf meinen Körper, und ich muss an Amelia denken. Fuck, da hilft mir auch keine eiskalte Dusche. Vielleicht habe ich nun endlich die Möglichkeit, ihr nahezukommen. Bei dem Gedanken an ihre Lippen auf meinen werde ich hart und stöhne frustriert auf. Das kann ich nicht gebrauchen, ich kann mir keine Erleichterung verschaffen, wenn der Grund dafür nur mit einem Shirt bekleidet im Nebenraum Kaffee schlürft.

Ich lehne die Stirn gegen die Duschwand und schließe die Augen. *Jeremia, du musst cool bleiben, Geduld haben und vor allem: Benimm dich nicht wie ein pubertierender Teenager.*

„Jeremia! Beeil dich, wir wollen bald los!"

Ich verdrehe die Augen, das Mädchen ist eine Mischung aus Himmel und Hölle. „Ich komme gleich!" Schnell wasche ich den Schaum von meinem Körper und steige aus der Dusche. Ich trockne mich kurz ab und schlinge mir das Handtuch um die Hüfte. Ich laufe ins Wohnzimmer, doch da ist sie nicht mehr. „Wo bist du denn?", rufe ich, und auf einmal steht sie vor mir.

Sie mustert mich ungeniert von oben bis unten, und ich versuche, ruhig zu bleiben, als sich ihr Blick in meinen bohrt. Ihre Augen verdunkeln sich um eine Nuance, sie schluckt und beißt sich auf die Lippe.

„Im Wohnzimmer liegt ein Skianzug, wir treffen uns in zehn Minuten unten vor dem Haus."

Sie stürmt davon, und ich weiß genau, dass sie das auch spürt. Diese Anziehung zwischen uns. Bald halte ich es nicht mehr aus, sie nicht an mich zu ziehen und ihre Lippen mit meiner Zunge zu teilen.

Kapitel Dreiunddreißig — Amelia

Jeremia ist ein Mistkerl, denn er weiß genau, welche Wirkung er auf mich hat. Wie er meinen Körper reagieren lässt, ohne mich auch nur zu berühren.

Die Kälte trifft mein Gesicht und ich atme tief durch. Der Schnee ist gefroren. Das Glitzern sieht wunderschön aus, die Außenbeleuchtung sorgt dafür. Der Sturm tobt noch immer. Er ist schwächer geworden. Trotzdem schneit es noch, und die Flocken sind dick. Es wird noch einige Zeit dauern, bis die Straßen verkehrssicher sind.

Für die Cakery hoffe ich, dass der Schneefall weniger wird, doch für mich selbst wünsche ich, dass er ewig anhält. Jeremia wird gehen, sobald die Meldung kommt, dass die Straßen geräumt sind. Ich bin nicht bereit, ihn zu verabschieden und einfach zu vergessen. Die Tage, die wir miteinander verbringen, sind nicht gut für mich, ich verfalle ihm mit jeder Sekunde mehr, die ich mit ihm verbringe. Doch ich weiß genau, dass er, sobald auch nur eine minimale Möglichkeit besteht, weiterfahren wird. Mein Herz hat sich für ihn entschieden, und ich war schon immer machtlos. Ich bin kein Kopfmensch, doch manchmal wünschte ich, dass sich mein Gehirn einmischen würde. Ich versuche, Jeremia von mir fernzuhalten, doch ich weiß nicht, ob ich es schaffen werde.

Zwischen uns beginnt es zu knistern, das Feuer zieht Sauerstoff und wird langsam gefährlicher. Ich sehne mich danach, ihn zu berühren, seine Lippen zu spüren ... seine Finger erneut auf meinem Oberschenkel. Die Gedanken bringen mich noch um meinen Verstand.

„Du willst mich verarschen, Amelia, oder?" Jeremias Stimme hinter mir klingt leicht belustigt, jedoch auch genervt. Ich drehe mich langsam zu ihm um. Das ist zu gut! Er steht in einem alten Skianzug vor mir, der meinem Großvater gehört hat. Er ist lilafarben und besitzt türkise Verzierungen. Dazu trägt Jeremia Moonboots sowie eine Bommelmütze auf dem Kopf, und ich kann mir das Lachen nicht verkneifen. Er sieht aus wie Snape als Irrwicht, und der grimmige Gesichtsausdruck passt dazu. Wirklich zum Schießen. Ich lache lauter, je grimmiger er mich ansieht. Ich halte meinen Bauch, denn er schmerzt bereits.

Verdammt, das ist zu gut.

„Amelia", murmelt er drohend, doch ich kann nicht aufhören. Ich versuche, tief durchzuatmen, pruste jedoch direkt wieder los. Ich glaube, gleich mache ich mir in die Hose. Ich schließe die Augen und atme erneut tief durch, sehe ihn an, noch immer ein Lachen auf meinen Lippen. „Das wird ein toller Tag, du siehst super aus."

Er zeigt mir mit seinem Mittelfinger, was er denkt, und ich strecke ihm die Zunge raus. „Du kannst natürlich auch erfrieren."

Ich trete zur Seite, präsentiere ihm den Holzschlitten, den ich zuvor verdeckt habe, und sehe, wie es hinter seiner Stirn anfängt zu rattern.

„Amelia, wir sind erwachsen. Du willst doch nicht wirklich Schlitten fahren, oder?"

Ich sehe ihn herausfordernd an. „Man ist niemals zu alt, um Spaß zu haben." Ich werde rot, als ich bemerke, was ich gesagt habe.

„Spaß stelle ich mir mit dir ganz anders vor, Amelia", raunt er.

Wir sollten dringend zur Piste.

Kapitel Vierunddreißig — Jeremia

Ich nehme ihr den Schlitten ab, als wir zum Berg laufen.

„Das ist der Schneeberg von Clarcton. Dort rodeln alle Kinder und bauen Schneemänner. Es ist eines der Herzstücke des Ortes." Ich achte kaum auf ihre Worte, denn sie sieht wunderschön aus in ihrem roséfarbenen Skianzug und mit der dicken Mütze auf dem Kopf. Ich fühle mich wie der letzte Depp, doch trotz der Kälte ist mir kuschelig warm. Ich muss wohl einfach vergessen, wie albern ich aussehe, immerhin kennt mich hier niemand. Nicht auszudenken, was passieren würde, wenn meine Kollegen mich so sehen würden oder gar meine Eltern. Ein kurzer Stich fährt in meine Magengrube, und ich verdränge alle weiteren Gedanken an sie. Heute möchte ich Zeit mit Amelia verbringen und nicht an morgen denken.

„Hast du schon immer in Clarcton gelebt?", frage ich, während wir durch den Schnee stapfen. Ich möchte mehr von ihr wissen, sie einfach näher kennenlernen.

„Ja. Ich bin hier aufgewachsen. Zwischenzeitlich habe ich zwei Jahre in Toronto studiert und bin nun wieder hier."

Ich mag das Lächeln auf ihrem Gesicht, wenn sie von ihrer Heimat spricht. „Bist du glücklich damit, hier zu sein?" Sie nickt energisch, und ich bewundere es, dass sie darüber nicht einmal nachdenken muss. Wie kann man einen Job nur so sehr lieben, dass man dafür sogar in einem kleinen Dorf lebt? Familie alleine kann ja nicht der Grund sein, um alles aufzugeben, was man erleben könnte.

„Ich habe die Möglichkeit gehabt, in meinem Studium etwas anderes kennenzulernen, aber das war nicht meine Welt. Mein Herz gehört der Cakery und meiner Familie, ich könnte fast nicht glücklicher sein.“

Ich runzele die Stirn, folge ihr, doch ein Wort lässt mich aufhorchen. „Fast?“, frage ich.

Sie sieht in die Ferne, während wir weiter durch die Schneemassen stapfen. Den Holzschlitten trage ich auf dem Rücken.

„Als ich meinen Opa verloren habe, da habe ich ihm versprochen, mehr von der Welt zu sehen. Wegen ihm habe ich das Studium angefangen, doch ich habe mich selbst belogen. So wie meine Mom. Ich hasse Lügen, doch es gab ein Thema, bei dem ich stets gelogen habe: Liebe. Sie hat mich oft gefragt, ob ich einen Freund gefunden hätte, und ich habe sie in dem Glauben gelassen, dass es jemanden in meinem Leben gäbe.“

Ich schlucke. „Ich kenne das. Ich habe das genauso gemacht. Da fallen einem ganz schön viele Geschichten ein, oder?“ Ich lache auf.

„Du? Das hast du doch gar nicht nötig!“ Sie sieht mich geschockt an.

„Glaub mir, wenn ich nach zwölf Stunden Büro nach Hause komme und noch weiter arbeite, habe ich keinen Elan für ein Date. Ich bin mit meinem Job verheiratet. Meine Eltern leben mir eine Ehe vor, bei der nicht geliebt wird, da ist es weniger riskant, bei seinem Beruf zu bleiben.“ Ich weiß gar nicht, wann ich das letzte Mal so ehrlich war. Wahrscheinlich habe ich mich bisher nie getraut, diese Worte auszusprechen.

„Warum lassen sich die beiden nicht einfach scheiden?“ Amelia ist neugierig, doch ich höre auch das Zögern in ihrer Stimme. Sie will mich nicht bedrängen, doch ich möchte ihr einen kleinen Einblick in meine Welt geben. „Es hängt ein millionenschweres Unternehmen daran. Eine negative Schlagzeile wäre undenkbar, die beiden bleiben also verheiratet bis ans Ende ihres Lebens und holen sich das Vergnügen an anderer Stelle.“

Sie runzelt die Stirn. „Das ist grauenhaft. Für mich ist die Ehe der Höhepunkt der Liebe, man gibt sich das Versprechen für die Ewigkeit. Man schwört, den anderen zu lieben und zu ehren. Es ist einfach eine große Scheiße, wenn man die Ehe nur benutzt.“

Ich glaube, ich habe sie selten fluchen gehört, aber es ist verdammt süß. „Da gebe ich dir absolut recht. Ich fühle mich bei euch wie in einer anderen Welt. Ihr seid so liebevoll und das kenne ich nicht, vielleicht flüchte ich deshalb, wenn es mir zu viel wird. Das ist alles neu für mich.“

Wir stehen mittlerweile auf dem Berg, und ich stelle den Schlitten ab. Amelia sieht mich nachdenklich an und legt ihre behandschuhte Hand an meine Wange. „Vielleicht ist es Schicksal, um dir mal eine schöne Welt zu zeigen. Wir haben auch schlechte Tage, doch die Familie Ray hält zusammen, egal was kommt.“

Zusammenhalt.

Ich habe keine Ahnung, was dieses Wort wirklich bedeutet. Ich wurde zum Einzelkämpfer erzogen, gehe meinen Weg lieber allein und kann Gruppen nicht leiden. Ich schütze meine Privatsphäre und lasse niemanden an mich heran. Außer Amelia.

Das kleine, verrückte Konditorenmädchen lässt meine Schutzmauern wackeln, und ich weiß nicht, wie ich damit klarkommen soll. Ich schmiege meine Wange an ihre Handfläche und lächele sie einfach an, da Worte jetzt fehl am Platz wären.

„Ich setze mich vor dich", sagt sie. „Ich bin schon tausende Male diesen Berg hinuntergefahren. Da kann nichts passieren."

Ich betrachte den Hang, der ganz schön steil ist. Ich bin noch nie Schlitten gefahren und kann mir nicht vorstellen, dass wir da heil runterkommen.

„Du bist noch nie Schlitten gefahren, oder?"

Ich schüttele den Kopf, und Amelia lächelt mich sanft an. Nun sehe ich Mitleid auf ihren Zügen. „Vertraust du mir?", fragt sie leise.

Ich nicke und sie erwidert die Geste, sie setzt sich vorne auf den Schlitten, und ich lasse mich hinter sie fallen. Amelia nimmt meine Arme und schlingt sie um ihre Taille. Sie rückt noch näher an mich heran, sodass ich jeden Zentimeter ihres Körpers spüre. „Bist du bereit?"

Ich will gerade mit „Nein" antworten, als sie uns anstößt und die Fahrt losgeht.

Kapitel Fünfunddreißig — Amelia

Jeremias Schrei erklingt, als der Schlitten an Fahrt aufnimmt und wir den Hang hinabrauschen. Er zieht mich noch näher an sich, und während ich mich freue wie ein kleines Mädchen, höre ich hinter mir nur ein schüchternes Lachen. Als wir unten angekommen sind, stehe ich auf und klopfe mir den Schnee von den Klamotten. Jeremia strahlt mich an, und mir wird in diesem Moment bewusst, wie sehr er sich in den letzten Tagen verändert hat. Er ist von einem dauerhaft gestressten Büromenschen zu einem gelassenen, anpackenden Mann geworden. Er ist attraktiv und nun auch von seinem hohen Ross gestiegen. Vor vier Tagen hätte er mir niemals etwas über seine Eltern erzählt oder mir einen Einblick in sein Leben gegeben.

Der neue Jeremia gefällt mir, denn er wirkt entspannter, und als ich das Strahlen in seinen Augen entdecke, macht mein Herz einen Sprung. Verdammt, ich glaube, ich verliebe mich gerade in ihn …

„Lass uns das noch mal machen – das ist ja der Wahnsinn!"

Ich erkenne in seiner Stimme das Kind, das er nie sein durfte, bin glücklich, als ich sehe, wie er enthusiastisch aufsteht und den Berg hochstapft.

„Kommst du?", ruft er, als ich nicht direkt folge.

Ich bin einfach nur froh, jetzt und hier und an seiner Seite zu sein.

Oben angekommen, mache ich es mir erneut vor ihm auf dem Schlitten gemütlich, und dieses Mal zieht er mich noch enger an sich heran. Seine kalten Lippen streifen meine Wange.

„Danke für die Fahrt." Ich lächele, und dann fahren wir los.

Der Fahrtwind trifft mein Gesicht, dieses Mal freut sich auch Jeremia richtig. Wir sind fast unten angekommen, als wir uns auf einmal überschlagen. Jeremia versucht, sich abzufangen und löst seine Arme von mir. Ich lande kopfüber im Schnee, bleibe mit meinem Fuß am Schlitten hängen und spüre sofort einen stechenden Schmerz im Knöchel. Verfluchte Scheiße, das darf doch nun wirklich nicht wahr sein.

„Fuck!", schreie ich.

Jeremia kommt sofort auf mich zugestürzt und befreit meinen Fuß. Auch wenn erst wenige Sekunden vergangen sind, spüre ich, wie der Knöchel anschwillt.

„Amelia. Es tut mir so leid, verdammt! Wie stark sind deine Schmerzen?" Er streckt mir die Hand entgegen, und ich versuche, aufzustehen, kann aber nicht auftreten. Sobald ich meinen Fuß belaste, wird der Schmerz heftiger und die Sterne tanzen vor meinen Augen.

„Amelia, was ist los?"

„Alles gut", schniefe ich und mir rollt eine Träne die Wange hinab. So ein Müll! Das ist mir in den vielen Jahren Schlittenfahren noch nie passiert.

Kapitel Sechsunddreißig — Jeremia

Als sie da so vor mir sitzt, ihr eine Träne entkommt und sie dabei trotzdem „Alles gut“ schnieft, bemerke ich nicht zum ersten Mal die enorme Stärke dieser Frau.

„Kannst du auftreten?“ Sie nickt und ich überlege, was wir jetzt am besten tun sollen. Muss ich einen Krankenwagen rufen oder sie erst einmal nach Hause bringen? Nach Hause, das wäre gut. „Ich hebe dich jetzt hoch, erschrick dich nicht, okay?“ In der Ersthelferausbildung habe ich gelernt, dass man in solchen Situationen immer sagen soll, was man tun wird. Sonst wäre die verletzte Person noch verängstigter, wenn sie nicht weiß, was als nächstes passiert.

„Das geht schon.“ Sie versucht erneut, aufzustehen, doch ihr scheint die Kraft zu fehlen. Ich lächele sie entschuldigend an, beuge mich herab und hebe sie hoch. „Leg deine Arme um meinen Hals.“ Ihr Schneenanzug ist klitschnass, doch sie nickt und schlingt ihre zierlichen Arme um mich. „Ich bringe dich nach Hause und da sehen wir uns deinen Fuß an, du musst schnell aus dem Schuh raus.“ Sie nickt und schließt die Augen. Wäre das nicht gerade die ungünstigste Situation, würde ich ihr sagen, wie schön sie aussieht.

Die Kälte brennt auf jeder freien Stelle meiner Haut. Ich versuche, Amelia behutsam zu tragen, merke jedoch, wie sie immer wieder zusammenzuckt. Leider kann ich sie nicht ruhiger halten, wenn ich nicht stehenbleiben will.

Zum Glück ist es nicht sonderlich weit, und wenig später sehe ich bereits die Cakery. „Soll ich deiner Mom Bescheid geben?" Sie schüttelt den Kopf. Mich beunruhigt, dass sie so ruhig ist. Wahrscheinlich beißt sie die Zähne zusammen, um nicht vor Schmerz durchzudrehen. Ich hoffe nur, dass nichts gebrochen ist. Ansonsten können die mich mit dem Verbot des Autofahrens mal kreuzweise. Wenn Amelia einen Arzt benötigen sollte, werde ich ihr diesen besorgen.

Ich gehe behutsam die Treppen zu ihrer Wohnung hinauf, und die Hitze des Hauses bringt mich zum Schwitzen. Wenn man aus der Eiseskälte kommt, fühlt sich selbst die normale Heizungsluft an wie die Sahara. Ich setze Amelia auf einem Stuhl ab, um die Couch nicht zu durchnässen. „Du musst aus den Klamotten raus."

Sie nickt und ich öffne ihr vorsichtig und mit zitternden Fingern, bei denen die Wärme noch nicht ganz angekommen ist, die Jacke, nachdem ich meine Handschuhe abgestreift habe.

Zum Glück trägt sie keinen zusammenhängenden Skianzug. Ich ziehe ihr die Jacke aus und lege sie über den Stuhl, danach knie ich mich vor Amelia.

„Diese Situation habe ich mir eindeutig romantischer vorgestellt", lache ich.

Sie grinst mich ebenfalls an. „Das stimmt wohl. Ich kann das übrigens allein."

Ich schüttele nur den Kopf und öffne erst einmal den Schuh des gesunden Fußes.

„Das wird gleich wehtun." Ich sehe sie noch einmal an, bevor ich die Schnürsenkel des Schuhs am verletzten Fuß löse. Sofort zuckt sie zusammen. „Da musst du durch."

Sie nickt und schließt die Augen.

Das schaffst du wohl doch nicht alleine, oder?

Kapitel Siebenunddreißig — Amelia

Der Stich, der durch den Knöchel fährt, als Jeremia den Schuh öffnet, ist nicht ohne. Er ist so fürsorglich. Ich mag den Jeremia, der sich um mich kümmert, der laut auflacht, Torten kreiert und einfach mal glücklich ist und nicht so miesepetrig. Ich bin mir sicher, dass er sich so nicht kennt. Das merkt man oft an seinen Reaktionen.

Als er mir den Schuh auszieht, will ich ihm am liebsten an die Gurgel springen. „Heilige Scheiße – spinnst du?", knurre ich und versuche, die aufkeimenden Tränen zu unterdrücken.

„Ich passe auf, versprochen." Er zuckt mit den Schultern und ich unterdrücke ein Lachen. Wie kann er mich auch noch glücklich machen, wenn ich gerade starke Schmerzen habe? „Das ist die Macht der Gefühle, Amelia", flüstert meine innere Stimme.

Nein.

„Ich ziehe dir jetzt den Socken aus und wir prüfen, ob du das Gelenk bewegen kannst, okay?"

Ich nicke. „Hast du auch noch Medizin studiert?", frage ich belustigt, weil er so professionell wirkt.

Er schüttelt den Kopf, während er mir – dieses Mal vorsichtiger – den Strumpf auszieht. „Mein Vater kam auf die glorreiche Idee, jeden Mitarbeiter der Firma zum Ersthelfer auszubilden. Das liegt daran, dass er

"

fast seinen Vater verloren hat, weil sich in der Firma niemand mit Erster Hilfe auskannte.“

Wir betrachten gemeinsam den Fuß. Er ist stark geschwollen. Meine Zehen sind nicht dick, doch alles tut weh. Jeremia nimmt meinen Fuß in seine Hände, und es ist mir absolut unangenehm. Das ist doch eindeutig eine Scheißsituation.

„Versuch mal bitte, dein Gelenk zu bewegen.“

Ich nicke und drehe den Fuß leicht. Es klappt einigermaßen. Jeremia tastet ihn weiter ab, und ich beiße die Zähne zusammen, um nicht wieder zu heulen. Er muss nicht denken, dass ich ein kleines Mädchen bin. Er soll mich als gestandene Frau sehen.

„Ich glaube nicht, dass er gebrochen ist. Wir sollten das die nächsten Tage beobachten. Ich lege dir nun einen Stützverband an, in Ordnung? Hast du irgendwo etwas zum Verbinden?“

Ich nicke und er holt das Verbandspäckchen aus der kleinen Tasche, auf die ich gezeigt habe, in der ich so etwas aufbewahre. „Hast du zufällig noch eine Schmerzsalbe?“

„Im Badschrank.“

Er streicht mir über den Kopf, bevor er im Bad verschwindet.

Ich möchte nicht, dass der Tag mit ihm schon zu Ende ist. Ich will ihn weiterhin hier haben, möchte mit ihm Zeit verbringen. Meine Gedanken rattern, und ich frage mich, was wir heute noch unternehmen könnten, wobei ich meinen Fuß nicht wirklich belasten muss. Wir könnten eng umschlungen auf dem Sofa liegen, er könnte mich küssen, dabei erneut seine Finger an meinem Oberschenkel ...

„Ich hab sie gefunden." Jeremia hält die Salbe in der Hand wie eine Trophäe, und ich werde knallrot. Zum Glück ist das Gedankenlesen noch nicht erfunden worden, ansonsten hätte ich nun ein großes Problem.

„An was denkst du?", fragt er, als er meinen Fuß verbindet und die Kälte der Salbe mir einen Schauder über den Rücken jagt.

„Was sind deine Lieblingsplätzchen?" Er sieht hoch zu mir, und in seinen Augen liegt ein trauriger Schimmer. „Ich habe einmal versucht, Zimtsterne zu backen, das hat aber leider nicht geklappt."

Ich schlucke. Noch immer fällt es mir schwer, in diesem großen Mann ein kleines Kind zu entdecken, das eindeutig keine Bilderbuchkindheit hatte. „Hast du Lust, mit mir Zimtsterne zu backen?"

Kapitel Achtunddreißig — Jeremia

In der Schule hat die Lehrerin gesagt, dass wir Montag Plätzchen mitbringen sollen. Dann können wir gemeinsam Weihnachten feiern, hat sie gemeint. Alle Kinder haben aufgeregt erzählt, dass ihre Mamas viele verschiedene Sorten backen werden. Ich kann mich nicht erinnern, dass es bei uns zuhause je Plätzchen gab. Ich muss aber etwas mitbringen, ich möchte nicht immer der doofe Junge sein.

Mom und Dad sind arbeiten, heute ist Sonntag, und morgen muss ich die Plätzchen mitnehmen. Ich möchte Zimtsterne backen und habe sogar eine Form gefunden, ganz hinten in der Ecke der Schublade. Ob Mommy meinem Daddy Plätzchen backt und er sie einfach zu schnell verputzt? Bekomme ich deshalb keine ab?

Ich gehe an Dads großen Computer. Ich darf das nicht, aber ich brauche ein Rezept. Es ist lustig, die richtigen Tasten zu suchen. Die Buchstaben verstecken sich gerne, so wie ich. Manchmal möchte ich nicht gefunden werden, aber leider findet Mommy mich immer, und ich muss diese doofen Fragen beantworten. Wie die nach den Aktienkursen. Wenn ich zugeben würde, dass das alles nur Zahlen für mich sind, wäre sie sehr traurig.

Ich möchte sie nicht traurig machen. Wenn ein Zimtstern übrig bleibt, schenke ich ihn meiner Mom. Und wenn Dad nach Hause kommt, habe ich auch einen für ihn.

Ich drucke das Rezept aus und gehe in die Küche. Es ist ganz schön kompliziert geschrieben, aber irgendwie schaffe ich es. Ich kann die Eier nicht trennen, das habe ich noch nie gemacht. Hoffentlich wird es auch was, wenn ich sie so lasse. Da kommen Mandeln rein, und ich mag Mandeln sehr.

Das Ergebnis sieht wirklich aus wie ein richtiger Teig. Ich muss lachen, als ich in den Spiegel sehe und überall Zucker und Eier an mir kleben habe.

Die Tür geht auf. „Jeremia Anderson! Was zum Teufel machst du da?"

O nein. Mommy ist früher nach Hause gekommen.

Die Erinnerung überrollt mich. Es passiert mir in letzter Zeit öfter, dass ich an Dinge aus meiner Kindheit denke. „Ich würde gerne mit dir Zimtsterne backen. Dann kann ich dein Geheimrezept herausfinden."

Amelia lacht und ich falle mit ein. Die Kindheit ist vorbei. Auch wenn ich immer noch in ihrem Käfig sitze, sehe ich nun einen kleinen Spalt. Während ich damals Fußfesseln und Handfesseln hatte, habe ich nun eine Leine bekommen, die mich daran erinnert, dass ich nicht weg kann. Sie wollen den Vogel fliegen lassen, doch es kann nicht funktionieren, wenn sie ihm bereits die Flügel zerstört haben.

Wir ziehen uns kurz um, danach hole ich Amelia und trage sie in die Backstube. Ich habe wieder ein Outfit ihres Opas an, während sie sich ebenfalls bequem gekleidet hat. Wenn wir nun backen, möchte ich es möglichst bequem haben. Ich habe keine Lust auf Anzug, wenn ich es mir bequem machen soll. „Du kannst keinen Tag ohne zu backen, oder?" Ich will sie aufziehen, und es klappt.

Sie schlägt mir gegen die Brust. „Ich will dir einfach nur eine schöne Erinnerung schenken, die du mitnimmst, wenn du zurück musst."

Ihre Stimme klingt leicht belegt, und ich möchte nicht daran denken, gehen zu müssen. Am liebsten würde ich für immer hierbleiben.

Woher kommt der Gedanke denn jetzt? Nein, ich muss das Meeting nachholen und zurück in den Käfig. Wenn jemandem über viele Jahre die Freiheit genommen wurde und er die Welt außerhalb nicht kannte, ist es schwerer für ihn, wieder zurückzukehren, wenn er die Luft in Freiheit geatmet sowie die Schönheit gesehen hat. Wenn er angefangen hat zu leben.

Ich habe noch keinen blassen Schimmer, wie ich zurückkehren und alle Erinnerungen an das hier löschen soll. Wenn ich das nicht tue, wird es mir jeden Tag erneut das Herz brechen, nicht hiergeblieben zu sein.

Ich setze Amelia auf einen Stuhl und sie gibt mir die Anweisungen für den Teig. Sie genießt es, mir zu sagen, was ich tun soll.

„Du bist ein Kontrollfreak, Miss Ray."

Sie streckt mir die Zunge raus. „Ich kann backen, und du musst es lernen."

Sie ist eine verdammt heiße Lehrerin, wie sie da sitzt und mich mit diesem Blick ansieht. Ich schütte gemahlene Haselnüsse in eine Schüssel und schwenke anschließend die Tüte, sodass der Rest auf ihrem Kopf landet. „Ups. Ich bin wohl noch ziemlich ungeschickt."

„Jeremia!", kreischt sie auf. Nachdem ich den Teig geknetet habe, stelle ich ihn in den Kühlschrank. Meine Finger sind voller Krümel und mein boshaftes Grinsen scheint Amelia vorzuwarnen.

„Wage es dich." Sie zeigt drohend mit dem Finger auf mich, und ich gehe langsam, wie eine Raubkatze, auf sie zu. Sie ist meine Beute. Dann fahre ich mit meinen Teigfingern über ihre Wange.

„Du Mistkerl!"

Sie hat überall Teig, und ich beuge mich über sie. Sie sitzt nun zwischen meinen Beinen und ich stehe über ihr. Ich spüre ihren Atem auf meiner Haut.

„Was soll das denn werden?"

„Ich wusste nicht, wo das Waschbecken ist, und deshalb hab ich mich an dir sauber gemacht." Ich würde viel lieber dreckige Dinge mit ihr tun.

Sie schlingt die Arme um meinen Hals und zieht mich näher an sich heran. „Du bist ein absoluter Idiot, Jeremia Anderson."

Ich spüre jede Silbe auf meinen Lippen und kann kaum noch atmen, da sie mir so nah ist. Sie streicht mir eine Haarsträhne aus der Stirn, und die Luft lädt sich auf.

„Du bist auch nicht viel besser, Amelia Ray." Schwacher Konter, aber auf mehr kann ich mich nicht konzentrieren. „Ich mache dir jetzt eine heiße Schokolade, und danach werden wir Sterne ausstechen." Amelias Stimme klingt belegt.

Sie ist mein Stern. Der Stern an meinem dunklen
Himmel.

Kapitel Neununddreißig — Amelia

Als die Sterne im Ofen sind, holt Jeremia eine Decke, breitet sie auf dem Boden aus und wir legen uns darauf. Mitten in der Backstube, umgeben von dem Duft nach Zimtsternen.

Jeremia schlingt einen Arm um mich und ich lehne meinen Kopf an seine Brust, höre das Schlagen seines Herzens und genieße diese Melodie. „Die Zeit hier ist bisher die schönste in meinem Leben", flüstert Jeremia. Ich traue mich nicht, ihn anzusehen, denn manchmal möchte auch ich Menschen nicht in die Augen sehen, wenn ich etwas sage, das mir nur schwer über die Lippen kommt.

„Obwohl du nicht in einem Anzug an deinem Computer sitzt?", flüstere ich neckisch zurück. Ich schließe die Augen, als er anfängt, kleine Kreise auf meinen Arm zu malen.

„Ich habe wahrscheinlich meine Führungsposition im Unternehmen ohnehin verloren. Auch wenn es vielleicht falsch ist, aber irgendwie habe ich das Gefühl, mir wurden die Fesseln abgenommen." Das ist so traurig! Ich will es ihm gerade sagen, als er leise weiterspricht. „Meine Eltern haben mich von Anfang an dazu erzogen, die Firma zu übernehmen. Dann kam allerdings ein Mitarbeiter, der eindeutig kompetenter ist als ich. Selbst ich hätte ihm den Stab in die Hand gedrückt,

Amelia." Er schluckt kurz, und ich frage mich, in welche Richtung das hier gehen wird. „Er hat Spaß an der Sache und er bringt Charme in das Team, das mich wirklich hasst. Ich behandele die Leute nicht gut, dabei können sie nichts dafür, dass ich es einfach nur abartig finde, jeden Tag dasselbe zu tun. Ich hatte niemals die Möglichkeit, herauszufinden, was mir Spaß macht. Ich bin gut darin, Unternehmen zu retten, aber es bricht mir das Herz, wenn ich manchen Leuten sagen muss, dass ihr Laden den Bach heruntergehen wird."

Ich kann mir vorstellen, wie hart das sein muss. Wenn ich mir vorstelle, dass jemand zu mir käme und mir erklären würde, dass die Cakery nicht mehr genug einbringt, wäre alles verloren. Ich hätte keinerlei Grund mehr, irgendetwas zu tun, ich müsste mir einen anderen Beruf suchen und würde damit nicht glücklich werden.

„Meine Eltern wollten nie Kinder haben. Ich habe das gespürt, und es wäre falsch zu sagen, dass ich mich nicht nach Aufmerksamkeit sehne. Ich wollte bei dem Meeting zeigen, dass ich der Beste bin. Beweisen, dass ich der Position würdig bin, aber das stimmt nicht."

Nun blicke ich ihn doch an. Er hat die Augen geschlossen und wirkt unglücklich. Es muss wehtun, wenn das Schloss, das du dein Leben lang erbaut hast, wie ein Kartenhaus zusammenfällt. „Wenn du dich entscheiden müsstest, was du machen möchtest: Was würdest du tun?"

Jeremia blickt mich an, und seine Miene hellt sich sofort auf. Ein Lächeln schleicht sich auf seine Lippen. „Ich würde im Marketingbereich bleiben, aber ich würde im Homeoffice arbeiten und es kleiner halten.

Die Unternehmen bekämen Pakete mit Informationen zur Unterstützung. Ich würde sie vor Ort besuchen, um herauszufinden, wo das Problem liegt. Gemeinsam würden wir sie groß machen, aber ohne, dass mir Rechte überlassen werden müssen. Es wäre ein Geschäft mit Gewinnbeteiligung."

Ich muss lächeln, das hätte ich niemals von ihm gedacht. Er ist ein Samariter, der eigentlich nur helfen möchte.

„Dann würde ich mich sozial engagieren. Meine Eltern haben einen Haufen Kohle, und nichts fließt in soziale Projekte. Sie haben einen Beauftragten, der sich mit Spenden befasst, aber unter der Option, welche Organisation das beste Licht auf die Firma wirft."

Hallo Kapitalismus.

„Und weißt du, Amelia ... Ich könnte das vielleicht sogar tun. Meine Eltern haben Fonds für mich angelegt, mit deren Hilfe ich mir mein Leben aufbauen könnte. Das Geld muss an mich gehen, das ist vertraglich festgelegt." Er setzt sich auf. Ich folge seinem Beispiel, er sieht mich an und legt beide Hände an meine Wangen. „Vielleicht könnte ich sogar hierher ziehen, der Cakery helfen und nebenher an meiner neuen Existenz arbeiten. Dann wäre ich frei, Amelia."

Das würde er wirklich tun?

Ich kann hier nicht weg, das weiß er genauso gut wie ich.

„Du würdest hierbleiben? Warum?" Meine Stimme zittert, als er mir tief in die Augen sieht.

„Die Cakery benötigt Unterstützung, und du hast meine Fesseln gelöst. Ich fliege zum ersten Mal in meinem Leben, Amelia."

Mein Herz schlägt viel zu schnell, und auch seine Brust hebt und senkt sich heftig. „Meinst du das ernst?", frage ich zitternd und suche in seinen Augen nach einer Antwort, doch das Einzige, was ich sehe, ist ein Mann, der seinen eigenen Weg gehen will.

Er scheint die Wahrheit zu sagen.

Kapitel Vierzig — Jeremia

Mein Herz springt beinahe aus meiner Brust, als ich den Geruch von Freiheit in meiner Nase habe. Ich habe meinen Wunsch noch nie vorher ausgesprochen. Vielleicht könnte ich Amelia die Entwürfe für die Cakery zeigen. Wir würden das hinbekommen. Die Cakery würde groß werden, nur allein durch mich und ohne meine Eltern im Hintergrund.

Der Wecker klingelt und zeigt uns an, dass die Zimtsterne fertig sind. Ich nehme die Finger von Amelias Wangen, habe den Glanz ihrer Augen allerdings gesehen.

Ich hole die Zimtsterne aus dem Ofen und helfe danach Amelia auf. Allmählich kann sie den Fuß wieder belasten, doch anhand ihres Gesichtsausdruckes erkenne ich, dass es sie noch immer schmerzt. Es ist ja auch erst wenige Stunden her.

Die Zimtsterne riechen himmlisch und ich muss lächeln. Wie kann eine fast fremde Person mir so schnell so viele Erinnerungen schenken? Ich weiß schon jetzt: Wenn es mir mal schlecht gehen wird, werde ich an sie denken.

Ich werde mich daran erinnern, wie es ist, eine Familie zu haben. Der Geruch nach Zimt wird mich immer an Amelias Lächeln denken lassen, und sie wird mein Zentrum der Gefühle sein.

Ich bin dabei, mich in sie zu verlieben, und das macht mir Angst. Ich habe die ganze Zeit dafür gesorgt, dass mir niemand zu nahekommt, und nun ist meine Schutzmauer durchbrochen und ich lasse Amelia an mich heran, erzähle ihr Dinge, die ich sonst nur mit mir selbst ausmache. Es ist gefährlich, doch es fühlt sich viel zu gut an, mit ihr zu träumen und hierbleiben zu wollen.

„Ich habe für die Cakery schon einiges zusammengeschrieben. Vorschläge dafür, wie man euch noch bekannter machen kann. Vielleicht könnte ich das als erstes Projekt in Angriff nehmen?" Die Frage macht mir Angst. Doch Amelia muss es entscheiden, eigentlich sogar Catherine, aber da habe ich noch mehr Bammel, zu fragen.

„Ich kann dir nichts bezahlen, Jeremia. Das tut mir leid." Sie lässt die Schultern hängen, und ich lege meine Arme um sie. „Ich mache das kostenfrei für euch. Sozusagen als Pilotprojekt, in Ordnung? Und vor allem als Dankeschön."

In meinem Kopf höre ich die Stimme meiner Mutter: „Jeremia, mache nie etwas ohne Gegenleistung. Die Menschen werden denken, dass du ein guter Mensch bist. Gute Menschen sind schwache Menschen, und Schwäche können wir uns nicht leisten."

Aber sind vielleicht nicht die Personen stark, die es zulassen, einem Menschen einen Platz in ihrem Leben einzuräumen? Die ein Risiko eingehen und neue Wege gehen wollen?

Ich muss die Gedanken verdrängen, möchte mir einmal im Leben nicht gleich alles durch zu viel Nachdenken zerstören.

„Das würdest du wirklich tun?" Amelia sieht mich an und ich nicke.

„Ich würde fast alles für dich tun."

Sie lächelt verlegen, nimmt einen Zimtstern und steckt ihn mir einfach in den Mund. Ich huste und lache. Der Geschmack ist der Wahnsinn, dieses Zusammenspiel von Haselnüssen und Zimt. Ich stöhne genüsslich auf. „Wenn ich allerdings hierbleibe, sollte ich mir noch ein Sportprogramm überlegen, sonst musst du mich bald herumrollen."

Amelia lacht und zwinkert mir frech zu. „Es gibt ja viele Sportmöglichkeiten, die man gemeinsam tun kann."

Ich weiß genau, was sie meint, und sofort wird es heißer im Raum. Wir legen uns erneut auf die Decke und lassen uns die Zimtsterne schmecken.

„Normalerweise mache ich noch einen leicht zitronigen Guss darauf, aber du futterst alle zu schnell dafür weg."

Ich zucke mit den Schultern. „Dann kannst du einfach noch mal welche für mich backen." Ich sehe meine Chance: An ihrer Oberlippe ist ein Krümel. Ich muss es versuchen. „Du hast da etwas", murmele ich und streiche ihr mit meinem Daumen über die Oberlippe. Dann ziehe ich sie an mich, und nach gefühlt tausend verstrichenen Gelegenheiten spüre ich endlich ihre Lippen auf meinen. Es fühlt sich an wie der Himmel auf Erden.

Sie drückt sich an mich, und ich lege eine Hand an ihre Taille und ziehe sie zu mir. Ihre Lippen sind zart, und als ich mit meiner Zungenspitze dagegen stupse, öffnet sie leicht ihren Mund. Sie schmeckt nach Zimt und Butter, und ich muss an Weihnachten denken und

werde mich wohl jedes Jahr an diesen Geschmack erinnern.

Sie drückt ihr Becken gegen meins und ich atme tief
durch. Ich ziehe sie noch näher an mich und unsere
Zähne schlagen gegeneinander. Die Luft ist durchzogen
von heißen Küssen und dem Geruch nach Zimtsternen.

Kapitel Einundvierzig — Amelia

Jeremias Kuss löst in mir ein nie dagewesenes Feuer aus. Mir wird heiß und Gänsehaut überzieht meinen Körper. Er drückt mich auf den Boden und beugt sich über mich.

Ich kann kaum atmen, denn er nimmt mir die Luft. Er macht mich nervös. Unsere Zungen verschlingen sich miteinander und seine Hand fährt unter mein Shirt. Er streicht meine Rippen entlang, und ich dränge mein Becken unwillkürlich gegen seins. Er beißt mir sanft in die Lippe, und ich ziehe ihn näher zu mir. Verdammt, ich will ihn so sehr.

Ich fahre mit meinen Händen über seinen nackten Rücken unter seinem Shirt, finde dort dieselbe Gänsehaut, die er auch mir beschert.

„Amelia." Er löst sich von mir, und seine Brust hebt und senkt sich hektisch. Ich muss ebenfalls tief durchatmen und sehe ihm in die Augen. Sie sind dunkler als sonst und von Leidenschaft und Lust durchzogen. Er sucht nach Worten, doch ich ziehe ihn wieder zu mir und dränge mein Becken gegen seins.

Er keucht auf und ich beiße mir auf die Lippe. Als seine Finger gerade meine Brüste berühren, werden wir von einem Rumpeln unterbrochen.

„Hallo? Ist da jemand?" Granny.

Sofort fahren wir auseinander, und Jeremia hilft mir hektisch hoch. Ich ziehe mein Shirt zurecht und er hebt die Decke auf, während ich versuche, mich locker gegen die Theke zu lehnen.

„Granny. Wir sind es nur", schreie ich zurück, als ich das Gefühl habe, dass meine Stimme nicht mehr von zittert.

Jeremia sieht mich grinsend an, und ich richte ihm noch die Haare, die total zerzaust sind von meinen Fingern.

„Ach, ihr seid es." Granny betritt die Cakery und sieht zwischen uns hin und her. Ich bin knallrot und fühle mich wie ein Teenager, der soeben erwischt worden ist. Das wird in einer solchen Situation wohl immer so sein, egal, wie alt man ist.

Das ist so unfassbar peinlich.

„Die Backstube war schon immer ein besonderer Ort. Dein Grandpa und ich haben uns hier oft geliebt."

Wow, okay. Das sind Informationen, die ich eindeutig niemals haben wollte.

„Lasst euch nicht stören, passt nur auf, dass das Mehl nicht an intime Stellen kommt. Eigentlich wäre das Essen fertig, wenn ihr aber noch Zeit braucht, ist das okay." Mit diesen Worten verlässt sie die Backstube, und ich weiß nicht, was ich sagen soll. Es ist mir so peinlich, dass ich mich nicht einmal traue, Jeremia anzusehen.

„Wir kommen direkt zum Essen, Catherine", ruft er ihr hinterher.

Habe ich soeben erfahren, dass meine Grandma Sex in der Backstube hatte, und bin selbst fast dabei erwischt worden? Scheiße …

Kapitel Zweiundvierzig — Jeremia

Wir sagen beide kein Wort, als wir zum Essen zu Catherine gehen. Mir war noch nie etwas so unangenehm in meinem Leben. Wie schlimm muss das wohl für Amelia sein? Immerhin ist es nicht meine Granny, die uns erwischt hat. Wobei, sie hat ja nichts gesehen, und ich bin gespannt, wie weit wir gegangen wären. Ich hätte Amelia so gern gespürt. Allein ihre erhitzte Haut zu berühren, hat mich fast durchdrehen lassen.

„Ihr seid aber schneller fertig als gedacht", werden wir von Amelias Mom begrüßt. Natürlich hat Catherine direkt alles erzählt. O Gott, o Gott. Das wird ein langes Abendessen.

Amelia wirft einen finsteren Blick in die Richtungen beider Damen, und ich muss mir ein Grinsen verkneifen, da sie noch immer rote Wangen hat.

„Ich habe Alberta-Beef-Sandwiches gemacht", sagt Catherine.

Ich bin noch satt von den Zimtsternen, doch trotzdem läuft mir das Wasser im Mund zusammen.

Amelia setzt sich und versucht, das Hinken zu überspielen, doch das klappt natürlich nicht.

„Was ist passiert?", fragt Catherine, und ich nehme ihr die Platte mit den Sandwiches ab. Sie setzt sich, und ich setze mich neben Amelia.

„Wir waren Schlitten fahren und bin ich gestürzt. Jeremia hat sich aber gut um mich gekümmert." Sie legt die Hand auf meinen Arm.

„Das hat er wohl getan", lacht Granny, und mir wird die Zweideutigkeit in Amelias Worten bewusst. Verdammt.

Wir lassen uns das Beef schmecken. Es zergeht auf der Zunge, und zwischen den knusprigen Toastscheiben wirkt das Fleisch noch zarter. Ich werde zehn Kilo schwerer sein, wenn ich hier rauskomme. Am liebsten würde ich alle Pläne bereits jetzt auf den Tisch legen, wie wir mit der Aktion für die Cakery starten, doch ich weiß nicht, ob Amelia es den anderen erzählen will. Das muss sie allein entscheiden, aber ich werde ihr später auf jeden Fall noch die ersten Ideen zeigen.

Aber zunächst müssen wir zwei über das reden, was in der Cakery geschehen ist. Nur was soll ich sagen? *Es tut mir nicht leid, dass ich dich geküsst habe? Du bringst mich zum Durchdrehen, Amelia?*

Ich habe keinerlei Ahnung, denn nichts würde es in Worte fassen. Ich habe noch nie so intensiv bei einem Kuss gefühlt, wäre fast in meiner Hose gekommen wie ein Teenager in seiner ersten Selbstfindungsphase. Diese Frau macht mich fertig, vielleicht weil sie so anders ist. Sie ist eine richtige Frau, die mit beiden Beinen fest im Leben steht. Sie ist intelligent, kann backen wie keine andere und kümmert sich nebenher noch hingebungsvoll um ihre Familie. Sie ist eine herzensgute Frau, und ich kann mir nicht vorstellen, dass ich sie verdient habe. Ich bin ein Arschloch, scheuche Leute herum, um meinen Willen zu bekommen. Ich werde oft laut, wenn ich genervt bin. Die Stille in meinem Inneren ist meine liebste Musik, während Amelia dauerhaft irgendetwas summt oder zu einer eigenen Melodie die Hüften schwingt. Während sie ein süßer Cupcake ist, bin ich ein auf den Boden gefallener Kuchen.

Ich muss der Realität ins Auge blicken: Das Ganze kann nicht funktionieren.

Auch wenn ich jetzt gerade Freiheit spüre, wird das bald wieder vorbei sein. Meine Eltern werden es nicht zulassen, dass ich die Firma verlasse. Es würde zu negativen Schlagzeilen führen, und das würden sie nicht wollen.

Sie würden mich wahrscheinlich keine Minute vermissen, doch das Licht der Firma wäre nicht mehr so hell wie im Moment. Es ist wichtig, sich als große, glückliche Familie zu präsentieren. Wenn die Presse in der Nähe war, wurde ich immer gehätschelt. Natürlich musste ich nach außen hin auch keine Aktienkurse studieren, sondern ganz normal spielen. Meine Eltern hatten vor den Kameras auf einmal Zeit für mich – aber sobald die nicht mehr liefen, wurde ich wie eine heiße Kartoffel fallengelassen.

Die Realität ist hart, und ich möchte nur noch einmal fliegen. Amelia lässt mir Flügel wachsen. Sie ist meine Sonne, und ich versuche verzweifelt, ihr entgegenzufliegen, bis ich bemerken werde, dass ich nicht einmal in ihre Richtung kommen kann.

Einmal defekt – immer defekt.

Das hätte das Motto der Familie Anderson sein sollen.

Kapitel Dreiundvierzig — Amelia

Nach dem Essen haben wir uns alle gemeinsam noch einen Film angesehen. Ich habe es vermieden, neben Jeremia zu sitzen, denn sonst hätte ich den Flammen in meinem Inneren nachgeben müssen. Sie lodern hoch, doch ich weiß nicht, was ich sagen soll.

Es ist spät geworden, wir sind wieder in meiner Wohnung, und mein Fuß pocht mittlerweile nur noch wenig. Trotzdem werde ich eine Schmerztablette nehmen, damit ich in Ruhe schlafen kann.

„Gute Nacht", murmele ich in Jeremias Richtung und verschwinde im Schlafzimmer. Ich lasse den Tag Revue passieren; es war ein stetiges Auf und Ab.

Ich entledige mich meiner Klamotten und lasse mich in die Federn fallen. Als ich das kühle Kissen unter meinem Kopf spüre, schließe ich die Augen. Wie weit wäre ich wohl mit ihm gegangen? Hätten wir wirklich mitten in der Backstube miteinander geschlafen? Verdammt, allein der Gedanke an seine Berührungen, seine Küsse auf meiner Haut und seine Finger sorgt für ein Pochen zwischen meinen Beinen. Ich lasse mich in dieses Gefühl fallen und berühre mich dort, wo er es zuvor getan hat. Am liebsten würde ich ins Wohnzimmer gehen, ihn küssen und spüren.

Meine Hand findet den Weg zwischen meine Beine, und ich schiebe den Slip achtlos beiseite. Ich streife mit meinen Fingern über meinen empfindsamen Punkt und stöhne leise ins Kissen. Ich wünsche mir, es wären seine Berührungen.

Ich versuche, mich an die Gänsehaut zu erinnern, und reibe schneller über meine Klitoris. Wenig später baut sich der Druck in meinem Unterbauch auf. Ich lasse dem Feuerwerk seinen Lauf, als sich meine Muskeln zusammenziehen und der Orgasmus durch meine Glieder tobt. „Jeremia", hauche ich atemlos, als ich meine Hand zurückziehe und die Augen öffne.

Ich drehe noch durch, wenn ich mich schon selbst befriedige und dabei an ihn denke. Es ist mir seit Jahren nicht mehr passiert, dass ich dabei an eine reale Person gedacht habe. Vor allem nicht an den Mann auf meiner Couch einen Raum weiter.

Ich sollte schlafen. Jeder Gedanke an ihn fühlt sich verboten an.

Ich bin einfach zu feige dafür. Zu feige, um der Lust nachzugeben, und ich bin mir sicher, dass es mir schwer fallen wird, ihm in die Augen zu sehen.

Am nächsten Tag werde ich zum ersten Mal seit Ewigkeit nicht durch das Klingeln des Weckers aus dem Schlaf gerissen, sondern ein paar Sonnenstrahlen kitzeln meine Nase. Ich öffne die Augen und sehe Eiskristalle an den Fensterscheiben. Der Sturm macht eine kurze Pause, doch ich habe das Gefühl, dass seine Kraft langsam abnimmt. Auch ein wütendes Kind beruhigt sich irgendwann und wird friedlich. Sofort schießt mir Schmerz in die Magengrube und ich denke an Jeremia.

Gestern hat er glücklich geklungen bei seinen Gedanken über die Cakery und seine Zukunftspläne, doch was passiert, wenn sich der Sturm legt? Ihm bleibt ja aktuell keine Möglichkeit, seinen normalen Weg zu gehen, er ist gezwungen, hierzubleiben. Doch wenn die Böen weniger und die Straßen wieder freigegeben werden, wird er in die Firma zurückkehren. Oder er hat genug Mut, um sich wirklich seinen Eltern zu stellen und seinen Weg einzuschlagen.

Die Angst, ihn zu verlieren, ist trotzdem da. Am liebsten würde ich für immer mit ihm in dieser Blase bleiben. Ich seufze. Diese Gedanken sind zu schwer für einen Morgen.

Ich strecke mich und reibe mir den Schlaf aus den Augen, als ich den Duft bemerke, der in der Luft liegt. Ich versuche mich, darauf zu konzentrieren. Die Cakery ist geschlossen, aber es riecht nach Ahornsirup und leicht nach Zimt. Was ist das?

Ich stehe auf, streiche mir mein Shirt zurecht, ziehe mir eine Leggings über und sehe kurz in den Spiegel. Verschlafen blicke ich mir entgegen, doch ein leichtes Lächeln liegt auf meinen Lippen. Es ist schön, mal ein wenig Zeit für mich zu haben. Mein Körper ist entspannt und ich fühle mich erholt. Meinem Fuß geht es besser, ein leichter Schmerz ist noch zu spüren, doch ich kann fast wieder normal laufen. Später sollte ich den Verband erneuern, dann ist es morgen bestimmt besser.

Ich gehe vorsichtig und langsam in Richtung Küche und bleibe abrupt im Türrahmen stehen. Jeremia steht dort und singt leise vor sich hin. Er trägt meine Schürze, die an ihm aussieht wie ein Minikleid. Ein Lächeln liegt auf seinen Lippen, während er sich unbeobachtet fühlt.

Er hat eine Pfanne in der Hand, wirft gerade einen Pancake hoch und fängt ihn tatsächlich wieder. Er jubelt, dreht sich zu mir um und sieht mich an. „Guten Morgen, Amelia. Ich habe mir überlegt, Frühstück zu machen.“

Ich gehe auf ihn zu. Dieser Mann hat sich in mein Herz geschlichen, macht es sich dort gerade gemütlich, und ich sollte meine Ängste vergessen. Ich schlinge die Arme um seine Mitte und kuschele mich an ihn. Er seufzt auf und schlingt seine Arme ebenfalls um mich.

Es fühlt sich an wie nach Hause kommen, als ich seinen Herzschlag höre und er mir über den Rücken streichelt. „Du weißt doch noch gar nicht, ob es schmeckt“, murmelt er in meine Haare, bevor er meinen Scheitel küsst und ich zu ihm aufsehe.

„Stimmt, du hast die Umarmung gar nicht verdient.“ Ich löse mich von ihm und drücke ihm auf Zehenspitzen einen Kuss auf die Wange, dann setze ich mich. Es duftet himmlisch, und selbst, wenn es nicht schmeckt, zählt der Gedanke. Er hat das Frühstück nur für mich gemacht, und das bedeutet mir unglaublich viel. Er hat sogar den Tisch gedeckt und bereits Kaffee gekocht.

„Da du Konditorin bist, habe ich einfach erwartet, dass du ein süßes Mädchen bist.“

Ich ziehe die Augenbrauen hoch.

„Also ich, ähm, meine das Essen.“ Er kratzt sich verlegen am Hinterkopf, und ich nicke nur.

„Ich esse gerne süß, Jeremia. Mach dir keine Gedanken.“

Er lächelt glücklich. Ich habe das Gefühl, dass er das noch nicht oft gemacht hat: versuchen, jemanden rumzukriegen. Wenn er wüsste, dass ich schon lange in seinem Netz gefangen bin.

„Du hast vorhin gesungen, ich habe dich nie so entspannt gesehen", murmele ich, als er mir eine Tasse Kaffee in die Hand drückt, die ich sofort umklammere. Mein Lebenselixier.

„Ich habe mich selbst noch nie so erlebt, ich lerne hier eine ganz neue Seite an mir kennen." Er lächelt verlegen, während er den letzten Pancake auf einen Stapel legt und sich zu mir setzt. „Das gestern hat mir die Augen geöffnet. Ich weiß jetzt, dass ich schaffen kann, was ich möchte. Bei der Vorstellung fühle ich mich frei, auch wenn ich die Fesseln noch immer spüre. Das klingt komisch, ich weiß."

Ich lege meine Hand auf seinen Unterarm. „Das tut es nicht. Ich kann mir zwar nicht vorstellen, wie es ist, so von seinen Eltern kontrolliert zu werden, aber mir gefällt diese Seite an dir."

Er sieht mir in die Augen, und es ist, als würde sich die Welt aufhören zu drehen, als würde dieser Augenblick für immer andauern. „Du bist der Vogel, der mir seine Flügel leiht."

Gänsehaut breitet sich auf meinen Armen aus und ich weiß nicht, was ich erwidern soll. Er legt mir einen Pancake auf den Teller, während ich immer noch nach Worten suche. Das war wohl das Schönste und gleichzeitig Traurigste, was je ein Mensch zu mir gesagt hat. Er beginnt zu essen, und ich träufele Ahornsirup auf meinen Pancake.

„Danke“, murmele ich, bevor ich die erste Gabel in meinen Mund stecke und sich der Geschmack auf meiner Zunge ausbreitet.

Ich entdecke einen Hauch Zimt und Vanille. Es ist unwahrscheinlich lecker und ich stöhne genüsslich auf. „Das sind die besten Pancakes!“

Jeremia lächelt mich an. „Ich habe einfach alles genommen, was ich gefunden habe. Außerdem weiß ich, dass dich Zimt an deinen Opa erinnert.“ Er zuckt mit den Schultern, als wäre es nichts, aber es bedeutet mir unwahrscheinlich viel.

Er hört mir zu, er achtet auf die Kleinigkeiten.

Als wir uns erneut in die Augen sehen, da wird mir klar: Ich bin über beide Ohren in diesen Mann verliebt, und es wird mir das Herz brechen, wenn er gezwungen ist, zu gehen.

Kapitel Vierundvierzig — Jeremia

Niemals hätte ich gedacht, dass ich in diesem kleinen Ort, mitten im Nichts und an Amelias Seite meinen Ruhepol finde. Dass mein Herz aus der Brust springt, wenn sie lacht oder ich sehe, wie sich ihre Schultern entspannen.

Ich habe noch nie für jemanden Pancakes gemacht, umso glücklicher bin ich, dass ich ihr damit ein Lächeln schenken konnte. Wie viel ein Heben der Mundwinkel einem Menschen bedeuten kann, wird einem erst bewusst, wenn man anfängt zu lieben.

Warte, was?

Scheiße. Ich habe mich in eine Konditorin verliebt, die ein komplett anderes Leben führt als ich. Das ist nicht gut, doch es fühlt sich einfach nur schön an.

Sie hat mir in wenigen Tagen eine Seite gezeigt, die ich gerade an mir kennenlerne. Ich mag den entspannten Jeremia mehr als den, der die Leute stresst, weil er selbst droht, unter dem ganzen Druck zusammenzubrechen.

Amelia isst die Pancakes und wir schweigen, im Hintergrund spielt leise das Radio Winterlieder. Ich kenne nicht viele davon, habe in meinem Leben nie viel Musik gehört. Hier läuft immer etwas im Hintergrund, und das finde ich wunderschön.

Musik scheint eine große Rolle in Amelias Leben zu spielen. Selbst wenn sie nichts tut, summt sie leise oder bewegt sich zu einer imaginären Melodie. Das ist wertvoll und unglaublich niedlich, vor allem, da sie es selbst vermutlich gar nicht bemerkt.

Amelia ist einzigartig, ich bewundere sie in so vielen Bereichen. Sie ist ein Familienmensch, wo bei mir nur ein schwarzes Loch klafft. Und sie liebt bedingungslos. Es ist vermessen zu hoffen, dass sie mich eines Tages nur ein Zehntel so sehr lieben kann wie ihre Familie.

„Hast du Lust, heute mit mir Zeit zu verbringen?" Meine Stimme ist leise, zögerlich. Ich habe Angst, dass sie nein sagt.

Aber sie stimmt zu. Sofort fallen tausende Steine von meinem Herzen. „Wir sollten deinen Fuß neu verbinden. Eine Wanderung zu unternehmen wäre wohl nicht sehr schlau."

Sie lacht und ich falle mit ein, weil es einfach so warm und kehlig klingt, dass ich nicht anders kann.

„Wie wäre es mit einem Spieletag?", fragt sie. „Ganz klassisch mit Gesellschaftsspielen?"

Ich überlege nicht lange, auch wenn es peinlich werden wird.

„Gern, aber du musst mir alles erklären. So etwas gab es zuhause nicht."

Sie sieht mich skeptisch an. „Nie?"

Ich schüttele nur den Kopf. „Ich habe Börsenzeitschriften in die Hand bekommen, wo andere Kinderbücher gelesen haben. Mein Brettspiel war ein Laptop mit Aktienkursen. Ich habe meine Eltern nicht oft zu Gesicht bekommen, meist haben sich Angestellte um mich gekümmert. Die Kindheit hat in der Firma stattgefunden." Von den Plätzchen erzähle ich ihr nicht, denn als ich weiterreden will, bemerke ich ihren geschockten Blick. Scheiße, jetzt kommt die Mitleidsnummer. „Mir ging es nicht schlecht, mir hat es an nichts gefehlt. Andere Kinder haben kein Dach über dem Kopf oder werden misshandelt, also bitte schau mich nicht so an, Amelia."

„Dir hat das Wichtigste gefehlt: die Liebe und Geborgenheit einer Familie, Jeremia."

In diesem Moment habe ich das Gefühl, sie nimmt mir die Luft zum Atmen, und mein Herz, das sich immer danach gesehnt hat, geliebt zu werden, zerspringt komplett. Schmerz breitet sich in meiner Brust aus, doch ich versuche, ihn zu verbergen. „Ach was, alles in Ordnung. Wo sind die Spiele?"

Ich weiche ihrem Blick aus, denn sonst würde sie erkennen, dass sie ins Schwarze getroffen hat. Ich habe mir nie etwas sehnlicher gewünscht als die Liebe meiner Eltern. Verdammt, ich bin kaputt, alles an mir ist zerstört.

Amelia zeigt mir einen kompletten Schrank voller Spiele, und ich kenne wirklich viele von ihnen nicht. Amelia dreht sich zu mir um. „Ich könnte dir jetzt tausende Geschichten über meinen Granddad erzählen, der hat immer gemogelt." Es liegt ein Schmunzeln auf ihrem Gesicht.

Manchmal freut man sich über Erinnerungen, doch dann wird einem bewusst, dass man keine neuen sammeln kann. Ich streiche ihr mit dem Daumen über die Wange, und sie holt Monopoly aus dem Schrank.

„Das kenne ich, das dauert doch ewig, oder?"

Sie grinst mich an. „Hast du noch andere Pläne für heute, Mister Anderson?“

Dreieinhalb Stunden später besitze ich zwar viele Grundstücke, doch die meisten sind mit einer Hypothek belegt. Ich habe Amelia noch nie so boshaft grinsen sehen, als ich erneut auf ihr Grundstück komme und einen verzweifelten Blick auf die wenigen Scheine werfe, die noch vor mir liegen.

„Du darfst bei dem Spiel nicht sofort alles kaufen, was dir in den Sinn kommt. Manchmal muss man es langsam angehen, um zu gewinnen.“ Sie zwinkert mir zu. Sie redet bestimmt nicht nur von dem blöden Spiel.

Ich sehe mich verzweifelt nach Karten um, die ich ihr noch verkaufen kann, doch es ist keine mehr übrig. „Kann ich dich mit etwas anderem bezahlen?“

„Darüber lässt sich streiten.“

Ich nehme all meinen Mut zusammen, beuge mich über den Tisch und drücke meine Lippen auf ihre. Sie schmeckt süß. Ich habe das Gefühl ihres Mundes auf meinem vermisst. Dieser Kuss ist anders, zart und irgendwie ruhig, vermischt mit purer Leidenschaft. Ich beiße ihr leicht in ihre Unterlippe und vernehme mit einem Lächeln das leichte Beben ihres Körpers, ehe ich mich von ihr löse.

„War das Bezahlung genug?“

„Du hast dennoch verloren, Jeremia. Ich habe mich noch nie bestechen lassen.“

Dieses Miststück.

Sie grinst mich süffisant an und ich zeige ihr schmollend den Mittelfinger, und zwar so lange, wie sie braucht, alle Karten wieder einzusortieren. Ich bin ein beschissener Verlierer, aber das wusste ich schon immer. Ich bin bockig wie ein Maulesel, würde das aber natürlich niemals zugeben. Ich bin verdammt noch mal Geschäftsmann, warum genau habe ich es nicht geschafft, dieses dumme Spiel zu gewinnen? Vielleicht, weil ich alles gekauft habe, was mir gefällt? Das war vielleicht nicht so schlau, aber ich hätte es schaffen müssen, sie zu schlagen.

„Da du mit Immobilien ja nicht so gut umgehen kannst, spielen wir jetzt UNO Extreme."

Ich sehe sie immer noch schmollend an. „Du hast mich verarscht, Amelia Ray."

Sie grinst und zuckt nur mit den Schultern. „Bei diesem Spiel ist alles erlaubt. Ich habe von meinem Granddad gelernt. Lass dich niemals beim Monopoly bestechen, sonst verlierst du deine komplette Glaubwürdigkeit, mein Kind, hat er immer gesagt."

„Er muss ein toller Mann gewesen sein. Erzähl mir von ihm."

Amelia nickt. „Mein Granddad war ein Gentleman, wie man ihn sich vorstellt, er hat uns alle von ganzem Herzen geliebt. Ich habe niemals erlebt, dass er jemand anderem gegenüber laut wurde oder unhöflich." Sie schluckt, und ich nehme ihre Hand in meine und male Kreise auf ihre Haut. „Meine Granny war die Liebe seines Lebens, und er hat ihr an keinem Tag das Gefühl gegeben, es nicht zu sein. Ich habe noch nie eine solche Liebesgeschichte erlebt, Jeremia."

Ich kann mir das gar nicht vorstellen, doch allein die Vorstellung wärmt mich.

„Wir hatten nie viel Geld, und als meine Mom schwanger mit mir wurde, da hat sie lange hin und her überlegt. Doch weißt du, warum ich hier sitze?"

Ich schüttele den Kopf.

„Granddad hat sie damals an die Hand genommen und ihren Bauch gestreichelt. Dieses Wesen verdient es zu leben, hat er gesagt und das Familienerbstück, eine ganz alte Kuchenform, zum Pfandhaus gebracht, um einen Kinderwagen zu kaufen. Wir hatten nie viel Geld." In ihren Augen blitzen Tränen und auch ich bin überwältigt von den Emotionen, die in der Luft liegen. „Meine Mom hätte mich abgetrieben, weil sie Angst hatte vor der Zukunft, aber die hat mein Granddad ihr genommen. Er war immer der Vater für mich, den ich niemals hatte." Nun sehe ich Wut in ihrem Blick, und ihre kleinen Hände ballen sich zu Fäusten. „Mein Dad hat sie geschwängert und ihr eine Beziehung vorgegaukelt, obwohl er bereits Haus und Kinder hatte. Sie war seine Affäre und er hat sie fallengelassen, als er von mir erfuhr."

„Dieser elende Bastard", murmele ich und sie nickt.

„Ich glaube, er war Moms eine Liebe im Leben, die niemals vergeht. Sie hat danach immer wieder kurze Beziehungen gehabt, doch keine hat die Mauer durchbrochen, die dieses Arschloch hinterlassen hat. Ich möchte sie glücklich sehen, und manchmal denke ich, dass ich ihr das Glück genommen habe."

Ich schüttele den Kopf. „Glaub mir, wenn ich in die Augen deiner Mutter sehe, da erkenne ich bedingungslose Liebe. Du hast ihr Glück verdoppelt und ihr das beste Geschenk gemacht. Eine Familie, auch wenn dein Vater sich verpisst hat."

Sie legt den Kopf an meine Schulter. „Als mein Granddad gestorben ist, da habe ich mich gefühlt, als hätte man mir die Luft zum Atmen genommen. Er war alles für mich, mein Vorbild, mein Held und mein Anker.“

Das ist zu schön und gleichzeitig so traurig. Trauer und Verlust sind Diebe, die einem alles nehmen können. Ich frage mich, ob ich ähnlichen Schmerz empfinde, wenn mein Vater sterben wird.

Vielleicht würde es mir kurz die Luft nehmen, nur um mich dann aufatmen zu lassen, vielleicht aber auch nicht. Ich wäre weiterhin der Versager. So lange er lebt, kann ich ihm immerhin beweisen, dass ich ein toller Sohn bin. Ich kann ihm beweisen, was ich kann. Auch wenn er meine Versuche nie anerkennen wird.

Ich seufze. „Der Verlust deines Granddads tut mir leid, aber nimm es als Geschenk, dass er dich so geliebt hat, Amelia. Ich kann mir nicht einmal annähernd vorstellen, wie sich das anfühlt.“ Es fällt mir schwer, diese Worte auszusprechen, doch es ist wahr. Ich habe nie gelernt, was es bedeutet, geliebt zu werden, sei es von einer Frau noch von der Familie.

„Du bist hier immer willkommen, Jeremia. Wir haben so viel Liebe in unserer Familie, du kannst ein Stück abhaben.“

Kapitel Fünfundvierzig — Amelia

Bevor die Melancholie überhandnimmt, erkläre ich in wenigen Worten das UNO-Spiel. Jeremia lernt schnell, seine Auffassungsgabe ist wirklich bemerkenswert. Ich bewundere ihn in vielerlei Hinsichten.

Er steht über Dingen, die mich zerreißen würden. Wenn ich mir vorstelle, niemals Liebe geschenkt bekommen zu haben, wüsste ich nicht einmal, was es bedeutet zu lieben. Ich möchte ihn aus diesem Strudel herausholen, auch wenn ich niemals seine Familie ersetzen kann. Das ist nicht möglich.

Ich streiche ihm gedankenverloren über den Arm, der ausgestreckt auf dem Tisch liegt.

Er sieht mich an und runzelt die Stirn. „Ich sehe bis hier die Zahnräder rattern, was ist los?"

Er kennt mich mittlerweile wirklich gut. „Ich denke an so vieles." Es ist keine Lüge, doch als er gerade nachhaken will, haue ich auf die Taste des Spiels. Karten schießen in seine Richtung und ich bekomme Spaß an der ganzen Sache.

„Verdammter Mist", flucht Jeremia, als er sieben Stück auf die Hand nimmt und nach einem Ausweg sucht, um nicht sofort die Niederlage über sich ergehen lassen zu müssen. Ich lächle ihn zuckersüß an und werfe meine vorletzte Karte in die Mitte. „Uno."

Die Verzweiflung in seinem Blick ist niedlich. „Du wirst nicht gewinnen." Er betrachtet seine Karten und ich warte darauf. Natürlich werde ich gewinnen. Oder?

Zehn Minuten später zeigt mir Jeremias siegessicheres Gesicht, dass sich meine Vermutung nicht bestätigt. „Uno Uno." Dieser Mistkerl hat das komplette Spiel wirklich noch einmal wenden können. „Ich erinnere dich an Monopoly."

Er fährt mit der Hand durch die Luft. „Ach, das ist doch längst Schnee von gestern."

„Du kannst mich auch gernhaben, Jeremia."

Er sieht mich an, und auf einmal ändert sich die Stimmung. Er beugt sich über den Tisch und sieht mich eindringlich an. „Ich habe dich gern, Amelia", murmelt er und drückt seine Lippen auf meine. Während man den Kuss vorhin mit dem Flügelschlagen eines Schmetterlings vergleichen konnte, so ist dieser ein aggressiver Bienenschwarm. Er benutzt seine Zunge, sie tanzt Tango mit meiner, und unsere Zähne stoßen aneinander.

Ich löse mich nur kurz von Jeremia, um den Tisch zu umrunden und mich auf seinem Schoß niederzulassen. Er legt die Hände an meine Taille, und es vergehen nur wenige Augenblicke, bevor unsere Lippen erneut aufeinandertreffen. Mit der Zunge streicht er über meine Unterlippe, und sogleich gewähre ich ihm den Zugang und umfahre seine mit meiner eigenen.

Seine Hände wandern unter mein Shirt, und als seine Finger über meine nackte Haut streifen, bildet sich eine Gänsehaut darauf. Ich fahre ihm durch die Haare. Wir vertiefen den Kuss und ich reibe mein Becken an seinem. „Es ist schön, dort endlich weiterzumachen, wo wir aufhören mussten", murmelt er zwischen den Küssen.

Mein Atem reicht nicht aus, um ihm zu antworten, weshalb ich über seinen Bauch streiche und ihn mit meinen Nägeln necke. Er beißt mir in die Unterlippe und hebt mich federleicht hoch. Ich bin nervös, und gleichzeitig will ich ihn spüren, meine Gedanken vom Vorabend Realität werden lassen.

„Ich kann laufen", quietsche ich, als er den Griff an meinem Hintern verstärkt und ich trotzdem leicht nach unten rutsche.

„Wir sind gleich da", murmelt er, geht in Richtung Schlafzimmer und wirft mich, nachdem er mit dem Fuß die Tür aufgemacht hat, auf das Bett. Sofort ist er über mir. In seinen Augen sehe ich die pure Lust.

„Ich will dich, Jeremia", hauche ich, und als hätte er auf die Bestätigung gewartet, stoßen im nächsten Moment seine Zähne gegen meine und er zieht mir das Shirt aus. Ich schlinge meine Beine um seine Mitte, um ihn näher an mich heranzuziehen.

Er küsst meinen Mundwinkel, dann wandern seine Lippen hinunter und über meinen Hals. Ich keuche auf, als er mit seinen Zähnen den Bereich zwischen meiner Schulter und der Halsbeuge neckt.

Ich will ihn so sehr.

Schnell habe ich ihm das Shirt ausgezogen, und auch wenn es nicht das erste Mal ist, dass ich ihn mit freiem Oberkörper sehe, so stockt mir doch kurz der Atem. Ich fahre mit meinen Fingern die sehnigen Schultern entlang, über die mit Haaren überzogene Brust, und lasse meine Lippen folgen. Es ist beruhigend, wie stark sein Herz schlägt. Mein eigenes springt mir halb aus der

Brust, und ich weiß genau, dass dieses verräterische Ding nur deshalb zu schnell schlägt, weil es Jeremia ist, der das mit mir anstellt.

Ich bin in ihn verliebt.

Irgendwann kniet er zwischen meinen Beinen. Ich bin nervös und zugleich so erregt, dass ich kurz die Luft anhalte, als er sich in mir versenkt. Er dehnt mich, und ich keuche, als er mir tief in die Augen sieht.

„Alles okay?", haucht er, während er offenbar selbst versucht, die Kontrolle zu behalten. Ich hebe ihm mein Becken entgegen und nicke.

„Mehr als das", hauche ich und küsse ihn, nachdem er sich zu mir gebeugt hat. Er liegt auf mir, meine Beine sind um ihn geschlungen und ich könnte mir keinen anderen Ort vorstellen, wo ich gerade sein wollte.

Seine Bewegungen werden rhythmischer, und ich dränge mich ihm entgegen. Er fährt mit den Fingern über meinen empfindlichsten Punkt, und ich bäume mich auf. Verdammt, ist das intensiv. Was macht er nur mit mir?

Ich murmele unmissverständliche Worte, als sowohl seine Stöße als auch seine Finger, die meine Mitte umkreisen, schneller werden. Er beugt sich über mich, sodass ich seinen heißen Oberkörper an meinem spüre.

Ich beiße ihm in die Schulter, als er sich kurz versteift und ich mich ihm anschließe, weil ich es ebenfalls nicht mehr aushalte.

„Amelia", stöhnt er, bevor er den Kopf auf meine Schulter legt und nach Atem ringt.

Verdammt, war das gut.

Ich streiche ihm über seine schweißbedeckten Haare und küsse seine Schulter. Am liebsten würde ich ihm jetzt sagen, was ich denke, doch das kann ich mir nicht erlauben. *Bleib bei mir. Verlass mich nie wieder. Sei an meiner Seite. Ich habe mich in dich verliebt.*

Alles Sachen, die ich nicht aussprechen kann.

Zerstöre niemals den Augenblick, denn es wird der Punkt kommen, an dem man sowieso dazu gezwungen wird, der Zukunft ins Auge zu blicken.

Jetzt genieße ich dieses Gefühl, geliebt zu werden. Ich schlinge meine Arme um Jeremias Schultern und drücke mich an ihn. Ich halte ihn fest, denn er ist mein Ruhepol, der besondere Mensch in meinem Leben und gleichzeitig der, der die Macht hat, alles zu vernichten und mein Herz in Stücke zu reißen.

Kapitel Sechsundvierzig — Jeremia

Ich habe schon viel Sex in meinem Leben gehabt, habe Frauen dafür bezahlt, mir zu dienen. Ich habe sogar Tinder eine Chance gegeben. Doch mit Amelia ist alles anders, denn es ist das erste Mal in meinem Leben, dass ich nicht nur Lust verspüre, sondern auch Liebe.

Als sie nun in meinen Armen liegt, den Kopf auf meiner Brust, fühlt es sich für mich an, als wäre ich angekommen. Sie ist mein Anker, wenn ich drohe, in den Weiten des Meeres zu versinken. Sie ist aber gleichzeitig auch der Ozean, der die Wellen aufwirbelt, um mich darin einzufangen. Sie ist alles, kann alles und nichts sein, und ich habe eine Heidenangst. Angst davor, dass dieser Moment vorbeigeht, Angst vor der Realität.

Denn gerade leben wir nur im Jetzt, und ich weiß noch nicht, wie gut es ist, dass wir nicht an das Morgen denken. Doch es ist egal, denn dieses Jetzt ist genug, genug für den Augenblick, genug für ein ganzes Leben.

Deshalb schiebe ich meine Gedanken beiseite, als ich ihre Stirn küsse und ein leises „Danke" murmele.

Ihr Lächeln ist unbezahlbar. Ich beuge mich zu ihr und will sie küssen, meine Emotionen in einem Kuss verstecken, doch da wird die Tür aufgerissen.

Wir fahren auseinander und ziehen beide hektisch die Decken nach oben. Es ist Amelias Mom. „Granny muss ins Krankenhaus, der Krankenwagen ist schon da. Ich fahre mit." Die Tränen, die ihr über das Gesicht rinnen, sprechen Bände, und so schnell, wie sie gekommen ist, ist sie auch wieder verschwunden.

Fuck. Amelia und ich sehen uns nur für eine Sekunde an und springen beide gleichzeitig auf, um uns Klamotten anzuziehen. „Du musst nicht mitkommen", flüstert sie unter Tränen, sodass ich Mühe habe, sie zu verstehen.

„Ich lasse dich nicht allein. Zieh dich an, ich mache das Auto frei." Die Wetterlage hat sich leicht gebessert, doch aktuell kann ich nicht weg, das würde nicht gehen. Der Krankenwagen muss sich den Weg trotzdem freigekämpft haben, denn ganz ungefährlich ist es noch immer nicht auf den Straßen. Die Eisschicht dort wird noch immer spiegelglatt sein.

Sie schüttelt nur den Kopf. „In der Garage steht meins." Sie sucht nach dem Schlüssel, wirft ihn mir zu und ich sehe sie noch einmal an.

„Ich bin da", murmele ich und springe die Treppen hinunter, während ich mir einen Pullover überziehe. Es ist stockdunkel und die Zeit schneller vergangen als geplant. Wir haben den kompletten Tag wirklich nur mit Snacks und Spielen verbracht. Na gut, und mit Sex.

Ich gehe nach draußen, um mir einen Weg in die Garage zu bahnen.

„Jeremia. Hier gibt es nur ein Hospital, Amelia kennt den Weg!", ruft Amelias Mom, ehe die Tür des Krankenwagens zuschlägt. Kurz darauf sehe ich das Blaulicht in der Nacht.

Blaulicht ist nie gut, denn es bedeutet Gefahr. Ich öffne die Garage, als Amelia bereits angestürmt kommt. Sie hat geweint, rote Ränder unter den Augen und schnieft.

„Setz dich." Sie läuft auf die Fahrerseite und ich sehe sie nur an.

„Ich fahre. Du sagst mir den Weg."

Dass sie gerade am Ende ist, merke ich, als sie einfach nur schweigend nickt und sich auf den Beifahrersitz setzt. Ich hoffe für alle Beteiligten, dass es Granny gut geht.

Als ich die ersten Meter auf der Straße schlittere, fühle ich mich wie auf einer Eisbahn. Es ist verdammt gefährlich, und auch wenn ich am liebsten jegliche Geschwindigkeitsregel überschreiten möchte, bin ich dazu gezwungen, langsam zu machen. „Es tut mir leid, ich wäre gern schneller."

„Alles gut. Es ist lieb genug, dass du mich fährst."

„Selbstverständlich." Ihre Stimme ist von Tränen durchzogen und auch mir schnürt die Ungewissheit die Kehle zu. *Bitte lass es ihr gut gehen.*

Wir brauchen gefühlt Ewigkeiten, bis wir ankommen. „Da vorne ist der Parkplatz der Notaufnahme." Ich nicke, es stehen nur vereinzelt Autos dort, und ich frage mich, wie es Catherine geht.

Niemand verdient es, hier sein zu müssen, Krankenhäuser strahlen Kälte aus und vor allem Tod. Er ist Teil der alten Mauern vor uns.

Ich habe Angst. Eine der wenigen Emotionen in meinem Leben, die ich bisher nicht kannte. Vor allem habe ich Angst, jetzt zu versagen, indem ich nicht genug für Amelia da bin. Wir steigen aus, und ohne große Worte verschränke ich meine Finger mit ihren.

„Hinein in die Höhle der Löwen."

Kapitel Siebenundvierzig — Amelia

Während der Autofahrt fällt mir auf, wie ruhig Jeremia ist und wie sehr ich ihn dafür in diesem Moment mag. Während in mir reges Chaos herrscht und ich nicht weiß, was ich denken soll, fährt er uns sicher in Richtung Hospital.

Wenn ich mir die Straßen ansehe, verstehe ich, warum die Menschen noch immer angehalten sind, die Häuser möglichst nicht zu verlassen. Ich bin mir sicher, wenn ich auch nur einen Meter gefahren wäre, hätte ich mir direkt einen Krankenwagen rufen können.

Als Jeremia meine Hand nimmt, spurte ich los in Richtung Eingang. Er hält mich nicht zurück und folgt mir. Die Eiseskälte der Nacht spüre ich kaum, denn die Angst in meinem Inneren übertrifft alles. Wenn Mom wenigstens gesagt hätte, ob es schlimm ist. Warum hat sie uns nicht geholt, als sie den Krankenwagen gerufen hat? Wir haben keine Sirenen gehört, dann kann es doch nicht so schlimm sein, oder? Aber als er weggefahren ist, habe ich das Blaulicht gesehen und auch das Martinshorn gehört.

Ich weiß, dass es nur in riskanten Fällen benutzt wird.

Die Dame am Empfang sieht gelangweilt aus, und allein ihr Anblick macht mich wütend.

„Es geht um Catherine Ray. Sie wurde mit dem Krankenwagen hergebracht." Jeremia übernimmt das Reden, und ich bin dankbar dafür, denn ich glaube nicht, dass ich ruhig bleiben könnte. Die Frau kaut genüsslich ihren Kaugummi und sieht ihn an.

Ich erkenne in ihren Augen, dass er ihr gefällt. Das kann jetzt nicht ihr Ernst sein. „Gehören Sie zur Familie?"

Nun mische ich mich ein, und wenn Blicke töten könnten, wäre diese Dame sofort tot umgefallen. „Ich bin die Enkeltochter. Was ist mit ihr? Weiß man schon etwas?" Ich versuche, stark zu sein, das Zittern in meiner Stimme zu unterdrücken.

Sie tippt auf ihrem Computer herum, und obwohl es nur wenige Sekunden sind, fühlt es sich an wie eine Ewigkeit. „Ich kann Ihnen aktuell noch keine Auskunft geben. Nehmen Sie im Wartebereich Platz."

Die glühend heiße Wut mischt sich mit der kalten Angst, und ich haue mit beiden Händen auf die Empfangstheke. „Was ist mit ihr?", fauche ich.

Die Rezeptionistin sieht mich nur an, und ich hasse ihre Ruhe. „Nehmen Sie Platz, sobald ich etwas höre, gebe ich Bescheid."

Jeremia führt mich in den Wartebereich. Meine Brust hebt und senkt sich heftig, ich will doch nur wissen, was passiert ist. Ich sehe auf mein Handy. Natürlich habe ich kein Netz, dabei würde ich so gerne meine Mom anrufen, vielleicht hat sie ja die Möglichkeit, ranzugehen. Ich möchte doch nur erst einmal wissen, was passiert ist. Mom hat geweint, also ist Granny nicht nur gestolpert. Apropos, mein Fuß pocht in den Stiefeln, das Rennen hat er mir übel genommen, doch ich würde immer wieder loslaufen, um zu erfahren, was mit Granny passiert ist.

Der Stuhl ist hart und ich wackele nervös mit den Beinen, jede einzelne Sekunde der Ungewissheit ist eine Qual. Vor mir hängt eine große Uhr.

Ticktack.

Jede Sekunde dauert eine Stunde.

Ticktack.

Jede Sekunde, die verstreicht, lässt die Hoffnung sinken, dass alles gut ist.

Ticktack.

Ticktack.

Irgendwann verschwimmt die Uhr vor meinen Augen und Jeremias Berührung an meinem Rücken wird beruhigender. Auf einmal sehe ich Mom im Türrahmen sehen, und die Tränen, die über ihre Wangen laufen, sagen mehr als tausende Worte.

Fuck, es scheint Granny nicht gut zu gehen, gar nicht gut.

Kapitel Achtundvierzig — Jeremia

Es ist schwierig, für jemanden da zu sein, wenn man selbst immer alle Probleme mit sich selbst ausmachen musste. Als ich Amelias Mom entdecke, drückt ihr Gesicht so viel aus, dass ich kaum atmen kann.

Ich stehe auf, und Amelia bleibt sitzen. Der Schock scheint sie zu lähmen. Ich lege meinen Arm um die Schulter ihrer Mom und führe sie zu dem Stuhl neben Amelias. Sie zittert, und als sie und Amelia sich aneinanderklammern, zucke ich zusammen.

„Was ist passiert?", flüstert Amelia unter Tränen, und ich knie mich vor sie auf den Boden. Amelias Mom atmet ein paar Mal tief durch, bevor sie antworten kann. Sie kämpft gegen ihr Schluchzen an, und ich verstehe nur einzelne Wörter. „Zusammengebrochen ... in der Küche gefunden ... Ärzte sehen nach ihr ..."

Mein Bauchgefühl hat mich selten belogen. Um meinen Magen liegt eine Schlinge, die sich immer weiter zusammenzieht. Es geht Catherine nicht gut. Niemand bricht ohne Grund zusammen. Angst breitet sich glühend heiß in mir aus. Ich versuche, den Schmerz zu ignorieren, denn ich muss nun für die Frauen da sein.

„Es wird ihr bald wieder gut gehen", sage ich mit fester Stimme. Wenn ich etwas in meinem Leben gelernt habe, ist es zu lügen, ohne es mir anmerken zu lassen. Noch nie hat eine Unwahrheit bitterer geschmeckt, doch ich muss das jetzt tun, denn wenn ich meine Zweifel äußere, wird es nur hässlich.

„Wann können wir zu ihr?“, murmelt Amelia, und ich sehe, wie müde sie ist.

„Die Ärzte untersuchen sie gerade.“

Ich nicke. „Ihr ruht euch aus und ich hole Getränke.“ Amelia sieht mich an und selbst jetzt, wo die Augen gerötet sind und sie total verweint aussieht, ist sie das schönste Wesen der Welt. Ich küsse sie auf die Stirn und gehe los, um einen Kaffeeautomaten zu suchen, denn ohne Koffein wird die Nacht noch länger, als sie eh schon ist.

Ich hole drei Cappuccino und gehe zurück zu den Frauen. Sie sitzen eng aneinandergeschmiegt, und Amelia hat die Augen geschlossen. Ihre Mom sieht sich wachsam um, hält dabei ihre Tochter, obwohl sie selbst droht, zu zerbrechen.

Ich weiß nicht, ob ich dieses Bild als wunderschön oder als absolut zerstörerisch einschätzen soll. Amelias Mom lächelt mich an, als ich näherkomme. Ich strecke ihr einen Cappuccino entgegen und setze mich auf den Stuhl neben ihr.

„Ich bin da, ruh dich aus“, murmele ich. Es ist nicht viel, was ich anbieten kann, außer wenige Momente der Ruhe.

„Amelia ist eingeschlafen.“

Ich muss sie beschützen.

Ich schlucke die aufkommenden Tränen hinunter, die die Worte in mir anrichten. „Ich bin da.“

Wenig später hat auch sie die Augen geschlossen und beide Frauen schlafen beziehungsweise dösen vor sich hin, während ich mich wachsam umsehe.

Da sind Familien mit Kindern, ein Baby schreit. Die Nacht ist so anders, wenn das Leben um einen herum ist. Die Neonlampen sind so hell, dass man keinerlei Zeitempfinden hat. Ich kann nicht sagen, ob es Tag oder Nacht ist, und weiß nicht, ob Stunden oder Minuten vergehen. Die Notaufnahme ist ein seltsamer Ort, hier kann ein Leben enden, Familien werden auseinandergerissen. Trauer mischt sich mit Angst.

Ich weiß noch genau, wie es war, als ich einmal im Krankenhaus gelandet bin. Es war keine erfreuliche Erfahrung, und ich habe niemals jemanden gehabt, der sich um mich sorgte. Wobei es eine Abwechslung war, als sich die Schwestern um mich gekümmert haben. Es hat sich wundervoll angefühlt.

Ich schließe kurz die Augen, um die Erinnerung zu verdrängen, doch es funktioniert nicht. Der Flashback rast auf mich zu wie ein Formel-Eins-Rennwagen und versucht, mich zu überfahren.

In der Schule rutschen die Jungs immer auf den Treppengeländern. Ich darf das nicht, aber ich möchte das auch können. Sie werden von den Mädchen gefeiert, und da gibt es Leah. Sie ist so hübsch. Sie blickt mich nie an, obwohl ich sie immer beobachte. Sie hat blaue Augen, und ihre Haare sind meist zu zwei langen Zöpfen gebunden. Sie strahlt die Jungs an, die dort rutschen, und dann lacht sie. Es gibt kein schöneres Geräusch, auch wenn sie es nicht wegen mir tut.

Mom und Dad sind noch arbeiten, und ich stehe am oberen Treppenabsatz. Hier kann ich üben, bis ich richtig gut bin, und dann wird Leah wegen mir strahlen. Ja, das wird sie.

Ich atme noch einmal tief durch, ich mache selten etwas Verbotenes und bin nervös. Ich setze mich oben auf das Geländer. Es ist ziemlich hoch. Um Mädchen zu bekommen, musst du mutig sein, Jeremia. Ich schließe die Augen. Beim ersten Mal darf man Angst haben. Ich stoße mich ab und rutsche hinunter, ich werde immer schneller. Ich öffne die Augen und verdammt, ich bin zu schnell, ich kann niemals anhalten. Wie halten die Jungs in der Schule an? Ich versuche, mich daran zu erinnern, doch dann knalle ich auch schon mit voller Wucht auf den Boden und versuche, mich mit beiden Händen abzustützen. Ich knicke mit einem Handgelenk um, es knackst und ich knalle mit der Stirn auf das Parkett.

Aua. Ich spüre, wie das Blut an meiner Schläfe hinunterläuft, mein Handgelenk kann ich nicht bewegen.

Ich werde niemals ein cooles Kind sein und die Mädchen beeindrucken. Ich stehe auf und versuche, nicht an den Schmerz zu denken, trotzdem fange ich an zu weinen wie ein Baby. Ich will gerade in mein Zimmer gehen, als die Haustür geöffnet wird. Meine Mutter sieht mich an. „Was hast du dummer Junge schon wieder angestellt?"

Ich denke an damals. Wir haben in der Notaufnahme gesessen und ich habe den Ärger meines Lebens bekommen. Mein Hintern tat mir wochenlang weh und ich konnte nicht sitzen. Sie hat mich geschlagen mit den Worten *Wer nicht hören will, muss fühlen.*

Ich dränge die Tränen der Erniedrigung zurück und mit ihnen die Erinnerung. Ich spiegele mich in den Türen der Notaufnahme, die aktuell geschlossen sind.

Dieser Mann dort sieht stärker aus, als er ist. Ich mustere seine Gesichtszüge und den Bart, der ihm gewachsen ist. Die Frisur ist durcheinander und die Veränderung, die er in den letzten Tagen durchgemacht hat, nicht zu übersehen. Es fühlt sich an, als wäre ich in ein neues Leben gestartet. Ich hoffe sehr, dass ich die Ehre habe, der Mann zu werden, der Amelia lieben kann und den sie auch verdient.

Die Tür wird geöffnet und ich blicke eine Ärztin an, die nicht viel älter sein kann als ich.

„Familie Ray?“

Schnell wecke ich Amelia und ihre Mom und winke gleichzeitig die Ärztin zu uns.

„Ich darf die Familienangehörigen bitten, mit mir zu kommen.“ Sie schafft das, denn sie ist stark.

Ich drücke ihr einen Kuss auf die Stirn. „Ich warte hier auf euch, richtet Granny liebe Grüße aus.“

Sie folgen der Ärztin. Ich hoffe, Catherine ist wach, sodass meine Grüße ankommen. Ich hoffe, dass es ihr gut geht und ich hasse das ungute Gefühl, das sich in mir eingenistet hat und dafür sorgt, dass mir das Atmen schwerfällt.

Kapitel Neunundvierzig — Amelia

Die Schritte ohne ihn sind schwer, da mir meine Stütze fehlt. Es klingt armselig, aber ich habe keine Ahnung, was ich ohne ihn tun würde. Ich halte Moms Hand fest und bin nicht sicher, wer wem Stärke schenkt. Als Jeremia mir die Stirn geküsst hat, da ist es mir durch Mark und Bein gefahren, und ich habe gemerkt, dass es nicht so einfach ist, ohne ihn zu sein. Er ist jetzt mein Fels in der Brandung und mein Stern am Himmel. Er ist da, wenn ich ihn brauche, und ich will nicht einen Tag ohne ihn sein.

Die Ärztin führt uns in ein Sprechzimmer, und Mom und ich setzen uns stumm auf die Stühle. Die Angst ist da, und ich weiß nicht, was ich tun soll, wenn jetzt eine schlechte Nachricht unsere Welt erschüttert.

„Misses Ray geht es den Umständen entsprechend gut. Sie hatte einen Kreislaufzusammenbruch, der durch zu niedrigen Blutdruck herbeigeführt wurde, und wird über Nacht bei uns bleiben. Morgen Mittag kann sie abgeholt werden, sie schläft bereits." Ich weiß nicht, ob ich erleichtert sein soll, dass es nichts Schlimmes ist, oder ob es mich beunruhigt, dass sie überhaupt zusammengebrochen ist. „Weiß man, warum der Blutdruck abgesackt ist?" Die Ärztin schüttelt den Kopf. „Es gibt viele Faktoren, die dafür verantwortlich sein kön-

nen. Wir beobachten ihren Blutdruck und die Zuckerwerte. Der Druck bewegt sich nun wieder in die normale Richtung, Zuckerwerte waren im Rahmen. Ihre
Grandma ist nicht mehr die Jüngste, und sie braucht
Ruhe."

Ich nicke. Niemals würde ich verkraften, sie zu verlieren, also wird sich ab nun einiges ändern. Ich muss
noch mehr für sie da sein, ihr noch mehr abnehmen,
und dabei aber auch darauf achten, dass meine Mom
nicht durchdreht.

Ein Kinderspiel.

„Dürfen wir sie noch kurz sehen?", murmele ich und
schenke der Ärztin einen flehenden Blick. Meine Mom
bringt keinen Ton heraus, und ich bin froh, dass ich es
einigermaßen schaffe, einen klaren Kopf zu bewahren.

„Eine von ihnen."

Ich blicke meine Mom an. „Ich warte bei Jeremia",
sagt sie. „Geh du zu ihr, ich kann das gerade nicht."

Ich versuche, ihr nicht zu zeigen, dass es mir ebenfalls
Angst macht, Granny in einem Krankenhausbett liegen
zu sehen.

„Wenn Sie mir bitte folgen mögen."

Ich drücke noch einmal die Hand meiner Mom, bevor
ich der Ärztin folge. Hoffentlich ist Mom in der Lage,
Jeremia zu erzählen, dass es Granny den Umständen
entsprechend gut geht.

Ich betrete den Raum, er ist weiß und sehr steril. Mir
macht er Angst, denn er hat so wenig Leben in sich.
Granny schaut mich direkt an, sie wirkt kleiner und
schwach. An ihr hängen mehrere Kabel. Ich dachte, sie
würde schlafen? Anscheinend haben sich die Ärzte getäuscht.

„Na, meine Kleine?" Ihre Stimme klingt schwach. Die Erleichterung, die meinen Körper durchfährt, als ich ihre Stimme höre, lässt mich aufschluchzen. Ich umarme sie und lege meinen Kopf auf ihre Brust. „Warum machst du denn so etwas?" Ich heule wie ein kleines Mädchen, aber die Erleichterung ist zu groß. Ich hatte solche Angst um sie.

„Sieh mich an, mein Kind."

Ich gehorche; ihr Blick ist müde und zugleich wachsam. „Du musst jetzt für deine Mom da sein. Jeremia ist dein Anker, und du bist das Schiff, das in den Hafen einfährt. Du bist der Fels in der Brandung, mein Kind. Ich kann nicht mehr ganz so viel tun wie zuvor. Das wird stressig werden."

„Ich mache alles dafür, dass es dir besser geht, Granny", schluchze ich.

Sie streicht mir über das Haar. „Ich genieße es jetzt, mich auszuruhen. Jeremia soll euch nach Hause fahren."

„Ich liebe dich, Granny." Ich streiche ihr die Haare aus der Stirn und küsse sie, bevor ich den Raum verlasse.

Warum hat sie solche Dinge gesagt? Geht es ihr schlechter, als ich ahne?

Nein, auf keinen Fall. Das darf nicht sein.

Kapitel Fünfzig — Jeremia

Amelias Mom hat mich über den Gesundheitszustand von Catherine informiert, und die Steine, die von meinem Herzen fallen, sind größer als erwartet. Es ist gut zu hören, dass es ihr den Umständen entsprechend gut geht, aber gleichzeitig alarmierend, dass so etwas überhaupt passiert ist.

Ich nehme Amelias Mom in meine Arme, und sie vergießt weitere Tränen. Das ist einfach alles zu viel, und ich bin froh, dass ich hier bin. Ich kann den Frauen die Kraft schenken, die sie brauchen.

Amelia kommt auf uns zu und sieht verwirrt aus, aber gleichzeitig erleichtert. „Sie war wach. Ich konnte kurz mit ihr sprechen.“

Sofort löst sich ihre Mom von mir und umarmt ihre Tochter. „Was hat sie gesagt?“

Amelia schüttelt nur den Kopf. „Nicht sonderlich viel, sie war sehr müde, aber das ist typisch Granny. Sie würde auch nichts sagen, wenn sie Schmerzen hätte, das weißt du doch.“

Ich lächele und streiche Amelia über das Haar. „Lasst uns nach Hause fahren. Ihr solltet dringend eine Runde schlafen.“ Die zwei nicken. Ich biete ihnen meinen Arm an, und wir verlassen die Notaufnahme. Es ist noch immer sehr stürmisch, und mir graut es vor der Fahrt.

Durch die vielen Geschäftsreisen habe ich einen guten Orientierungssinn.

Das ist auch gut so, denn kaum sind wir losgefahren, schlafen die beiden, und auch ich gähne ein wenig. Zuhause werde ich noch etwas kochen, denn sonst werden morgen unsere Energiereserven nicht ausreichen.

Der Rückweg geht schneller, doch ich bin trotzdem erleichtert, als das Auto in der Garage steht. Amelias Mom ist bereits aufgewacht, doch Amelia schlummert noch immer.

„Ich trage sie hoch, geh ins Wohnzimmer."

Sie nickt, und ich schnalle mein Mädchen vorsichtig ab und achte darauf, es nicht zu wecken oder seinen Kopf gegen die Tür zu donnern.

Als ich Amelias Körper in meinen Armen spüre, da fühle ich mich, als wäre ich angekommen. Sie ist einfach mein Zuhause geworden, kein Ort der Welt würde dieses Gefühl besser beschreiben.

Ich trage sie die Stufen hinauf, und ihre Augen öffnen sich einen Spalt. „Wo bin ich?", murmelt sie noch im Halbschlaf und ich küsse ihre Stirn.

„Zuhause."

Das Lächeln, das über ihr Gesicht huscht, lässt mein Herz höher schlagen, und Sekunden später ist sie wieder eingedöst. Sie scheint sich sicher zu fühlen oder aber die Kraft ist einfach nicht mehr da, um wachzubleiben. Ich lege sie auf die Couch. Amelias Mom macht es sich in Grannys Sessel bequem, streicht gedankenverloren über den Stoff, und die Tränen brennen in meinen Augen.

Diese Familie ist so stark und zugleich so zerbrechlich, denn sobald ein Glied fehlt, bricht das Gefüge zusammen. Das ist die Macht einer Familie, kann aber auch eine Qual sein. Wird einer verletzt, bluten alle, wenn einer weint, fließen die Tränen der anderen mit.

Ich schlucke. „Ich mache noch etwas zu essen. Bleib ruhig hier", murmele ich und gehe ich in die Küche. Granny hat immer etwas da, und ich entscheide mich kurzerhand für Omelett und Brot. Es ist mitten in der Nacht und eigentlich hat niemand wirklich Hunger, doch es erscheint mir das Logischste, jetzt einfach weiterzumachen.

Danach sollten alle ins Bett und noch ein paar Stunden schlafen, denn der morgige Tag wird ebenfalls lang werden.

Ich mische Paprika und Lauchzwiebeln unter das Omelett und würze es gut. Während das Ei stockt, decke ich den Tisch.

„Wo ist Jeremia?", höre ich Amelias Stimme leise aus dem Wohnzimmer.

„Er macht gerade Essen. Er ist ein guter Mann, Amelia."

Ich möchte nicht lauschen, doch trotzdem dringen die Worte an meine Ohren.

„Er überlegt, vielleicht hierzubleiben. Ich habe Angst vor dem Moment, in dem er geht."

Ihre Stimme ist nun anders, trauriger, und mich zerreißt es, sie so zu hören, weil ich weiß, dass ich der Grund dafür bin.

„Bist du dir sicher, dass er gehen wird?" Amelias Mom spricht ebenfalls leise, doch sie versucht, Trost in ihre Sätze zu legen. Ganz die Mom. „Er kann doch nicht alles aufgeben, nur um hierzubleiben. Er ist zwar glücklich, doch ist Glück alles?" Amelias Worte sind eindringlich.

Ich gehe hinaus. „Du bist alles, Amelia. Und deshalb zerbreche ich mir den Kopf darüber, wie es weitergehen wird. Aber wenn du möchtest, dass ich bleibe, werde ich alle Hebel in Bewegung setzen, um mir hier eine neue Existenz aufzubauen."

Sie sieht mich an, und in diesem Moment passiert etwas zwischen uns.

Ich will bleiben, weil ich nie glücklicher war, doch es wird kein leichter Weg sein. Er wird hässlich, denn meine Eltern werden ein großes Problem damit haben, dass ich mir das Geld nehme, das mir zusteht, um mir ein neues Leben aufzubauen. Vielleicht werden sie sogar den Kontakt ganz abbrechen.

Ich muss noch über viele Dinge nachdenken, doch ich weiß, was ich will: an Amelias Seite sein, mit ihr glücklich werden und endlich meinen eigenen Weg gehen. Koste es, was es wolle.

Die Frauen picken nur in ihren Mahlzeiten herum, doch letztendlich kann ich sie davon überzeugen, wenigstens ein paar Bissen zu nehmen. Es ist mittlerweile sechs Uhr morgens und ich bin müde. Die Nacht steckt in meinen Knochen, und zugleich möchte ich wach bleiben, weil mich die Familie braucht.

Familie. Gebraucht werden.

Ein kleines Lächeln huscht sich über meine Lippen, und ich bin erleichtert, dass ich die zwei ein wenig beruhigen konnte. „Ich räume noch kurz auf und komme nach", meine ich, als Amelia aufsteht.

„Das machen wir gemeinsam, du bist nicht allein."

Ich nicke. Ich muss lernen, Hilfe anzunehmen, also räumen wir ab, und Amelias Mom schaltet noch die Spülmaschine ein.

„Gute Nacht", sage ich, als sie mich in eine Umarmung zieht. Sie drückt mich fest an sich, und ich genieße die Umarmung einer Mom.

„Du warst heute unglaublich, Jeremia. Ohne dich hätte das alles nicht annähernd funktioniert. Danke, mein Großer." Damit drückt sie mir einen Kuss auf die Wange, und ich bin sprachlos. „Ich bin stolz auf dich, weil du heute für uns da warst. Du bist ein guter Mensch."

Ich blinzele die Tränen weg und reibe mir über die Arme, auf denen sich eine Gänsehaut gebildet hat. Noch nie habe ich das Gefühl gehabt, so dazuzugehören.

Amelia nimmt meine Hand, und wir gehen gemeinsam in ihre Wohnung. Ich bin noch immer perplex und finde keine Worte. Sollte ich Granny nun dankbar sein, dass sie umgekippt ist, um beweisen zu können, dass ich mich um jemanden kümmern kann?

Nein, das ist absolut bescheuert. Die Müdigkeit schlägt nun wirklich durch.

Ich gehe in Richtung Wohnzimmer, als Amelia mich festhält. „Kannst du heute Nacht vielleicht bei mir schlafen?" Sie sieht mich nicht an und die Worte waren so leise, dass ich sie kaum verstanden habe. Ich, bei ihr schlafen?

Ich hebe ihr Kinn sanft mit dem Daumen an. „Natürlich, Amelia. Immer."

Dann küsse ich sie und verspreche ihr so, bei ihr zu bleiben und immer für sie da zu sein. So lange ich lebe.

Beziehungsweise so lange, bis ich wieder in die Realität zurückkehren muss.

Kapitel Einundfünfzig — Amelia

Ich schmecke ihn. Mein Zuhause. Mein Anker. Die Liebe. Ich schmecke all das in diesem Kuss, denn wenn mir der heutige Tag etwas gezeigt hat, dann dass es nichts Wertvolleres gibt als jemanden, der für einen da ist. Ich habe meine Familie, doch wenn diese sich vergrößert und man die Arme für einen neuen Menschen öffnet, wächst auch die Liebe.

„Wir sollten schlafen. In wenigen Stunden dürfen wir Granny bereits abholen." Jeremia sieht mich an und streicht mir mit dem Daumen über die Lippe.

Wir gehen gemeinsam ins Schlafzimmer. Es ist unglaublich intim, mich vor ihm aus- und mir das Schlafshirt überzuziehen. Er entledigt sich ebenfalls seiner Kleider und wir sehen uns an.

Auch wenn wir bereits miteinander geschlafen haben, ist das noch einmal eine andere Art, sich näherzukommen. Deshalb schlägt mein Herz auch verräterisch schnell, als ich mich in mein Bett lege und er sich neben mich fallen lässt.

„Kuscheln?", fragt er leise, nachdem ich die Nachttischlampe ausgeschalten habe. Ich krabbele an ihn heran und lege meinen Kopf auf seine Brust.

„Dankeschön", murmele ich und küsse sein Brustbein. Zufrieden merke ich, wie sich dort Gänsehaut bildet.

„Wofür?", erwidert er und küsst meine Stirn.

„Du warst heute für uns alle da. Das ist ein großer Schritt für dich, und das weiß ich. Das hat mir sehr viel bedeutet."

Er schluckt. „Ich habe das getan, wonach ich mich immer gesehnt habe. Ich habe versucht, da zu sein, auch wenn ich mir nicht sicher bin, ob das genug war."

Ich setze mich auf und sehe ihn direkt an, durch die langsam aufgehende Sonne kann ich seine Umrisse erkennen.

„Es war mehr als genug. Du bist alles für mich, Jeremia. Du gehörst zu unserer Familie."

Wir küssen uns und es schmeckt nach stummer Liebe. Liebe, die wir uns noch nicht offen auszusprechen wagen, die aber in der Luft liegt, vermischt mit dem Geruch des Winters.

Ich blinzele, als ich etwas Warmes an der Wange spüre. Die Sonne ist heute hartnäckig, und es ist nicht mehr ganz so verschneit.

„Guten Morgen, Schönheit", raunt Jeremia an meiner Wange und küsst sie erneut.

„Ich möchte öfter so geweckt werden." Er zieht mich auf sich und ich sehe ihn an.

„Das kannst du haben", lächelt er, und ich küsse ihn auf den Mund. Es fühlt sich alles so gut an. Momente wie diesen möchte ich nie mehr missen, ihn möchte Jeremia nicht mehr verlieren.

„Wir dürfen nun deine Granny abholen, also aufstehen, Prinzessin."

Sofort bin ich hellwach und in wenigen Momenten angezogen. Nur eine Nacht ohne Granny im Haus und alles wirkt kühler. Als ob die Seele der Cakery und unser aller Bindeglied fehlt. Granny hält uns zusammen, und ich freue mich darauf, sie nach Hause zu holen.

Ich gehe in die untere Wohnung, gefolgt von Jeremia. „Mom? Können wir los?"

Sie kommt auch bereits angezogen auf uns zu. „Guten Morgen, konntet ihr ein wenig schlafen?"

Ich nicke. Wir gehen gemeinsam in die Garage und stumm setzt sich Jeremia wieder ans Steuer. Wahrscheinlich würde es seine Männlichkeit verletzen, wenn ich fahren würde, außerdem mag ich das auch nicht tun bei diesem Wetter.

Langsam aber sicher könnte die Straßen wieder freigegeben werden, aber ich traue mich trotzdem nicht, es laut auszusprechen. Manchmal ist die Angst zu groß, sodass es leichter ist, zu schweigen, denn Worte lassen Dinge real werden. Das ist nicht gut, deshalb halte ich lieber die Klappe.

„Heute ist es angenehmer zu fahren." Fuck. Vielleicht spricht Jeremia es an.

„Ja, langsam legt sich der Sturm", erwidert meine Mom.

Können bitte alle ruhig sein? Am liebsten würde ich mir die Ohren zuhalten wie ein kleines Mädchen, das nicht hören will, was los ist. Ich habe mir oft die Ohren zugehalten, wenn Mom nachts geweint hat wegen meines Erzeugers. Sie ist, glaube ich, niemals über ihn hinweggekommen, und ich würde ihr die Liebe so gönnen.

Meine Mom ist schön, sie hat die roten Haare der Familie Ray, und ihre Herzlichkeit müsste der Männerwelt eigentlich auffallen. Aber wie soll ich das Thema

als Tochter ansprechen? „Mom, bitte geh wieder daten“? Ich würde wohl als geisteskrank abgestempelt
werden.

Ich muss lächeln und Jeremia blickt mich von der
Seite an. „An was denkst du, Amelia?“

Ich kichere. „An nichts.“

Mom und er werfen sich über den Innenspiegel Blicke zu, die Bände sprechen.

Als wir am Krankenhaus ankommen, atme ich auf.
Endlich darf Granny nach Hause und wir sind wieder
komplett. Als wir das Gebäude betreten, nehme ich Jeremias Hand. Werde ich mich jemals an den Druck seiner Finger gewöhnen, die sich um meine legen und mir
Halt geben? Hoffentlich nicht, ich möchte nicht, dass
irgendetwas an diesem Mann zur Gewohnheit wird.
Ich möchte nicht, dass irgendetwas an unserer Geschichte normal wird, denn das wären nicht mehr wir.

Wie viele Zufälle kann es bitte geben? Ein Sturm, in
dem eine Singlefrau und ein heißer Mann aufeinandertreffen und sich anfangs nicht leiden können? Das
klingt schlimmer als eine Liebesgeschichte aus einem
Film oder Buch.

Wir gehen direkt zu dem Zimmer, das uns gestern an-
gegeben wurde. Ich klopfe an und wir hören Grannys
glockenhelle Stimme. Abholen dürfen wir sie wenigstens gemeinsam.

„Herein?“ Wir betreten das Zimmer, und da sitzt sie
schon.

Die Blässe von gestern Abend ist verschwunden, und
ich hoffe sehr, dass es nicht an den Medikamenten
liegt, sondern dass es ihr wirklich besser geht.

Sie hat rosige Wangen und ist fertig angezogen, zum Glück hatte Mom ihr ein paar Kleidungsstücke eingepackt. Wenn Granny irgendetwas hasst, sind es Krankenhäuser, und das wissen wir alle.

„Können wir bitte endlich nach Hause?“, begrüßt sie uns und grinst uns an. „Ihr seid alle gekommen, um mich abzuholen?“

„Aber natürlich, Catherine“, murmelt Jeremia und geht auf sie zu. Er will ihre Tasche nehmen, doch sie hält ihn auf und legt beide Hände an seine Wangen.

Dieses Bild brennt sich in mein Gehirn, denn es sieht wunderschön aus. Der große Mann beugt sich herab, um mit ihr auf Augenhöhe zu sein. Sie blicken sich an, und Grandma streicht ihm über die Wangen.

„Es war ein großes Geschenk, dass du zu uns gekommen bist, Jeremia. Du bist nun Teil unserer Familie, wenn du das sein möchtest.“

Mom nimmt meine Hand und wir wechseln einen Blick.

„Ich hatte nie eine Familie, ich weiß gar nicht, wie das funktioniert.“ Jeremias Wangen färben sich rot.

„Familie bedeutet, die Bedürfnisse der anderen vor die eigenen zu stellen.“

Olaf. Meine Granny hat soeben den Schneemann aus der Eiskönigin zitiert, auch wenn er an der Stelle im Film von Liebe spricht. Aber ist Familie und Liebe nicht dasselbe?

„Ich würde euch alle immer beschützen.“

„Herzlich willkommen, mein Großer.“ Sie küsst ihn auf die Stirn und ich sehe genau, wie eine einzelne Träne seine Wange hinabläuft. Jetzt muss ich ihm nur noch sagen, dass ich mich in ihn verliebt habe.

Kapitel Zweiundfünfzig — Jeremia

Als Catherine die Worte ausspricht, bin ich wie erstarrt. Sie gibt mir ein Puzzleteil, von dem ich bisher niemals geglaubt habe, dass es mir fehlt – oder vielmehr wollte ich mir nicht eingestehen, dass ich ohne es nicht vollständig sein kann.

Ich würde alles dafür geben, diesen Moment einzufrieren und ihn immer bei mir zu tragen, denn ich weiß genau, dass dieses Gefühl der Glückseligkeit nicht von Dauer ist. Schon immer war ich ein gebranntes Kind. Sobald die ersten Sonnenstrahlen meine Haut trafen, habe ich gespürt, wie das Gewitter aufzieht und mir die Sonne nehmen will. Aber jetzt, in diesem Wagen und auf dem Weg nach Hause, ist es anders.

Nach Hause.

Es fühlt sich wirklich so an, denn dort bin ich daheim, habe alle Menschen, denen ich etwas bedeute, um mich herum, und könnte nicht zufriedener sein. Wobei … doch. Die Ungewissheit der Zukunft krallt sich in meinen Magen, und auch wenn ich an nichts anderes als dieses Glücks denken möchte, so wandern meine Gedanken in Richtung Meeting. Es wäre mittlerweile schon vorbei, und ich wüsste, welche Erfolge ich erzielt hätte. Wahrscheinlich hätte ich die Teilnehmer vom

Hocker gerissen und meinen ersten eigenen Erfolg gefeiert. Doch habe ich hier in Clarcton nicht viel mehr gefunden?

Ich habe eine Frau, die mir die Angst vor der Zukunft nimmt, denn alles ist machbar, so lange sie an meiner Seite ist. Ich habe meine Leidenschaft entdeckt und den Mut, meinen eigenen Weg zu gehen, und nichts könnte mich glücklicher machen.

Und ich habe eine *Ohana* gefunden, eine Familie. Als ich damals Lilo und Stitch gesehen habe, sind mir die Tränen über die Wangen gelaufen wie einem Kind. Ich habe nicht verstanden, wie man jemanden einfach so bedingungslos lieben kann.

Und dann kam Familie Ray und hat mir dieses Geschenk gemacht. Es ist, als wäre der Rucksack meines Lebens leichter geworden. Bei Grannys Worten habe ich heute alles gefühlt, was ich jemals haben wollte. Ich betrachte Amelia, die roten Haare, die ihr bis zu den Schultern reichen, und die müden Augen, die sie geschlossen hat. Mein Blick bleibt an ihren Lippen kleben, auf denen ein Lächeln liegt. Sie ist zauberhaft, und ich liebe sie, bedingungslos.

Wie kann man in nur wenigen Tagen sein komplettes Leben überdenken und sich Hals über Kopf in eine Frau verlieben?

Ich verstehe es selbst nicht. Ich weiß lediglich, dass mein Herz nicht dieser wahnsinnig schönen Frau gehört, sondern auch der kompletten Familie. Sie hat mich akzeptiert, wie ich bin, ich bin ein besserer Mensch geworden. Verdammt, Grannys Worte haben mich echt sentimental werden lassen.

Mir war längst klar, dass ich nicht zurück in mein altes Leben kann, doch nun sehe ich den Weg deutlich vor mir: selbstständig werden und gemeinsam mit Amelia ein Leben aufbauen.

Das wird bestimmt ein Klacks.

Wenig später sind wir zuhause angekommen. Kurz denke ich darüber nach, meinen Eltern Bescheid zu geben, dass ich am Meeting nicht teilnehmen werde, doch ich spinne den Gedanken nicht weiter. Das wäre keine gute Idee und wahrscheinlich dumm, weil es mich nur wieder an die Vergangenheit erinnern würde. Ich habe meine Mails seit Tagen nicht gecheckt, weiß nicht einmal, wo sich mein Smartphone versteckt. Noch nie habe ich mich so leicht gefühlt.

Man merkt gar nicht, welchen Druck man durch die dauerhafte Erreichbarkeit auf sich selbst ausübt. Jeder Mensch ist durch die Medien vierundzwanzig Stunden am Tag, sieben Tage die Woche kontrollierbar. Oft habe ich mich nicht einmal getraut, richtig einzuschlafen, weil ich auf das Pingen des Maileingangs gelauscht habe. Ich habe meine Arbeit vor alles andere gestellt, und jetzt erholt sich nicht nur mein Körper zum ersten Mal vom Dauerstress, sondern vor allem auch mein Geist.

Natürlich bedeutet es auch Stress, das Konzept der Cakery zu durchdenken – meine Gedanken kreisen um Zahlen, Daten, Fakten –, doch dieses Mal gibt es einen riesengroßen Unterschied: Ich habe Lust darauf. Mein Herz hängt in dieser Konditorei. Jeder Gedankengang in diese Richtung fühlt sich an wie ein Spaziergang und nicht wie ein Trimm-dich-Pfad.

„Was möchtet ihr denn zu Abend essen, Kinder?“ Granny sieht fragend in die Runde. Sie sitzt in ihrem Sessel und wir anderen haben es uns auf der Couch gemütlich gemacht. Das kann jetzt nicht ihr Ernst sein, dass sie noch nicht einmal eine halbe Stunde nach Rückkehr aus dem Krankenhaus Gedanken ans Kochen verschwendet?

„Ich übernehme das heute, du ruhst dich aus. Bitte Granny, du musst dich schonen.“ Die Sorge in Amelias Stimme sowie der Blick, den sie ihrer Grandma zuwirft, sprechen Bände. Wir alle haben Angst, dass es zu viel werden könnte. Niemand möchte sie erneut im Krankenhaus besuchen oder gar von schlimmeren Dingen ausgehen. Die Ärztin hat betont, dass Ruhe das höchste Gut für Catherine sein soll, und auch wenn sie ein harter Knochen ist: Sie muss sich daran halten.

„Ich helfe Amelia beim Kochen“, sage ich. „Ihr zwei könnt euch derweil einen Film ansehen.“ Ich kann das Lächeln bereits in Amelias Augen erkennen, ehe es sich auf ihren Lippen widerspiegelt.

„Das ist doch eine schöne Idee, oder Mom?“

Amelia und ich stehen zeitgleich auf und Granny verzieht missbilligend die Lippen. „Ich lasse das einmal durchgehen. Ihr seid zu jung, um euch um mich altes Weib zu kümmern.“ Sie klingt genervt, und Amelia küsst ihre Stirn.

„Du musst dich nur wenige Tage ausruhen, bis es dir besser geht. Du machst sozusagen Urlaub. Was hältst du davon?“

„Urlaub?“ Catherines Augen weiten sich, und ich muss mir das Lachen wirklich verkneifen, denn sie sieht aus, als hätte man ihr gerade den Todesstoß verpasst. „Dein Grandpa würde sich im Grabe umdrehen, Amelia." Sie sieht uns alle ratlos an, wahrscheinlich kennt diese Frau keine Freizeit.

„Das stimmt nicht. Er würde wollen, dass du auf deine Gesundheit achtest, Mom", sagt Amelias Mutter.

Amelia und ich ziehen uns leise in die Küche zurück, um uns um das Abendessen zu kümmern. Warum macht Catherine Freizeit denn so viel Angst? Das verstehe ich nicht.

„Was wollen wir denn kochen?" Ich sehe Amelia an, und sie kommt im nächsten Augenblick auf mich zu und schlingt die Arme um mich. Ich umfasse ihre Taille und hebe sie leicht hoch. Ihre Schultern beben, daraus schließe ich, dass sie weint. Es ist alles zu viel für sie, doch da mir die Worte fehlen, streiche ich ihr mit einer Hand über das Haar und mit der anderen umklammere ich sie fester.

„Pst, mein Mädchen." Ich flüstere beruhigende Worte, und nach gefühlten Ewigkeiten sieht sie mich an.

„Ich habe solche Angst um sie, Jeremia."

Ich nicke und kann nur erahnen, wie groß diese sein mag. „Sie ist stark. Umso mehr wir ihr in den nächsten Tagen abnehmen, desto schneller wird sie wieder ganz gesund."

Amelia nickt, und ich streiche ihr die Tränen von den Wangen. Sie sieht so wunderschön aus.

Sie beugt sich vor, drückt ihre Lippen auf meine, und ich erwidere den Kuss. Er ist sanft, zugleich anregend, und ich genieße es, sie zu schmecken.

„Wir sollten wirklich etwas kochen“, murmele ich an ihre Lippen, und sie lächelt mich an. In diesem Lächeln könnte ich mich verlieren.

Nach einem Blick in dem Kühlschrank wird klar, was wir kochen werden. Spaghetti Bolognese, dazu gibt es Salat. Manchmal reichen eben die kleinen Dinge im Leben aus.

Rund zwei Stunden später läuft die Geschirrspülmaschine und wir sind alle pappsatt. Es ist spät geworden, und wir sitzen gemeinsam auf der Couch und sehen uns noch einen Film an. Ich halte Amelias Hand dabei, und es fühlt sich so gut an. Das gemeinsame Kochen hat einen Riesenspaß gemacht, und selbst die Dinge, auf die ich davor keine Lust hatte, ergeben an der Seite dieser Frau einen Sinn. Backen zum Beispiel.

Nach dem Film, von dem ich dank Amelia nicht wirklich viel mitbekomme, höre ich herzhaftes Gähnen von allen Seiten. Die letzte Nacht hängt uns in den Knochen, und auch ich spüre die Müdigkeit nach mir greifen.

„Wir sollten ins Bett. Ich glaube, Schlaf haben wir alle bitter nötig“, sage ich. Amelia lässt müde den Kopf an meine Schulter sinken.

„Jeremia, ich würde gerne noch mit dir sprechen, bist du so lieb, mein Junge?“ Catherine sieht mich an, und sofort rutscht mir das Herz in die Hose. Nicht, weil ich denke, dass sie mir was Schlimmes will, sondern weil ich immer nervös bin, wenn jemand aus der Familie allein mit mir sprechen möchte, meist sind das keine guten Neuigkeiten, die einen erwarten.

Amelia küsst meine Wange. „Ich gehe schon einmal nach oben.“

Ich nicke, nun bin ich mit Catherine allein. Die Müdigkeit ist ihrem Blick gewichen und sie sieht mich mit ihren stechenden Augen an. „Jeremia. Das, was ich dir nun sage, ist wirklich wichtig.“

Nun schlägt mein Herz gleich achtmal so schnell. „Ja?“ Meine Kehle ist trocken.

„Ich merke, dass es dir ernst ist mit meiner Enkeltochter. Das freut mich von ganzem Herzen, denn das ist alles, was mein Mann und ich uns für unsere Kinder und Enkel gewünscht haben: Liebe zu finden, so wie wir sie erleben durften.“

Worauf will sie hinaus?

„Ich möchte, dass du Amelia in Zukunft unterstützt. Das ist eine große Verantwortung, die ich dir da aufhalse, doch sei für sie da, wenn sie dich braucht. Und auch für meine Tochter.“

Ich schlucke erneut und weiß nicht, wohin dieses Gespräch führen soll. Die Dringlichkeit in ihren Worten ist nicht zu überhören, doch warum ist ihr das so wichtig? Ich gehe einfach davon aus, dass sie im Krankenhaus Zeit hatte, über solche Dinge nachzudenken. „Ich werde immer für Amelia da sein, Catherine. Ich habe mich in sie verliebt, und es gibt keinen Weg mehr zurück für mich. Ich meine es ernst mit ihr. Doch was genau willst du mir sagen?“ Ich bin ratlos und weiß nur, dass ich Angst habe.

„Ich merke euch die Liebe an, das finde ich schön. Ihre Augen leuchten, wenn du mit ihr sprichst, und das ist das größte Geschenk. Genau so habe ich ihren Grandpa angeblickt, und niemals hätte ich mir mehr wünschen können, als von ihm geliebt zu werden.“

Die Tränen brennen in meinen Augen und ich beuge mich zu ihr.

„Ich kann dir nicht versprechen, dass ich Amelia jeden Tag bis ans Ende meines Lebens lieben werde. Ich belüge niemanden, doch ich verspreche dir: Ich bin für sie da. Ihr habt mir gezeigt, was es bedeutet, Familie zu haben, und dafür bin ich mehr als dankbar.“

„Komm her, mein Kind“, murmelt sie, und ich schlinge meine Arme um ihren Körper.

Sie streicht mir durch die Haare und ich fühle mich so geborgen wie noch nie zuvor. Auch ihr laufen Tränen die Wangen hinunter und vermischen sich mit meinen.

„Danke für alles, Granny.“

Sie sieht mir tief in die Augen und legt beide Hände an meine Wangen. „Du bist nun ihre Familie, Jeremia.“

Nein, will ich sagen. Ihr seid ihre Familie und ich bin nur der Mann, der die Ehre hat, diese Frau zu lieben.

Doch Catherines Blick ist entschlossen, also küsse ich nur ihre Stirn und lasse mich halten. Still bete ich, dass sich meine Angst nicht verwirklicht.

Kapitel Dreiundfünfzig — Amelia

Es sind vier Tage vergangen und Granny hält sich wirklich vorbildlich an die verordnete Ruhe. Wir können ihr nicht alles abnehmen, doch trotzdem bemerke ich in manchen Augenblicken, wie sie die Augen schließt und sich entspannt.

Es fühlt sich ungewohnt an, die Cakery so lange geschlossen zu halten. Wir haben als Familie so viel Zeit zusammen wie nie, und es kommt mir fast so vor, dass Grannys Zusammenbruch uns noch enger zusammengeschweißt hat. Sie wird täglich kräftiger. Zudem hat sich unsere Familie erweitert; Jeremia ist nun ein Teil davon. Er nennt Granny mittlerweile Granny und nicht mehr beim Vornamen. Erst einmal hat er mich aber gefragt, ob das komisch für mich wäre. Natürlich nicht. Meine Familie ist seine Familie.

„Ich habe eine Idee, Kinder.“
Wir sitzen beim Mittagessen, Mom hat Salat gemacht und Jeremia Hähnchen dazu gebraten.
„Was denn, Granny?“, frage ich, bevor ich mir eine Gabel Eisbergsalat in den Mund schiebe und genüsslich kaue. Ich liebe das selbstgemachte Honig-Senf-Dressing meiner Mom und nehme mir anschließend ein Stück Hühnchen. Es ist so zart, dass es auf der Zunge zergeht.

„Ich möchte ein Weihnachtsfest feiern. In der Cakery. Granddad und ich hatten das viele Jahre vor, doch niemals die Zeit gefunden, um es anständig zu organisieren. Es soll für alle Leute im Ort sein."

Sofort sehe ich, wie es in Jeremias Kopf rattert. In der letzten Zeit ist mir aufgefallen, dass er mit den Fingern spielt, wenn ihm eine Idee kommt.

„Ich habe einige Vorschläge, doch wir sollten das als Familie entscheiden." Granny lächelt in die Runde.

„Ich kann die Werbung übernehmen", meint Jeremia.

Während ich bereits verschiedene besondere Kreationen im Kopf habe, ist er rational, und genau das ist richtig. Wir sind ein gutes Team, und es wäre für uns alle der Start von etwas Neuem.

„Das ist eine wundervolle Idee. Die Feier soll am zwanzigsten Dezember stattfinden, dann geben wir den Leuten die Möglichkeit, noch vor Weihnachten ein schönes Event zu besuchen. Also haben wir sieben Tage, um alles zu planen." Bei Grannys glückseligem Blick könnte niemand nein sagen. Abgesehen vom emotionalen Wert des Weihnachtsfests ist es wichtig, die Cakery irgendwann wieder zu öffnen. Mich juckt es in den Fingern, direkt loszubacken.

„Das wird das schönste Weihnachtsfest aller Zeiten." Granny hat recht. Uns ist bewusst, dass wir nun als Team arbeiten, noch mehr als zuvor, und dass es dringend notwendig ist, langsam Schritte nach vorne zu machen.

Nachdem wir gegessen haben, sind wir alle so voller Tatendrang, dass ich Block und Stift hole. „Ich kümmere mich um die Werbung, es ist wichtig, dass die Menschen davon erfahren. Zum Glück ist das Wetter

wieder auf unserer Seite." Jeremia küsst nach seinen
Worten meine Stirn und verlässt den Essbereich. Er
setzt sich mit dem Laptop ins Wohnzimmer, und wir
Frauen beraten uns hier.

„Wir können natürlich nicht abschätzen, wie viele
Gäste kommen werden, aber was haltet ihr von dem
Plan, die Reste einfach an die Nachbarn zu verteilen?"
Ich sehe in die Runde und Mom nickt.

„Das ist ein guter Vorschlag, aber das Krankenhaus
würde sich noch mehr freuen. Wir könnten somit
danke sagen, dass sie sich so gut um mich gekümmert
haben. Und dort bekommen die Leute eh nur Fraß, da
wäre unser Gebäck an Weihnachten doch wirklich eine
schöne Idee. Amelia, was meinst du? Wir fragen dann
Emma, sie ist ja die Leiterin."

Ich denke über Grandmas Vorschlag nach, eigentlich
hat sie recht. Zum Glück ist Clarcton ein solches Dorf,
dass jeder jeden kennt. Also schreibe als erstes auf das
leere Blatt:

*Cakery Weihnachtsfeier 2020. Reste gehen an Kran-
kenhaus.*

Irgendwann ist es dunkler geworden und wir haben
viele Ideen notiert. Mein Kopf ist so voller Inspiratio-
nen, dass ich auch jetzt, wo wir beschließen, dass es Zeit
ist aufzuhören, nicht still sein kann.

Jeremia ist bereits vor einer Stunde hoch in meine
Wohnung gegangen, um etwas mehr Ruhe zu haben.
Ich drücke Granny und Mom und folge ihm. Er sitzt im
Schneidersitz auf dem Sofa und ist in seine Arbeit am
Laptop vertieft. Ich lächele, als ich die leichten Falten

auf seiner Stirn bemerke und dass er auf dem Bleistift kaut. Das ist so süß, wie er dasitzt und konzentriert arbeitet.

Ich setze mich leise in den Sessel. Jeremia ist so vertieft, dass er nur kurz zusammenzuckt, aber direkt wieder in der Arbeit versinkt.

Ich nehme ein Blatt Papier und schließe die Augen. Ich möchte mir Gedanken über die Dekoration machen, bin aber nicht die beste Zeichnerin. Ich habe mir das Malen teilweise selbst beigebracht, denn wenn ich Kunden habe, die eine bestimmte Torte wünschen, zeichne ich einen groben Entwurf. Mein Granddad hat damals damit angefangen, und wir haben somit den Leuten immer direkt unsere Vorschläge für die Details erläutern können. Eine Überraschung ist auch Gold wert, doch viele möchten einfach wissen, worin sie investieren.

Ich fange an zu zeichnen und entwerfe zunächst Weihnachtsmänner, die ich mir gut als Girlande vorstellen kann. Wir brauchen Säcke, gefüllt mit Süßigkeiten, die Eltern für ihre Kinder kaufen können. Abgesehen davon benötigen wir Andenken, die wir den Leuten mitgeben können. Da wir nur eine Woche Zeit haben, müssen wir wohl selbst kreativ werden. Ich schließe die Augen. Was beeindruckt die Menschen, sodass sie anderen von unserer Feier erzählen würden?

Ich sehe Jeremia an und sein Blick trifft meinen. „Was überlegst du, Schönheit?", murmelt er, bevor er ein Schluck Wasser trinkt.

„Ich möchte Gastgeschenke verteilen, am besten irgendetwas, das an die Cakery erinnert, aber nicht bestellt werden muss."

Jeremia nickt und ich lege eine Hand an meine Stirn. „Plätzchen gehen schnell kaputt, außerdem ist es nichts, was bleibt", sage ich.

„Und wenn wir Plätzchen backen, die ewig halten?"

Ich habe keine Ahnung, worauf er hinauswill. Plätzchen, die ewig halten?

„Es wäre viel Arbeit, doch es wäre machbar. Wir fertigen Schlüsselanhänger. Es gibt bestimmt irgendetwas, das wir dafür nehmen können."

Meine Gedanken kreisen. Schlüsselanhänger wären wahnsinnig cool und vor allem würden sie nicht vergehen. Wir könnten sie hübsch dekorieren und jedem Exemplar seinen eigenen Touch verleihen. „Wir können Salzteig herstellen, ihn backen und danach mit Acrylfarbe bemalen. Und verschiedene Ausstecher benutzen."

Jeremia nickt begeistert. „Wir müssen sowieso in den Großmarkt fahren. Oder habt ihr einen Lieferanten?"

„Wir haben einen Lieferanten, der ist relativ spontan. Für den Salzteig sollten wir alles dahaben, und Farbe habe ich auch."

„Dann sollten wir morgen starten, ich habe einige Ideen zusammengetragen und heute bereits ein paar Mails verschickt. Radiosender und sowas. Das sollte gut werden."

Ich weiß, dass es gut werden wird. Wir sind ein tolles Team.

Er klappt den Laptop zu. Ich lege die Zeichnungen weg und setze ich mich auf seinen Schoß. „Das wird das größte Fest aller Zeiten."

Er sieht mir auf die Lippen und wieder in die Augen. „Du bist eine wundervolle Frau, ich weiß, dass es nur gut werden kann, Amelia“, murmelt er, bevor wir uns küssen.

Kapitel Vierundfünfzig — Jeremia

Am nächsten Morgen bin ich bereits früh wach. Amelia schlummert noch, und ich sehe sie an. Ein leichtes Lächeln liegt auf ihren Lippen und ich streiche ihr eine Strähne aus der Stirn.

Das Weihnachtsfest wird das schönste, das ich je erlebt habe. Allein die Vorbereitungen machen schon jetzt so viel Spaß, da wir alle an einem Strang ziehen. Ich habe wieder eine Internetverbindung, doch mein Smartphone lasse ich mit Absicht aus. Ich möchte aktuell nicht über die Konsequenzen nachdenken, die das versäumte Meeting mit sich bringen wird. Nein, ich nehme mir jetzt Urlaub, sortiere mich neu, und nach den Feiertagen werde ich zu meinen Eltern zurückkehren. Dort werde ich meine Sachen packen und hier ein neues Leben beginnen. Der Stadtprolet wird ein Mann vom Dorf werden, und ich kann es kaum erwarten. Jedoch muss ich mich noch nach einer Wohnung umsehen. Ich möchte in Amelias Nähe sein. Nach dem Weihnachtsfest sollten wir über die Zukunft sprechen, doch aktuell lieber das Jetzt genießen.

Ich stehe leise auf und schalte die Kaffeemaschine an. Draußen toben die Schneeflocken, doch der Tango hat sich in einen langsamen Walzer verwandelt. Die Flocken machen Liebe und haben keinen hemmungslosen Sex mehr.

Ich lege meine Hand an die Fensterscheibe und fange einen Wassertropfen mit dem Finger auf. Der Winter zeigt sich hier wirklich in seiner Schönheit. Früher habe ich ihn nie gemocht, doch hier in Clarcton ist er magisch. Man sieht durch das Schneetreiben sogar die Bergspitzen der Rocky Mountains. Das Wetter wird besser, und dieser Winter hat mir schon jetzt die größten Geschenke gemacht.

Ich spüre, wie sich Amelias Arme um meinen Bauch schlingen und sie meinen nackten Rücken küsst. „Guten Morgen, meine Schönheit", murmele ich und drehe mich zu ihr um.

Sie hat noch Schlaf in ihren Augen, sie wirkt müde und gleichzeitig total frisch. Wie faszinierend ein Mensch sein kann.

„Guten Morgen", murmelt sie, und dann küsst sie mich. Ich drücke sie an die Küchenzeile und erwidere den Kuss hungrig, presse meinen Unterkörper gegen ihren, sie erwidert es mit einem Keuchen, das tief aus ihrer Kehle kommt.

Sie ist der Wahnsinn.

Sie schlingt ihre Arme um mich, und ich lege meine Hände unter ihren Po, hebe sie hoch und knete dabei ihren Hintern. Er hat die perfekte Größe, und ich reibe mich an ihr. Sie beißt mir in die Unterlippe, und ihre Zunge umfährt meine, dabei krallt sie sich in meinen Rücken.

Ich setze sie auf die Arbeitsplatte und sie schlingt die Beine um meine Mitte. Wie heiß kann der Winter sich nur anfühlen?

„Ich will dich, Jeremia."

Ich bin im siebten Himmel, als ich sie ins Schlafzimmer trage. Es ist das Paradies, als ich mich in ihr versenke und spüre, wie sich ihre Muskeln um mich verkrampfen. Und als sie mich ansieht und ich in ihren Augen dieselben Gefühle lesen kann, die ich empfinde, hätte ich sterben können. Denn in diesem Moment habe ich alles, was ich jemals in meinem Leben brauchen werde.

Wenig später hat Amelia neuen Kaffee aufgesetzt, und ich greife zum Telefon. Ich wähle die Nummer des örtlichen Radiosenders, die ich gestern herausgesucht habe. Wir haben nicht viel Budget, ganz abgesehen davon, dass die Cakery ohnehin Probleme hat, die laufenden Kosten zu decken. „ClarctonsMusic am Apparat. Was kann ich für Sie tun?"

Ich räuspere mich. „Guten Tag. Mein Name ist Jeremia Anderson, ich hätte ein kleines Anliegen." Schweigen antwortet mir, und ich schalte all mein Verhandlungsgeschick an. „Es geht um die Cakery im Ort. Wir veranstalten ein Weihnachtsfest, und ich bin mir sicher, Sie brauchen für Ihre Weihnachtsfeier noch einen Kuchen. Der würde selbstverständlich aufs Haus gehen – im Ausgleich für ein wenig Werbung. Catherine Ray, die Geschäftsführerin, ist ein großer Fan Ihres Senders. Man kann natürlich am großen Tag Ihren Sender laufen lassen."

Ich bin zufrieden, denn ich kann den Herrn am Telefon fast lächeln sehen, als er überschwänglich antwortet. „Senden Sie mir die Daten bitte an die Mailadresse auf der Website. Wir freuen uns sehr, Mister Anderson. Die Torte sollte für circa acht Personen reichen, und am besten wäre es, wenn sie schon morgen geliefert werden würde. Wir schalten dafür gern eine Annonce."

Zufrieden beende ich das Gespräch. Manche Leute sind leicht zufriedenzustellen. „Du hast nicht gerade für einen einzigen Kuchen Werbung im Radio geschalten, oder? Wir haben das einmal probiert und sie haben uns einen so hohen Preis genannt, dass wir es lieber dabei belassen haben. Du bist ein Genie."

Das Grinsen auf meinem Gesicht wird breiter. „Bei Verhandlungen ist es wichtig, dass du dem Gegenüber das Gefühl gibst, er bekommt von dir mehr, als du verlangst. Du machst die Leute damit glücklich."

„Du machst mich glücklich", flüstert sie, und mein Herz springt beinahe aus meiner Brust. Ich liebe diese Frau so sehr.

„Ich lege nun einen Instagram-Account für die Cakery an. Hast du Fotos deiner Kreationen?"

Sie nickt begeistert. „Wir haben sogar ganz alte Fotos von damals und auch aktuelle, ich mache immer gerne Bilder."

Ich lächele. Das läuft doch wunderbar.

Eine Stunde später steht der Instagram-Account *clarctons.cakery*, und die erste Reichweitenaktion ist gestartet. Wir haben einen Post über den Radiosender veröffentlicht und uns für die tatkräftige Unterstützung bedankt.

Der Sender hat ihn sofort geteilt, und somit trudeln die ersten Follower ein. Nun fängt die Arbeit aber erst an: regelmäßiger Content, Storys und vieles weitere. Ich muss Amelia da noch ordentlich einarbeiten, denn auch wenn es oft untergebuttert wird, bedeutet Social Media einen Haufen Arbeit und vor allem viel Geduld. Zeit, die wir aktuell nicht haben.

„Ich habe gestern Abend noch Flyer mit Photoshop designed, was hältst du von denen?" Ich öffne die entsprechende Datei. Obwohl ich Kollegen habe, die sich um die Grafiken kümmern, habe ich mal einen Photoshop-Kurs belegt. Manche Dinge möchte ich wenigstens in den Grundzügen beherrschen, damit ich selbst noch Nachbesserungen vornehmen kann. Da kommt wohl mein Kontrollzwang durch.

„Wow, das ist ja der Wahnsinn, Jeremia." Ich sehe mir den Flyer nochmals an und muss selbst lächeln. Er ist ziemlich gelungen. Ich habe ihn in blasslila Tönen gehalten, so wie das Schild der Cakery. Es fallen leichte Schneeflocken vom Himmel und unten sind verschiedene Gebäckstücke zu sehen. Ich habe ein paar Bilder der Website entnehmen können, und die stellt meine nächste Baustelle dar. Auf dem Rand des Flyers prangt die Silhouette eines Weihnachtsmanns, der auf einen Schornstein klettert und dabei ein Stück Kuchen nascht. In der Mitte ist ein Banner mit den Daten der Feier.

„Jeremia. Du bist wirklich der Hammer. Das ist wunderschön."

Ich lächele. „Im Auto habe ich mattes, höherwertiges Papier. Das wollte ich eigentlich im Meeting verwenden, es kommt immer gut an. Ich würde sagen, wir drucken die Flyer und verteilen sie in der Nachbarschaft. Das Empfehlungsmanagement wird automatisch erfolgen.“

„Was meinst du mit Empfehlungsmanagement?“ Amelia ist neugierig, das gefällt mir. Sie hinterfragt Dinge, und ich liebe es, ihr die Details zu erklären, sie mitzunehmen auf diese Reise.

„Wenn dir etwas Gutes passiert, erzählst du es automatisch einem anderen. Dieser trägt es wieder an jemanden heran und so weiter. Dadurch bildet sich eine Kette, durch die man mehr Leute erreichen kann als mit dem Verteilen von Flyern. Persönliche Empfehlungen sind immer die beste Werbung.“

Amelia nickt, sieht noch einmal auf den Flyer und runzelt die Stirn. „Riesige Tombola?“

Ups. Ich wusste, ich hatte vergessen, es zu erwähnen.

Ich will etwas sagen, doch Amelia winkt ab. „Ich vertraue dir. Eine Tombola ist vor allem für die Kinder eine prima Idee. Danke.“ Sie lächelt mich an und ich lächele ebenfalls. Die Idee kam mir spontan, und ich freue mich schon darauf, die Kinderaugen leuchten zu sehen, und vor allem werden sich auch die Erwachsenen darüber freuen.

Wir haben einen Plan und er wird aufgehen, weil wir einfach die tollsten Ideen haben und gut zusammen funktionieren.

Als es dämmert, laufen Amelia und ich mit mehreren Taschen voller Flyer los.

„Da vorne die Familie kenne ich!“

Ich nicke. Auch wenn ich kein Fan davon bin, Leuten Werbung direkt in die Hand zu drücken, ist es besser, wenn eine persönliche Bindung besteht. Wir klingeln, und ein korpulenter Mann öffnet die Tür. „Amelia. Liebste. Was machst du denn hier?" Er zieht sie in seine Arme, und ich bin froh, dass ich die Flyer habe, sonst wären sie wohl auf dem Boden gelandet. Dieses kleine Dorf ist wirklich einzigartig.

„Wir veranstalten eine Weihnachtsfeier. Ich hoffe doch, ihr kommt und bringt noch Freunde mit. Sie findet am zwanzigsten statt." Amelia gibt ihm einen Kuss auf die Wange.

„Oh, aber natürlich, wir haben Catherine ja seit Ewigkeiten nicht gesehen. Kannst du mir noch mehr Flyer geben? Ich nehme sie mit auf die Arbeit und lege sie dort aus."

Das funktioniert hervorragend.

Es dauert geschlagene fünf Stunden, bis wir durchgefroren wieder an der Cakery angekommen sind. Amelia kennt fast jede Familie, und mittlerweile habe ich das Gefühl, dass das Ganze größer wird als geplant. Wir sollten uns auf jeden Fall auf eine Menge Gäste einstellen, und besser wir machen zu viel als zu wenig. Es gibt nichts Schlimmeres, als Feiern zu veranstalten und nach zwei Stunden dichtmachen zu müssen, weil alles ausverkauft ist.

„Das war eine geniale Idee mit den Flyern, Jeremia. Wenn sich das herumspricht, könnte es sogar sein, dass wir Gewinn machen und nicht nur die Verluste ausgleichen."

Sie hat recht. Wir sollten uns lieber über die kleinen Dinge freuen.

„Wir machen das für Granny, der Gewinn steht nicht im Vordergrund.“

„Granny Lachen zu sehen ist eh das größte Geschenk.“
Ich stimme ihr zu. Familie steht an erster Stelle.

Kapitel Fünfundfünfzig — Amelia

In nicht einmal vierundzwanzig Stunden findet die Feier statt. Die vergangenen sechs Tage waren anstrengend. Wir haben kaum geschlafen, außer Granny, die wir dazu gezwungen haben. Ich kann Acrylfarbe nicht mehr sehen, weil mir die Nase vom Geruch brennt, und manche Flecken werde ich wohl nie wieder aus meinen Sachen bekommen.

Heute geht es also in den Endspurt, jetzt kommt die Paradedisziplin: backen.

Ich habe mich die ganze Zeit darauf gefreut, etwas anderes zu machen, als Salzteig auszustechen und in den Ofen zu schieben. Die Schlüsselanhänger sind wunderschön geworden, selbst Jeremia hat nach wenigen Anfängerschwierigkeiten wahre Kunstwerke vollbracht. Sie sind alle einzigartig, und vor allem schaffen sie Erinnerungen.

„Ich fange langsam mit der Dekoration an. Ihr geht in die Backstube." Granny sieht so lebendig aus wie lange nicht. Sie ist leichtfüßig, und die Augenringe, die sich nun wohl auf unseren Gesichtern abzeichnen, sind verschwunden.

„Morgen ist es endlich so weit, die große Weihnachtsfeier der Clarctons Cakery findet statt zu Ehren von

Catherine Ray. Zusammenhalt, Kuchen und Weihnachten. Was wollen wir mehr? Um vierzehn Uhr werden die Türen geöffnet, also kommt vorbei!"

Ich muss grinsen, als ich die Werbung im Radio höre. Die Torte – ich hatte zusätzlich noch Cupcakes gebacken – kam so gut an, dass wir dort am Tag mehrmals erwähnt werden. Der Chef der Redaktion war sehr freundlich, und ich bin auf eine positive Weise nervös und angespannt, da ich mich frage, ob alles glatt laufen wird. Was machen wir, wenn keine Leute kommen? Oder wenn irgendetwas Unvorhergesehenes passiert?

„Du denkst schon wieder zu viel, Honey." Jeremia küsst mich lange auf die Stirn, und ich merke, wie sich meine Gedanken verflüchtigen. Seine ruhige Ader ist unschlagbar, ohne ihn wäre ich in den letzten Tagen durchgedreht und hätte mehrmals aufgegeben. Einfach weil sich der Druck auf meinen Schultern riesig anfühlt. Doch dem ist nicht so. Jeremia sorgt immer wieder mit kleinen Gesten dafür, dass ich nicht durchdrehe, dass ich weiter atme und einen kühlen Kopf bewahre. Das ist so wertvoll. Er ist neben meiner Familie mein wertvollster Mensch.

Ich sehe Mom und Jeremia an, die bereits Kochklamotten tragen. Wir sind bereit.

„An die Arbeit. Es ist genug zu erledigen", sage ich. Ich höre mich an wie eine erwachsene Frau, die gerade Anweisungen verteilt. In Moms Augen flackert Stolz.

„Du wirst eine perfekte Chefin werden, Amelia."

Ich schlucke. Ich weiß nicht, ob ich dieser Aufgabe jemals gewachsen sein werde. Wahrscheinlich nicht, doch eines Tages wird es dazu kommen.

„Sie wird die beste sein", murmelt Jeremia, und ich sehe die beiden an und schlucke die aufkommenden Tränen hinunter. „Für Granny."

Sie nicken beide. „Für Granny."

Wir legen los.

Jeremia ist Meister im Teig kneten, meine Mom ist zu Granny gegangen, und die ersten Kreationen sind fertig. Die To-do-Liste wird kürzer, doch trotzdem ist noch genug zu tun. Unser Zeitkonzept funktioniert ganz gut, und ich freue mich darüber. „Wir müssen uns morgen frisch um die Cremes kümmern. Bitte hol die Muffins aus dem Backofen und stell sie da hinten hin." Ich bin extrem fokussiert, und Jeremia tut genau, was ich sage.

„Wir müssen jetzt noch drei Dinge machen: aufräumen, Schüsseln für morgen bereitstellen und die Böden müssen noch geschnitten werden."

Jeremia nickt. „Kannst du mir erst mal einen kurzen Kuss geben, oder passt das nicht in deine Pläne?"

Ich strecke ihm die Zunge raus, gehe zu ihm und drücke meine Lippen auf seine. Er schmeckt nach Teig, Kuchen und einfach nach ihm. Unsere Zärtlichkeiten sind innig, und ich genieße jede einzelne davon.

„So sieht das also aus, wenn ihr backt."

Schnell fahren wir auseinander. Granny und Mom stehen in der Tür, und ihre Blicke sagen mehr als tausend Worte. Gott, ist das unangenehm.

„Wir haben gerade eine kurze Pause eingelegt, seid ihr schon fertig?"

Jeremia bleibt ruhig. „Die Pause wäre länger geworden, wenn ihr nicht gekommen wärt."

Das hätte durchaus passieren können.

„Die Dekoration ist soweit erledigt, können wir hier noch mit anpacken?" Ich denke darüber nach. Gemeinsam dauert es wahrscheinlich nicht ganz so lange, also nicke ich.

Nach eineinhalb Stunden sind wir fertig in der Backstube, und es steht alles für morgen früh bereit, sodass wir dann die frischen Zutaten verarbeiten können.

„Wollt ihr die Dekoration sehen?"

Ich nicke. Jeremia verschränkt seine Finger mit meinen, und wir gehen gemeinsam aus der Backstube in Richtung Verkaufraum. Als ich dort ankomme, verschlägt es mir den Atem. Wow.

Es ist alles in Blasslila gehalten und wirkt durch diese einheitliche Farbgebung wunderschön. Auf den Tischen liegen kleine Schneeflocken und Cupcakes aus Papier. An der Decke hängt eine große Girlande, die hochwertig aussieht.

Jeremias Auto war ein wahres Wunder, sonst hätten wir ganz schön alt ausgesehen. Seine Eltern würden wahrscheinlich durchdrehen, wenn sie erfahren würden, dass die wertvollen Materialien, die für das Meeting bestimmt gewesen waren, nun für eine kleine Konditorei draufgegangen sind.

Wir haben die Tombola auf einem Extratisch aufgebaut, und mir laufen die Glückstränen die Wangen hinunter, als ich sehe, wie Granny mit kindlichem Grinsen an unserer Lostrommel dreht. Das ist so schön.

Die Theke haben wir mit Kunstschnee und kleinen Weihnachtskugeln dekoriert, und in der Ecke steht unsere Kinderkrippe, die mein Opa damals bemalt hat. Ich laufe hin und streiche mit meinen Fingern über das kleine Schaf. Es trägt einen pinkfarbenen Punkt auf dem Rücken, der von mir stammt. Mein Opa war nicht sauer, obwohl ich so große Angst hatte, ihm zu sagen, dass ich aus Versehen in die falsche Farbe gekommen bin. Zum Glück hat er es direkt nach dem einen Punkt gemerkt. „Amelia. Prinzessin. Jetzt haben wir ein einzigartiges Schäfchen für das Christuskind. Das Schaf wird nun richtig gesehen, weil es anders ist als alle anderen. Du wirst auch mal ein einzigartiges Mädchen werden, das steckt nämlich schon in dir.“

Mom und Granny treten hinter uns.

„Er wird morgen mit uns feiern, ihm hätte das alles gefallen“, murmelt Mom und umarmt mich.

„Ihm hätte nur das Lila nicht gefallen, aber er hätte sich eh nicht durchsetzen können.“ Granny lacht, und dann weinen wir gemeinsam vor der Krippe, mit Erinnerungen und Schweigen aus Gold.

Ein Windzug jagt durch die Cakery, und es fühlt sich an, als würde Granddad uns in eine seiner engen Umarmungen ziehen.

Vielleicht ist Vermissen doch so etwas wie Dankbarkeit.

Kapitel Sechsundfünfzig — Jeremia

Wir sind noch gar nicht richtig eingeschlafen, als uns das Schrillen des Weckers bereits aus dem Schlaf reißt. Wenn man es überhaupt Schlaf nennen kann. Das könnte heute lustig werden, denn meine Lider folgen zu gern der Schwerkraft.

„Los, Jeremia. Aufstehen." Amelias strenge Stimme reißt mich aus dem Dämmerschlaf, in den ich gerade gleiten wollte. „Jawohl, Miss Ray." Ich grinse sie verschlafen an, denn sie steht bereits neben dem Bett. Ich reibe mir meine Augen. Wann genau hat sie sich angezogen? Diese Frau ist einfach zu schnell und vor allem zu motiviert für mein müdes Gehirn.

„Jeremia Anderson, wenn du jetzt nicht deinen knackigen Hintern aus dem Bett bewegst, kommt meiner nie wieder in die Nähe deines Beckens."

Meine Mundwinkel heben sich. Ich lache, bis mir der Bauch wehtut, und noch weiter, als ich mir die Arbeitsklamotten anziehe und Amelia versucht, mich böse anzusehen.

„Das ist nicht lustig."

Ich pruste und halte mir den Bauch. Verdammt, wann habe ich das letzte Mal so gelacht? Ich versuche, tief durchzuatmen und mich zu beruhigen. Wir laufen in die Backstube. Im Treppenhaus beruhige ich mich ein

"

wenig, aber nur, weil ich nicht weiß, ob die beiden anderen Damen bereits wach sind.

Als wir aber vor dem Backofen stehen und Amelia mich noch immer aus zusammengekniffenen Augen mustert, da pruste ich erneut los. „Es tut mir leid“, japse ich, und langsam verziehen sich ihre Lippen zu einem kleinen Lächeln.

„Du bist ein Spinner, Jeremia Anderson.“

Ich nicke, und dann gehe ich auf sie zu und drücke sie gegen den Arbeitstisch. „Da ich aufgestanden bin, darf ich nun mein Becken aber gegen deines drücken, oder?“, raune ich ihr ins Ohr, bevor ich leicht in ihr Ohrläppchen beiße. Sie keucht, zieht mich an sich und küsst mich mit einer Leidenschaft, die ich von ihr so noch nicht kenne. Ihre Zähne knallen gegen meine, ihre Zunge fährt wild in meinen Mund, und sie krallt sich in meinem Nacken fest. Ich setze sie auf die Theke und drücke mein Becken gegen ihres. Verdammt, diese Frau treibt mich in den Wahnsinn.

„Jeremia“, keucht sie an meinen Lippen. Ich ziehe sie noch näher an mich heran, greife unter ihren Hintern und fange an, ihn zu kneten. „Jeremia. Hör auf“, murmelt sie, und ich löse mich von ihr.

„Was ist los?“ Ich versuche, Worte zu finden, doch das Blut ist aus meinem Gehirn in andere Regionen meines Körpers geflossen.

„Wir müssen nun wirklich anfangen, sonst werden wir nicht fertig.“

Ich sehe sie mit hochgezogener Augenbraue an. „Gib mir fünf Minuten, Amelia.“ Ich hauche die Worte und fahre mit meinen Fingern ihren Hals entlang, streife zwischen ihren Brüsten hindurch, die Kleider müssen weg. Ich will ihr Spaß verschaffen, auch wenn ich danach den ganzen Tag an nichts anderes denken werde.

„Das geht nicht … Wir müssen …“ Sie stockt, als ich meine Finger in ihre Hose und unter ihr Höschen schiebe und nach kurzem Suchen ihre Perle finde. Ich reibe sie und Amelia stöhnt auf. „Wir sollten …“ Ich unterbreche sie erneut, indem ich zwei Finger in sie stoße.

„Erst einmal müssen wir uns doch entspannen, um einen kühlen Kopf zu bewahren.“ Ich küsse ihren Hals und beiße leicht hinein, um sie zu necken. Mit meinem Handballen massiere ich ihren Kitzler und stoße meine Finger schneller in sie. Sie wird immer feuchter, und ich muss mich zusammenreißen, ihr nicht die Hose vom Körper zu zerren und sofort in sie zu stoßen. Mein Kopfkino sorgt dafür, dass es noch enger wird in meiner Hose, doch ich reiße mich zusammen.

„Ja, Jeremia. Mehr!“

Ich nehme noch einen dritten Finger hinzu, und mit der anderen Hand ziehe ich leicht an ihren Haaren. Sie keucht auf, und ich merke, wie sie zuckt und ihrem Höhepunkt näherkommt.

„Bitte. Ja!“ Sie krallt sich in meine Schultern und versteift sich. Alles in ihr zieht sich zusammen.

Ich nehme die Hand aus ihrer Hose und grinse sie verschmitzt an. Ihre Augen sind geschlossen, ihre Wangen haben eine rosige Farbe, und ich lächle, als ich in ihr entspanntes Gesicht sehe.

„Ich glaube, wir sollten uns nun dringend um die Cremes kümmern, Miss Ray.“

Sie zeigt mir den Mittelfinger, als ich zum Waschbecken laufe und mir die Hände wasche. Ich muss dringend an etwas anderes denken, sonst wird das ein echt langer Tag.

Heute Abend werde ich sie nehmen, und sie wird es genießen. Ich schließe die Augen. Fuck. Ich drehe schon jetzt durch.

„Ich schneide die Böden, du kannst die Creme schon anrühren, wenn du magst." Noch immer klingt sie leicht außer Atem, ihre Wangen sind rosig.

Ich nicke. Mittlerweile bin ich Meister darin, die Küchenmaschine zu nutzen und echt glücklich darüber, dass ich Amelia eine Hilfe bin. Ich mische gerade die ersten Zutaten zusammen, als ich höre, wie Amelias Mom hereinkommt.

„Guten Morgen, Kids." Zum Glück taucht sie erst jetzt auf, das wäre sonst eine unangenehme Situation geworden.

„Guten Morgen, Mom. Schläft Granny noch?"

Ich murmele ebenfalls einen Gruß und schalte die Maschine ein, danach nehme ich direkt die nächste Schüssel und lese nach, welche Schritte ich befolgen muss, damit etwas Brauchbares dabei herauskommt. Amelia hat einen kleinen Ordner angelegt mit Kreationen – die meisten sind handgeschrieben –, und somit weiß ich genau, was ich tun muss.

„Ja, ich habe gedacht, dass wir sie noch ausruhen lassen. Der Tag wird anstrengend genug."

Ich nicke. „Sie sollte sich erholen, damit sie Kraft tanken kann. Wir sind gut im Zeitplan."

Ich sehe auf die Uhr. Es ist sieben, noch sieben Stunden bis zur Eröffnung des Festes. Ich würde lügen, wenn ich behaupte, dass ich nicht langsam nervös werde. In meinem Kopf ist alles perfekt geplant, wir haben die Werbetrommel gerührt, wo wir nur konnten, und das Radio hat mitgespielt, was mich wirklich überrascht hat. In der Stadt hätte das niemals funktioniert, dort ist nur der mit dem größten Geldbeutel der Hit. Hier zählt Freundlichkeit, und allein bei der Erwähnung von Catherine gewinnt man die Herzen.

Ich wiege die Zutaten ab und denke an den Tag, als ich meine eigene Torte kreiert habe und wie komisch es war, da ich absolut keine Erfahrung hatte. Mittlerweile habe ich Spaß am Backen, und auch wenn mein Herz nicht so dafür schlägt wie Amelias, kann ich behaupten, dass ich es gerne tue. Die hier herrschende Harmonie sorgt dafür, dass ich mich wohlfühle. Ebenso die Zusammenarbeit. Amelia und ihre Mutter arbeiten Hand in Hand und singen beide leise zu den Songs, die das Radio spielt. Die Chemie zwischen ihnen ist zum Greifen nahe, und ich summe die Melodien mit, da ich die Texte nicht kenne. Das ist so schön, und ich habe ein Lächeln auf meinen Lippen. Ich werde Amelia heute fragen, ob wir es mit einer richtigen Beziehung versuchen wollen. Ich halte diesen Schwebezustand nicht aus, in dem wir uns befinden. Wir verhalten uns wie ein Paar, aber ich traue mich trotzdem nicht, sie meine Freundin zu nennen.

Um zwölf Uhr ist soweit alles erledigt, dass wir uns kurz in den Wohnungen zurückziehen, um uns umzuziehen und noch einmal frisch zu machen. Mir tut schon jetzt alles weh und ich bin so gespannt auf das

Fest, dass ich vor Nervosität an meinem Daumennagel knabbere.

„Ich würde kurz duschen, möchtest du noch etwas essen, bevor es losgeht?“ Amelia sieht mich an und ich schüttele den Kopf.

„Ich denke nicht, habe zu viel nebenher genascht.“

„Das ist eines der ersten Dinge, die man sich abgewöhnt, wenn man das beruflich macht.“

„Weil man sonst irgendwann genug davon hat?“

„Nein, weil man sonst nach zwei Monaten aus der Cakery herausrollt. Das entspricht nicht meiner Lebensplanung.“

Ich lege meine Finger an ihre Wange. „Was entspricht denn deinen Plänen?“

„Die sehen ganz klassisch aus. Ich möchte heiraten, Kinder haben und einfach glücklich werden. Ich denke nicht, dass ich eine solch große Liebesgeschichte erwarten sollte, wie Granny sie erlebt hat, aber jemanden lieben und sich nach nichts anderes mehr sehnen, ist mein Lebenstraum.“

Jetzt, Jeremia.

„Ich muss dir etwas sagen, Amelia.“

Ich sehe ihr tief in die Augen, und mir geht der Arsch auf Grundeis. „Ich habe mich in dich verliebt. Deine Pläne bringen mein Herz zum Klopfen, weil ich unsere Zukunft sehen kann. Ich weiß nicht, ob du dasselbe fühlst oder ob ich mich gerade zum absoluten Idioten mache, aber möchtest du Teil meines Lebens sein? Die Frau an meiner Seite?“

Auch wenn es viel Mut erfordert, halte ich ihren Blick und warte auf eine Reaktion.

„Ja, Jeremia. Ich würde liebend gerne an deiner Seite
sein.“

Mir fallen Millionen Steine vom Herzen, als ich sie
küsse.

Als ich die kleine Bäckerin küsse, die mein Herz gestohlen und mir damit gezeigt hat, was es bedeutet, verliebt zu sein.

Meine Amelia Ray.

Ich stehe vor dem Spiegel. Es ist eine große Ehre,
heute das Hemd von Amelias Granddad zu tragen: Es
ist dunkelrot mit einem kleinen Weihnachtsmann, der
aus der Brusttasche heraussieht. „Dieses Hemd hat er
die ganze Winterzeit getragen, außer wenn es in der
Wäsche war“, murmelt Amelia und streicht über den
Santa.

„Den Tag heute schenken wir Granny und deinem
Granddad. Er steht unter dem Stern der Familie Ray
und kann deshalb nur wunderschön werden.“

Sie legt die Lippen kurz auf meine und ich atme ihren
Geruch ein. Dann löse ich mich von ihr und sehe sie an.
Sie sieht wunderschön aus. Die Haare hat sie zu leich-
ten Locken gedreht. Das Licht schimmert und lässt ihr
Rot noch mehr glänzen. Sie trägt stärkeres Make-up als
sonst, doch es unterstreicht ihre natürliche Schönheit
nur noch mehr. Ihre Augen sind in der Farbe meines
Hemdes geschminkt und auf ihren Lippen schimmert
Gloss, Rouge untermalt ihre Wangenknochen. Ich
küsse ihre Stirn. Dann sehe ich an ihr hinab: Sie trägt
ein Kleid mit Weihnachtsmotiven. Es hat dieselbe
Farbe wie mein Hemd und am Saum ist ein Weih-

nachtsmann mit Rentierschlitten zu sehen, der Geschenke wirft. Auf den kleinen Kragen sind die Worte *Merry Christmas to everyone* gestickt. Es ist ein typisches Amelia-Kleid, nur sie kann es mit solcher Würde tragen.

„Das hat damals mein Granddad ausgesucht, passend zu seinem Hemd, die Worte hier oben hat Granny gestickt."

Ich streiche darüber und sehe Amelia in die Augen. „Bist du bereit, Granny einen wunderschönen Tag zu bescheren und Leute mit deinen Torten glücklich zu machen?"

Das Glitzern in ihren Augen und das strahlende Lächeln auf ihren Lippen sind Antwort genug, also nehme ich ihre Hand und wir gehen gemeinsam in die Backstube.

Kapitel Siebenundfünfzig — Amelia

In der Cakery warten Granny und Mom bereits auf uns.

„Seid ihr auch so aufgeregt?“ Beide nicken. Ich bin endlich mit Jeremia zusammen, und er macht mich so unglaublich glücklich.

„Jeremia und ich sind nun übrigens ein Paar.“ Ich verkneife mir das Strahlen nicht, sondern lasse es einfach über mein Gesicht huschen.

„Endlich“, sagt meine Mom und wendet sich an Granny. „Ich bekomme zehn Dollar von dir.“

Hä? Ich runzele die Stirn.

Granny stampft mit dem Fuß auf. „Ich habe gedacht, ihr wartet noch bis zum Heiligen Abend.“

Ich lache los. Sie haben also gewettet. Das ist ja der Hammer.

Granny sieht wundervoll aus in ihrer Weihnachtsbluse, und auch meine Mom hat sich schick angezogen und trägt ein langes Kleid.

„Lasst uns ein Foto machen.“ Ich hole mein Smartphone heraus und wir stellen uns nebeneinander. „Cheese!“ Wir grinsen alle wie die Honigkuchenpferde in die Kamera, und ich schieße ein Selfie von uns. Nun haben wir also auch ein Familienfoto mit Jeremia, und es ist wundervoll geworden. „Und jetzt alle mal doof gucken.“

Dieses Foto ist noch lustiger: Während Jeremia eine Grimasse zieht, bläst Granny die Wangen auf und Mom streckt die Zunge heraus. Ich mache einen Knutschmund, und dann stecke ich das Handy auch schon wieder ins Kleid. Eindeutiger Vorteil des guten Stücks sind die großen Taschen, die sich in den Rockfalten verstecken.

Wir sehen auf die Uhr und rücken die letzten Sachen zurecht. 13:59 Uhr. Ich stelle mich zu Mom hinter die Theke. Jeremia hat sich neben der Tombola platziert. Wir sind bereit. Durch die Fensterscheibe sehe ich zahlreiche Leute. Jeffs Boots stechen aus der Masse heraus, natürlich ist er ebenfalls gekommen.

„Granny – los geht's."

Granny nickt und ihre Hand zittert, als sie die Tür aufschließt und öffnet.

Was ich sehe, lässt alle Worte aus meinem Kopf verschwinden und mir die Tränen in die Augen schießen. Vor der Cakery steht eine Menschenmenge, wie wir sie seit Langem nicht mehr hatten erleben dürfen. Granny ist genauso sprachlos, wie ich mich fühle. Es stehen Eltern mit Kindern an den Händen vor der Tür, ältere Menschen, junge Paare. Alle sind gekommen. Es ist schön zu sehen, dass bekannte Gesichter dabei sind, aber auch Leute, die ich noch nie in meinem Leben getroffen habe.

„Herzlich willkommen in Clarctons Cakery. Es freut mich unglaublich, dass Sie alle hier sind!" Granny schreit gegen das Gemurmel dort draußen an, doch man hört das Zittern in ihrer Stimme. Eine einzelne Träne läuft meine Wange hinab, und es geht los.

Den ganzen Nachmittag sehen wir in glückliche Augen und verkaufen Kuchen wie verrückt. Am Nachmittag ist unsere Verkaufstheke leer, und Jeremia muss den Nachschub aus dem Kühlschrank holen.

In der Ecke steht eine Familie. Die Frau hebt eine Hand, und auf einmal kehrt Ruhe ein. „Wir möchten der Familie Ray für diesen wunderschönen Tag danken. Aufgrund des schlimmen Sturmes konnten wir in letzter Zeit nicht wirklich etwas unternehmen, weshalb dies heute wirklich toll war. Danke, dass Sie seit so vielen Jahren den kompletten Ort versüßen."

Mir laufen die Tränen hinab, als die Frau, die gerade gesprochen hat, ein Lied anstimmt. Granny nimmt mich in die Arme, Jeremia lehnt sich an mich und Mom kuschelt sich ebenfalls an uns. Immer mehr Menschen fallen mit ein, Kinderstimmen mischen sich mit denen der Erwachsenen, und als *Halleluja* erklingt, singen auch wir. Dieser Moment ist magisch, nur die Macht der Musik liegt in der Luft.

Wir sind alle eine große Familie, verbunden durch die Kraft der Weihnacht und vor allem des Zusammenhalts. Das Lied geht zu Ende und ich weiß nicht, was ich sagen soll.

„Dankeschön. Wir sind froh, nach so vielen Jahren immer noch hier sein zu dürfen." Mom findet wie so oft die richtigen Worte, und dafür bin ich dankbar. Sie ist die Stimme, wenn mir die Ideen fehlen.

Jeremia räuspert sich. „Wir haben noch ein paar Lose der Tombola übrig, wie wäre es, wenn wir damit eine kleine Lotterie veranstalten?" Seine Stimme ist ebenfalls voller Tränen, und trotzdem höre ich den Stolz heraus. „Habt ihr Lust, noch etwas zu gewinnen?!"

Die Menge der Gäste tobt, und mein Herz schlägt im
Takt mit dem Glück der Menschen.

Kapitel Achtundfünfzig — Jeremia

Dieser Tag überstrahlt alle dunklen Stunden meiner Vergangenheit. Zum ersten Mal breitet sich die Magie der Weihnachtszeit in mir aus, das Kribbeln im Inneren und unbändige Freude. Noch nie war ich so bedingungslos glücklich wie in dem Moment, als ich zur Tombola gehe und die vielen Gäste ansehe. „Es gibt keine Nieten." Sofort bildet sich eine Schlange. „Ich schlage vor, wir verteilen die Lose und öffnen sie alle gemeinsam, um die Spannung zu steigern."

„Aber Mommy, so lange kann ich doch nicht warten!" Ein kleines Mädchen zieht am Rockzipfel seiner Mutter, und ich knie mich vor die beiden. „Du schaffst das, Kleines. Das bekommst du auf jeden Fall hin, weil dann freuen sich noch viele andere Leute mit dir." Die Kleine sieht mich schüchtern an und ich streiche ihr über die Wange. Daraufhin schenkt sie mir ein Lächeln, und ich bekomme eine Gänsehaut. Diesen Tag werde ich wohl niemals in meinem Leben vergessen, er ist einer der schönsten in meinem Leben.

Es dauert keine halbe Stunde, und alle Lose sind verteilt.

„So, liebe Gäste der Cakery. Der Hauptgewinn ist eine Torte nach Wahl, gebacken von der wunderschönen Amelia, ansonsten gibt es noch genug viele andere

Preise, die wir uns für Sie überlegt haben. Sie dürfen die Lose nun öffnen!"

Ein Rascheln geht durch die Cakery. Amelia kommt zu mir, setzt sich auf meinen Schoß und sieht mich an. Dieser Blick hat nichts Sexuelles, sondern ist voller Zuneigung. Ich küsse ihre Schläfe, als ich viele Jubelschreie höre. Eine Frau bricht in Tränen aus.

Amelia und ich gehen zu ihr, und ich erkenne das Los mit der Nummer des Hauptpreises in ihrer Hand. „Herzlichen Glückwunsch, Lady."

Sie schließt uns in die Arme. „Mein Sohn hätte nächste Woche seinen elften Geburtstag gefeiert, aber leider ist er nicht mehr bei uns. Ich würde ihm gerne die Torte schenken."

Puh.

Ich habe mit vielem gerechnet, doch nicht damit. Ich drücke die Dame noch einmal an mich. „Es wird die schönste Kreation werden." Ich küsse ihre Wange, und dann gehen wir zurück an die Theke. „Wie wäre es, wenn wir noch ein gemeinsames Lied singen?"

Das kleine Mädchen von vorhin kommt langsam auf mich zu, und ich knie mich erneut hin.

„Können wir *Santa Claus Is Coming to Town* singen?", flüstert es in mein Ohr. „Santa muss doch wirklich ankommen."

Ich lächele es an. „Möchtest du den Leuten sagen, was wir singen?" Sie nickt, und ich hebe sie hoch auf meine Schultern. „Wir bitten um eure Aufmerksamkeit. Die Prinzessin auf meinen Schultern möchte euch sagen, was wir jetzt singen."

„Santa Claus Is Coming to Town."

„Ein bisschen lauter, Kleines."

Und dann ruft dieses Mädchen seinen Wunschsong, und die Menge applaudiert. Das alles fühlt sich heute einfach an wie ein Traum.

„Ich habe eine Gitarre." Wir sehen verwundert zu Jeff. Er holt die Gitarre heraus – ich wusste bis heute nicht einmal, dass er spielt. „Möchtest du wieder runter?", frage ich das kleine Mädchen, und es gibt mir zu verstehen, dass es das möchte. Es stellt sich neben mich und nimmt meine Hand in seine. Na ja, eher zwei meiner Finger, aber das ist egal.

Und dann erfüllen Jeffs Gitarrenklänge die Cakery, und gemeinsam singen wir, dass wir es nicht erwarten können, dass Santa zu uns kommt.

Kapitel Neunundfünfzig — Amelia

Es ist spät geworden, als die letzten Gäste die Cakery verlassen. Viel später als sonst, aber das ist absolut in Ordnung.

Als Granny abschließt, sacke ich auf einem Hocker zusammen, und die Anspannung des Tages fällt von mir ab. Egal, was die Kasse sagt, es ist nicht mehr viel von unseren Angeboten übrig, und das bisschen werden wir nachher noch ins Krankenhaus fahren. Das Fest ist ein wahrer Erfolg gewesen.

„Was war das nur für ein Tag?" Grannys Stimme ist belegt, und ich sehe das Strahlen in ihren Augen, vermischt mit Verwunderung. Viele Gäste sind nur wegen ihr gekommen, und ich bin unfassbar erleichtert, dass überhaupt jemand da war. Als ich Jeremia mit dem kleinen Mädchen gesehen habe, da ist mein Herz geschmolzen. Dieser Tag ist die Definition von der Magie der Weihnachtszeit.

„Lasst uns nur noch den Kassenabschluss machen, richtig putzen können wir morgen." Mom hat recht, wir alle sind ziemlich müde.

„Ich gehe uns etwas kochen, dann essen wir noch gemeinsam." Granny kann man heute wirklich nicht mehr aufhalten. „Ich fange schon an, wenigstens etwas aufzuräumen. Jeremia, hilfst du Amelia beim Abschluss?", fragt Mom. Er nickt und wir legen los.

„Geht es dir gut, Honey?" Jeremia sieht mich an und gibt mir einen kurzen Kuss, den ich nur zu gern vertieft hätte, doch erst schuften, dann das Vergnügen.

„Ich glaube, ich brauche noch einige Stunden, um alles zu verdauen."

Er nickt und dann fangen wir an zu zählen.

„Wir müssen uns verzählt haben."

„Amelia – du zählst gerade zum dritten Mal alles durch, es stimmt."

Das kann nicht sein. Wir haben mehr Einnahmen als in der gesamten Zeit, die ich nun nach dem Studium wieder hier bin. Wenn wir die Ausgaben abziehen, befinden wir uns trotzdem noch weit im Plus, und ich fange vor Freude an zu weinen. Meine Hände zittern und ich schlage sie vor mein Gesicht.

Jeremia zieht mich an sich und streicht über meine Haare, bevor er meine Stirn küsst. „Ihr habt es euch so sehr verdient", murmelt er.

Dies ist der schönste Tag meines Lebens. Alles hat einfach zusammengepasst.

„Wir müssen noch die Kuchen zum Krankenhaus bringen", sagte ich, als ich mich beruhigt habe.

Jeremia gähnt, doch er nickt. „Du hast recht, aber danach freue ich mich einfach nur noch auf das Essen und vor allem darauf, den Nachtisch zu vernaschen." Er grinst anzüglich und ich schlage ihm lachend gegen die Brust.

„Du bist ein Spinner."

Er tritt näher an mich heran. „Du weißt, dass es mein Ernst ist."

Ich nicke und wir küssen uns. Er gibt mir das Gefühl der Sicherheit und Geborgenheit. Gepaart mit der unbändigen Leidenschaft in meinem Inneren ist er die Kirsche auf meiner Torte, oder eher die Schokostreusel, die das Ganze abrunden.

Ich liebe ihn mit jeder Faser meines Körpers, ich liebe ihn mit jedem Schlag meines Herzens. Jedes Mal, wenn er mich berührt oder meine Lippen mit seinen streift, fühle ich mich wie im Himmel. Er ist alles für mich, die komplette Farbpalette meines zuvor so schwarzweißen Lebens.

Wir laden die Kuchen in den Transporter und fahren zum Krankenhaus. Es fühlt sich komisch an, nachdem es nur wenige Tage her ist, seit wir Granny hier behandeln lassen mussten. Mein Herz wird schwer und ich versuche, mich zusammenzureißen.

„Ich bin da." Jeremia streicht mit seinem Daumen über meinen Oberschenkel. Ich lächele ihn an, lege meinen Kopf an die kühle Fensterscheibe und versuche, die Melancholie nicht über mir zusammenschlagen zu lassen. Die Nacht ist klar, man kann die Sterne am Himmel erblicken, und ich muss lächeln, als ich den Kleinen Wagen entdecke.

„Zeigst du dem Kind wieder die komischen Bilder, die nur du erkennst?"

Ich sitze auf Granddads Schoß und er erklärt mir die Sterne. Wir haben schon den Großen Wagen entdeckt und ich bin mir nicht sicher, welche Sterne genau dazugehören.

„Liebling, du musst deine Fantasie nutzen, setz dich her."

Granny lässt sich neben mir nieder und ich kuschele mich an die beiden. „Kann ich einen Stern bekommen? Sie sind so schön!"

„Meine kleine Prinzessin. Die Sterne sind ganz weit weg, und ich habe mir immer vorgestellt, dass jeder einzelne von ihnen ein eigenes Leben führt. Wenn Menschen die Erde verlassen müssen, werden sie Sterne. Deshalb ist der Große Wagen auch eine Familie."

Granny hat die Augen geschlossen und lächelt.

„Dann kann ich natürlich keine Familie auseinanderreißen." Granddad nickt. „Genau. Wenn wir eines Tages gehen müssen, darfst du niemals vergessen: Wir bleiben eine Familie, und ich passe als Stern auf meine Frauen auf."

„Du darfst nicht gehen. Ich kann dich als Stern doch sonst gar nicht so gut liebhaben, Granddad!"

Er schenkt mir seinen Blick, in diesem Moment spiegeln sich die Sterne in seinen Augen. Das sieht lustig aus. „Du wirst die Sterne lieben, mein Kind. Weil du mit deinem Herzen fühlst, und jede Nacht wirst du dich von ihnen beschützt fühlen."

Danke, Granddad. Dafür, dass du mein Stern bist und mich jede Nacht durch die Dunkelheit führst. Ich habe damals nicht verstanden, was du meinst, doch jetzt sehe ich die vielen Sterne am Himmel und wie sie da oben erneut ihr Licht finden.

Ich sehe dich, Grandpa.

Das tue ich immer.

Kapitel Sechzig — Jeremia

Es ist spät geworden, als wir wieder zuhause ankommen. Die Cakery liegt in der Dunkelheit und wir verkriechen uns sofort in die Wohnung. Die Müdigkeit steckt in meinen Knochen und droht, mich zu übermannen. Trotzdem hat es sich absolut gelohnt, die Reste ins Krankenhaus zu bringen, den Menschen Glück zu schenken, die es gerade am meisten nötig haben. Es wäre ja Schwachsinn, die Sachen wegzuwerfen, wenn man jemandem damit eine Freude machen kann.

Amelia und ich gehen ins Bad und putzen unsere Zähne. Es fühlt sich intim an. Irgendwie schön, so eine kleine Sache zusammen zu machen. Ich sehe sie im Badezimmerspiegel an, und sie zieht eine Grimasse. Der Schaum quillt aus meinem Mund. Ich lege einen Arm um sie, und sie schmiegt sich an mich.

Dieses Bild brennt sich in mein Gedächtnis: das verschmitzte Grinsen, vermischt mit Zahnpastaschaum und dem glückseligen Blick in ihren Augen.

Wir spülen unsere Münder aus und ich gehe noch auf die Toilette. Amelia liegt bereits im Bett, als ich ins Schlafzimmer komme.

Dort liegt meine Freundin, und es fällt mir schwer, mein klopfendes Herz zu beruhigen. Ich lächele sie an.

„Komm her, Jeremia“, murmelt sie, und mir springt das Herz fast aus der Brust. Natürlich tue ich, was sie sagt.

Sie hebt die Decke und ich kuschele mich darunter. Wie selbstverständlich schmiegt sie sich an meine Seite, und ich male kleine Kreise auf ihren Rücken.

„Dankeschön“, murmelt sie.

„Wofür?“, hauche ich.

Sie sieht mich an. „Dankeschön, dass ich deine Freundin sein darf. Und danke für diesen wundervollen Tag.“

Ich will antworten, welch große Ehre es ist, sie lieben zu dürfen, da drückt sie ihre Lippen schon hungrig auf meine. Sie presst ihren Körper an meinen, und ich lege mich auf die Seite, ziehe sie an mich. Ich keuche auf, als ich ihre Wärme spüre. Am liebsten würde ich mich sofort in ihr versenken. Ihr einfach den Slip vom Körper reißen und in ihre Wärme eintauchen.

„Da ist jemand bereit, hm?“, raune ich und sie kichert. Ich fahre mit den Fingern an ihrer Taille hinab und direkt in ihr Höschen.

Sofort öffnet sie ihre Beine für mich, und ich fahre mit dem Finger über ihren empfindsamsten Punkt. Dann ziehe ich sie aus, und selbst dabei drückt sie das Becken in meine Richtung. *Gott, Amelia. Ich will dich so sehr.* Ich entledige sie von ihrem Shirt und küsse ihren Hals hinab, sehe ihr in die Augen, um mir das Okay für das zu holen, was ich als nächstes vorhabe. Sie nickt.

Ich küsse ihre Brüste, verharre an der Brustwarze und reize sie mit den Zähnen. Amelia stöhnt und ich muss aufpassen, dass ich nicht sofort komme, so sehr will ich sie.

Dann liege ich zwischen ihren Beinen und lecke mit meiner Zungenspitze über ihre Mitte. Sie stöhnt auf, und ich drücke ihre Beine weiter auseinander, umspiele den Kitzler und dringe mit meiner Zunge in sie ein.

„Fuck“, stöhnt sie. Ich nehme sie mit meiner Zunge und sie drückt sich gegen mich. Ich spüre, wie sich ihre Muskeln immer wieder zusammenziehen und sie immer feuchter und enger wird. „Ich will dich“, haucht sie.

Ich dringe mit zwei Fingern in sie ein und sie drückt sich noch mehr dagegen. *Nimm dir, was du brauchst.*

„Bitte, Jeremia.“

Ich nicke, schiebe mich nach oben und küsse sie auf den Mund, sie soll sich selbst schmecken. Ihre zarte Süße auf meiner Zunge ist himmlisch. Gott, und jetzt werde ich sie nehmen.

Ich krame in der Schublade und reibe mir über meine Erregung, der Lusttropfen an der Spitze macht mich fertig. Als ich das Kondompäckchen aufreiße, kommt Amelia zu mir. Auf einmal spüre ich ihren Mund um meine Mitte und stöhne auf. „O Gott.“ Damit habe ich nicht gerechnet. Sie nimmt ihn in den Mund und macht Dinge mit ihrer Zunge, die ich nie für möglich gehalten habe. Sie streicht mit ihrer Zungenspitze über meine Eichel und ich schließe die Augen.

Das ist der Himmel, das ist er wirklich.

Von jetzt auf gleich steigert Amelia das Tempo, und ich muss sie bremsen und streiche über ihren Kopf, denn ich will sie spüren. „Komm zu mir.“

Sie küsst mich und ich schmecke mich selbst, küsse sie hungriger und ziehe mir das Kondom über.

„Leg dich hin.“

Sie schüttelt den Kopf und ich runzele die Stirn, doch dann verstehe ich, was sie vorhat. Sie kniet sich über mich und lässt sich herabsinken. Als ich sie spüre, ist es unglaublich. Fuck, das ist Wahnsinn. Sie bewegt ihr Becken, und ich lege meine Hände an ihre Taille, helfe ihr. Es dauert nicht lange, da werden wir rhythmischer und gleichmäßig. Ich halte sie fest und stoße von unten in sie. Ihr lautes Keuchen bestätigt mir, dass es ihr gefällt, also mache ich weiter. „Ich komme, Amelia!" Ich stoße noch zweimal in sie und ergieße mich. Amelia zuckt ebenfalls zusammen.

Fuck, diese Frau ist der Wahnsinn. Ich liebe sie so sehr.

Später ist sie bereits eingeschlafen, doch mein Kopf ist voller Gedanken. Ich löse mich vorsichtig von ihr und ziehe mich an. Frische Luft wird mir guttun, also gehe ich die Treppenstufen hinunter. In der Backstube brennt Licht. Warum das denn? Haben wir vielleicht vergessen, es auszumachen?

Ich gehe hinein und sehe ich sie. Granny liegt auf dem Boden, sie scheint gestürzt zu sein.

„Granny!?" Meine Stimme ist panisch, als ich mich neben sie knie und sie auf den Rücken drehe. Auf ihrer Stirn ist eine große Platzwunde. Ich schlage gegen ihre Wangen, doch keinerlei Reaktion.

Fuck.

Ich taste mit zittrigen Fingern über ihren Hals und finde nichts. Sie hat keinen Puls. Das kann nicht sein, nein.

Ich taste noch einmal, um sicherzugehen. Nichts. Ihre Haut ist kalt. Scheiße!

Ich mache ihren Oberkörper frei, lege meine Hände zusammen und beginne mit der Reanimation: dreißig Mal drücken, zwei Mal beatmen. In meinem Kopf läuft leise die Melodie von Stayin' Alive, damit ich den Takt halte. *Bitte, wach auf.*

Achtundzwanzig. Neunundzwanzig. Dreißig.

Ich überstrecke ihren Kopf und beatme sie durch den Mund, ihre Nase drücke ich dabei zu. Keine Reaktion. Ich drücke weiter und fällt es mir wie Schuppen von den Augen. Wir brauchen Hilfe.

„Hilfe!" Ich schreie um mein Leben, während ich sie reanimiere und hoffe, dass alles nur ein schlimmer Albtraum ist. „Wir brauchen Hilfe! In der Backstube!!" Ich schreie, bis meine Kehle brennt, und drücke weiter. „Bitte, Catherine. Verlass uns nicht."

Die Tränen, die auf ihren Brustkorb fallen, lassen meine Sicht verschwimmen. Es sieht aus, als würde ihr Herz weinen, weil es nicht mehr in der Lage ist, zu schlagen.

Kapitel Einundsechzig — Amelia

Ich will mich an Jeremia schmiegen, doch neben mir liegt niemand. Ich schlage die Augen auf. Wo ist er denn hin? Ist etwas passiert?

Ich stehe auf, ziehe mir eine Strickjacke über, schlüpfe in eine Hose, nehme mein Handy und verlasse das Schlafzimmer. Die Wohnungstür ist angelehnt, also wird er wahrscheinlich draußen sein. Vielleicht hat er einfach ein wenig Luft gebraucht, es wird schon nichts sein.

Trotzdem sollte ich nach ihm sehen. Seine Bettseite war noch warm, also kann er nicht weit sein. Ich nehme den Schlüssel und gehe ich ins Treppenhaus.

Was ist das? Schreit da jemand? Ich spitze die Ohren.

„Hilfe!"

Scheiße, ist das Jeremia? Ich sprinte los, renne die Treppen hinunter, nehme mehrere Stufen auf einmal. Als ich die Backstube betrete, traue ich meinen Augen nicht. Jeremia kniet neben einer reglosen Gestalt und versucht, sie zu reanimieren. Es dauert einige Sekunden, bis ich erkenne, dass es Granny ist.

Ich schreie laut auf. Die Kraft schwindet aus meinen Beinen und ich knalle auf die Holzdielen.

„Amelia. Hör mir zu, du musst einen Krankenwagen rufen."

Ich sehe nur den Körper, der sich nicht mehr selbst bewegt, sondern nur durch Jeremias Einwirken erschüttert wird.

„Amelia!" Jeremias Stimme wird lauter. „Wenn wir sie retten wollen, brauchen wir Hilfe."

Ich ziehe mein Handy aus der Hosentasche und wähle die 911. „Hallo. Hier ist Amelia Ray. Meine Granny, sie atmet nicht. Sie ist tot …"

Am anderen Ende ist eine nette junge Dame. „Beruhigen Sie sich. Wo befinden Sie sich?"

Ich nenne ihr mit erstickter Stimme die Adresse.

„Können Sie eine Reanimation durchführen? Ich bleibe am Telefon." Ich stelle auf Lautsprecher und übergebe an Jeremia, der ruhig den Anweisungen folgt, die aus dem Handy kommen. Er sieht mich an. „Weck deine Mom, Amelia."

Also renne ich los. Was soll ich Mom denn sagen? Ich verstehe selbst nicht, was passiert ist.

Schafft es Granny?

Bitte, sie muss es schaffen.

Kapitel Zweiundsechzig — Jeremia

Mein Zeitgefühl ist weg, ich weiß nur, dass sich nichts tut, egal wie lange ich drücke und sie beatme. Als wäre das Leben bereits wie ein Vogel davongeflogen.

Ich bekomme nur mit, dass Amelia und ihre Mom plötzlich neben Granny sitzen, jämmerlich weinen und ihr durch die Haare streichen. Sie scheinen mitzuzählen, denn immer, wenn ich sie beatme, ziehen sie ihre Hände zurück, sodass ich mehr Platz habe.

Es fühlt sich an wie eine Ewigkeit, als mich die Sanitäter von ihr wegziehen, das EKG anlegen und die Reanimation fortsetzen.

Im Nachhinein könnte ich nicht einmal mehr sagen, welche Fragen mir gestellt wurden. Als der Notarzt „Es tut uns wahnsinnig leid“ haucht, höre ich einen quietschenden Schrei, der an ein Tier auf der Schlachtbank erinnert und den ich wohl nie mehr vergessen werde.

Er kommt von Amelia. Ich schlinge meine Arme fest um sie, um zu verhindern, dass sie zerbricht.

Mein Herz zerspringt, als ich sehe, wie sie Granny auf die Liege legen, nun völlig ohne Geräte. Selbst das EKG haben sie wieder weggeräumt.

Amelias Mom sagt keinen einzigen Ton, sie sieht nur starr vor sich hin und in ihren Augen liegt kein Glanz mehr.

Ich muss nun meine Gefühle hinten anstellen, denn ich muss für die Frauen da sein und dafür sorgen, dass alles läuft. Das ist nun meine Aufgabe. Ich wische mir die Tränen aus den Augen, fahre mir einmal über die Wangen und halte Amelia weiterhin fest.

Sie kommt mir vor wie eine gesprungene Porzellanpuppe, und ich muss dafür sorgen, dass sie nicht weiter auseinanderfällt und kein Teil verlorengeht.

„Wir werden Misses Ray dem örtlichen Bestatter übergeben, Sie werden kontaktiert."

„Vielen Dank", murmele ich, und dann gehen sie, nehmen die Seele der Cakery mit, und ich spüre, wie mir ein Teil genommen wird. Die erste richtige Familie, die ich je hatte, ist soeben kleiner geworden. Ich verdränge meine Gedanken, als Amelias Mom aufsteht. „Kannst du bei ihr bleiben? Ich muss allein sein."

„Natürlich." Ich nicke, und sie streicht mir über die Stirn, verlässt die Backstube, und ich schlinge meine Arme noch fester um Amelia. Sie hängt in meiner Umarmung und hat keinerlei Kraft mehr in sich.

Die Stille ist ohrenbetäubend, der Geruch von Tod liegt in der Luft und das Schluchzen aus Amelias Kehle bringt mich dazu, dass ich sie hochhebe. Wir müssen in die Wohnung, und dort werde ich sie halten, so lange, bis die Tränen versiegen.

So lange, bis der Schmerz ein wenig besser wird, denn er wird niemals komplett vergehen.

Kapitel Dreiundsechzig — Amelia

Vor wenigen Stunden hat meine Welt in den buntesten Farben geleuchtet, und nun wurden sie mir genommen. Nichts fühlt sich mehr lebenswert an, alles was ich spüre, ist Schmerz.

Er ist normalerweise glühend rot, doch dieser ist schwarz.

Irgendwann sehe ich mich um, versuche, mich zu orientieren. Wir sind im Wohnzimmer, und Jeremia streicht mir über den Rücken. Mir tun die Augen weh, die Kehle brennt, und von meinem Herz fange ich lieber nicht an.

Granny ist die Frau, der ich ein endloses Leben gewünscht habe. Sie war die Seele dieses Hauses. Gemeinsam mit Grandpa hat sie dafür gesorgt, dass die Familie Ray immer zusammenhält.

Ich schluchze erneut los und schlinge meine Arme um mich, versuche, mich zusammenzuhalten, doch ich spüre, wie ich einmal mehr zerbreche. Niemals wieder werde ich dieselbe sein.

Die Ärztin damals hat gesagt, dass alles in Ordnung ist, und jetzt ist Granny tot.

Tot. Drei Buchstaben. Ein Wort. So viele Emotionen stecken dahinter, die man diesem kleinen Wort gar nicht ansieht.

Sie ist weg. Ich werde nie wieder Grandmas Lachen hören, nie wieder in ihre strahlenden Augen sehen und nie wieder unten am Esstisch mit ihr sitzen und ihr erzählen, wie der Tag war.

Ich versuche, mich an die Momente mit ihr zu erinnern, doch gerade ist alles zu viel. Ich spüre nur Trauer, ich will nicht wahrhaben, dass sie gestorben ist. Sie kann uns doch nicht verlassen!

Ich werde wütend auf die ganze Situation. Auf die Ärzte, die uns versichert haben, dass alles in Ordnung ist. Auf Granny, die geht, ohne sich verabschiedet zu haben. Auf mich selbst, weil wir gestern Abend ins Bett gegangen sind.

Ich hätte ihr noch einmal sagen können, wie sehr ich sie liebe. Ich hätte noch einmal in Worte fassen können, was für eine unglaubliche Frau sie ist und dass sie immer mein Vorbild sein wird.

Wenn ich gewusst hätte, dass es unsere letzten Momente sind, hätte ich alles Mögliche gesagt. Meine ganzen Wörter dafür genutzt, um zu beschreiben, was ich fühle. Und nun bin ich verstummt.

Mir fehlen nicht die Worte, sondern das Ohr, das sie erreichen sollen. Ich kann nicht atmen, kann nicht leben. Alles ist so schwierig ohne Granny, weil sie alles ist. Nein, sie war alles. Ich kann nicht einmal darüber nachdenken, was es bedeutet, sie nicht mehr hier zu haben.

Ich höre einen markerschütternden Schrei und zucke zusammen, bis ich am Brennen meiner Kehle merke, dass es mein eigener ist.

Der Schmerz ist zu groß für mich, ich kann das nicht schaffen.

Kapitel Vierundsechzig — Jeremia

Die Zeit ist ein hinterlistiges Miststück. Sie zieht sich in Momenten, in denen man hofft, dass sie schnell vergeht, wie Kaugummi in die Länge. In Augenblicken, die für immer bleiben sollten, da vergeht sie in einer Sekunde.

Und in diesem Moment habe ich keinerlei Empfinden für Zeit. Ich weiß nur, dass Amelia irgendwann vor lauter Erschöpfung in sich zusammenfällt und sich ihr Atem beruhigt. Sie hat immer wieder geschrien, geweint, um sich getreten, und ich habe mich nicht einmal getraut, sie loszulassen. Ich hebe sie hoch und lege sie vorsichtig ins Bett, dann gehe ich endlich auf die Toilette, so wie ich es gefühlt seit Stunden tun wollte. Ich sehe beim Händewaschen in den Spiegel. Tränen brennen in meinen Augen, und beiße mir auf die Faust, um die Emotionen zu unterdrücken, den heißen Schmerz der Trauer, der durch meine Adern fließt. Ich bebe vor dem Gefühl des brechenden Herzens und traue mich nicht, mich weiter anzusehen. Ich darf nicht schwach sein, doch in diesem Moment ist es okay. Nur ganz kurz.

Meine Beine zittern, also setze ich mich auf den geschlossenen Klodeckel und beiße mir weiterhin auf die Faust, um die Laute zu unterdrücken, die sich verzweifelt den Weg aus meiner Kehle suchen wollen.

Fuck, Granny. Es tut so weh. Ich hatte viel zu wenig Zeit mit dieser unglaublichen Frau. Sie hat mir gezeigt, was es bedeutet, geliebt zu werden von einem Menschen, der es nicht muss. Sie ist für mich die Definition von Familie geworden und war für mich mehr wert als meine beiden Eltern. Ich kann nicht atmen, als mir auffällt, dass ich ihr nie gedankt habe. Ich hätte ihr noch so viel erzählen wollen, doch jetzt ist es zu spät.

Die Zeit ist mächtiger als wir alle. Wenn unser Ende kommt, ist es egal, was wir noch vorhatten. Wenn jemand gegangen ist, fällt einem erst ein, was man noch alles hätte tun können.

Wir müssen mehr im Jetzt leben, damit wir uns bei einem Abschied für immer nicht denken: Was wäre gewesen, wenn ich ...?

Ich fühl mich so schwach. Das darf ich nicht.

Ich wasche mein Gesicht, sorge dafür, dass die Tränen versiegen, und sehe kurz nach Amelia. Sie schläft noch immer und scheint auch nicht im Schlaf zu weinen. Ich wünsche ihr ein paar erholsame Stunden, bevor sie die Realität wieder einholt.

Ich sollte dringend nach Amelias Mom sehen. Mir gefällt der Gedanke nicht, dass sie allein ist. Also gehe ich leise die Treppenstufen hinunter. Wie seltsam es ist, wenn sich jeder Schritt wie eine Qual anfühlt.

Das letzte Mal, als ich diese Treppen hinuntergelaufen bin, war mein Körper voller Glücksgefühle. Ich habe es nicht geschafft, sie zurückzuholen, die Reanimation war erfolglos.

Ein Schauder durchfährt mich, als ich die Wohnung betrete und Grannys Geruch in meine Nase dringt. Wie lange wird er wohl bleiben? Wie lange bleibt der Duft eines geliebten Menschen, wenn dieser Mensch verschwunden ist?

Amelias Mom sitzt auf der Couch, sie zittert am ganzen Körper und hält einen Umschlag in der Hand. Ich setze mich wortlos zu ihr. Ihre Augen sind geschwollen, sie erinnert an den Tod. Wortlos legt sie den Kopf an meine Schulter, ich streiche beruhigend über ihren Rücken.

„Sie hat einen Brief hinterlassen." Der Schluckauf lässt ihre Worte verschwimmen und ich sehe auf das Kuvert. *Für meine geliebte Familie* steht in filigraner Schrift darauf. Ich erkenne Catherines Handschrift sofort.

„Wir sollten Amelia wecken. Allein schaffe ich es nicht", sagt sie leise.

Ich nicke, und auch wenn ich mein Mädchen ungern aus dem Schlaf reiße, ist es wichtig zu erfahren, was Granny uns zu sagen hat. Wusste sie von ihrem bevorstehenden Ende? Oder ist es reiner Zufall, dass wir diesen Brief nun in den Händen halten?

„Kannst du für einen Augenblick allein sein?"

„Ich werde lernen müssen, allein zu laufen, Jeremia."

In diesem Moment habe ich das Gefühl, dass irgendetwas in mir bricht, denn ich bin mein ganzes Leben lang allein gelaufen.

Nun muss ich lernen, wie es ist, jemanden an der Hand zu halten und gemeinsam mit ihm zu gehen. Ich muss mein Tempo anpassen, damit Amelia mit ihren kürzeren Beinen mithält, und ich muss auf mein Herz hören: Laufe nicht zu schnell, sondern genieße jeden Weg mit ihrer Hand in deiner.

Kapitel Fünfundsechzig — Amelia

„Du musst aufwachen, Honey." Ich spüre einen Kuss auf meiner Stirn und drehe mich wieder um. „Amelia, es ist wichtig."

Ich öffne langsam die Augen. Im Raum ist es leicht hell, die Rollläden lassen Licht hindurch.

Vielleicht war es nur ein Albtraum, dass Granny gegangen ist. In seinen geschwollenen Augen erkenne ich die bittere Wahrheit, und sofort überkommt mich die Kälte. Die Kälte des Verlusts.

„Granny hat einen Brief hinterlassen, deine Mom möchte ihn gemeinsam mit uns lesen."

Sofort bin ich hellwach, schäle mich aus dem Bett und ziehe mir einen Pullover über. Es ist so bitterkalt, doch ich weiß genau, dass diese Kälte nichts mit der Zimmertemperatur zu tun hat, sondern mit meinen Emotionen.

Jeremia hält mich mit seinem Blick gefangen. Er ist mein Anker, doch dieses Mal ist der Sturm der See zu stark, er kann mich nicht halten. Ich verliere mich in den endlosen Wellen und kann nicht schwimmen. Ich ertrinke jämmerlich und ersticke langsam an meinen Gefühlen.

„Bist du bereit?", murmelt Jeremia in meine Haare, bevor er meine Stirn küsst. Ich werde niemals bereit dafür sein, denn auf uns warten die letzten Worte, die sie uns hinterlassen hat. Wahrscheinlich wird es noch einmal so sein, als würde ich ihre Stimme hören.

Ich nicke, und wir gehen gemeinsam die Treppen hinunter. Als wir die Wohnung betreten, bleibt mir der Atem weg. Grannys Geruch ist hier, und es ist, als würde sie uns willkommen heißen.

Ich bekomme keine Luft und kralle mich an Jeremia fest. Es ist zu viel, die Tränen laufen mir die Wangen hinunter. Wie macht Mom das nur? Wie kann sie weiter hierbleiben? Es ist schon nach den wenigen Sekunden zu viel für mich, ich bin schwach, so jämmerlich schwach. Die Stärke, die ich sonst in mir trage, habe ich von Granny, und sie hat sie mitgenommen. In ihren Rucksack gepackt. Und nun ist sie für immer verschwunden. Es fühlt sich so unwirklich an, nicht mehr mit ihr sprechen zu können, nicht mehr mit ihr zu lachen. Ich kann das nicht.

Wir gehen zu Mom ins Wohnzimmer. Als ich den Sessel sehe, schließe ich die Augen und sehe Granny vor mir sitzen. Sie liest in einem ihrer Bücher, und das Lächeln auf ihren Lippen fühlt sich wie Nachhausekommen an.

Als ich die Augen wieder öffne und den leeren Sessel sehe, da tut es so weh, dass ich mich auf die Couch fallen lasse und die Knie mit den Armen umschlinge. Umso stärkeren Druck ich ausübe, desto mehr habe ich das Gefühl, ich bleibe komplett. Ich will mir nicht eingestehen, dass ich irreparabel zerstört bin und mich das Ganze vermutlich die nächsten Jahre meines Lebens verfolgen wird.

Ich weine und weine, bis mir die Tränen ausgehen. Mom ist neben mir, sie teilt die Tränen mit mir, wie auch Jeremia, dem ebenfalls welche über die Wangen laufen.

„Wollen wir den Brief lesen?", fragt meine Mom leise, und ihre Stimme klingt erstickt. Ich nicke, Jeremia ebenfalls. „Jeremia, würdest du vorlesen?"

Er nickt erneut und setzt sich neben die Couch auf den Boden. Mit zitternden Fingern öffnet er vorsichtig das Kuvert.

Ich schließe die Augen, und als er anfängt zu lesen, höre ich Grannys Stimme an meinem Ohr.

Meine geliebte Familie,

diese Zeilen zu verfassen tut mir weh, doch es ist nicht fair, euch nichts zu hinterlassen. Für euch kam mein Tod ganz plötzlich, doch ich hatte lange genug Zeit, mich auf den Abschied vorzubereiten. Ich weiß nicht, wann ihr diese Zeilen lest, doch sie sollen euch Kraft schenken in dieser schweren Zeit.
Ich wusste bereits, dass ich gehen werde. Ich bin krank gewesen und habe den Ärzten verboten, einen Ton zu sagen, weil ich das Leben mit euch genießen wollte. Seid nicht sauer, weil ich euch nichts gesagt habe, doch es hätte die glückliche Zeit zerstört. In euren Augen will ich keine Angst entdecken, sondern lieber das Glück der gemeinsamen Zeit.
Wahrscheinlich habt ihr gerade das Gefühl, eure Welt wird farblos und ihr könnt keinen Schritt mehr setzen. Doch ich möchte, dass ihr fliegt. Ich bin eine alte Frau, verzeiht mir, dass ich nicht in der Vergangenheitsform von mir schreibe, das würde sich makaber anfühlen.

Ihr wisst, wie sehr ich das Lachen aus euren Mündern
genieße – denkt immer daran, wenn euch die Tränen
kommen. Ich möchte euch sagen, dass ich euch von
ganzem Herzen liebe, doch ich bin auch erleichtert,
dass ich nun endlich Granddad wiedersehen werde.
Wir werden gemeinsam tanzen, ich werde seine Haus-
schuhe an meinen zu kleinen Füßen tragen. Weitere
Details erspare ich euch ... Aber ich werde glücklich
sein, und wir werden nun beide Sterne sein, die auf
euch aufpassen.

Meine geliebte Tochter. Du bist das größte Geschenk
meines Lebens gewesen, das bist du immer noch. Du
bist der Höhepunkt der Liebe deines Dads und mir. Du
hast die ganzen Jahre gekämpft, ich kenne keinen Menschen, der so sehr eine Löwin in sich trägt wie du. Ich
bin so unglaublich stolz auf dich, meine kleine Kämp-
ferin. Wir sind stolz auf dich, dass du eine so tolle Mutter geworden bist.

Amelia, kleine Prinzessin. Für dich wird das Ganze gerade schlimm sein, aber ich möchte nicht, dass du traurig bist. Du hast die Liebe deines Lebens gefunden und
solltest lachen und nicht weinen, weil dir dein kleines
Herz weh tut. Du wirst die Cakery übernehmen, das ist
mit deiner Mom so besprochen. Und nun zu dem Mann
an deiner Seite.

Jeremia. Liebe meine Familie so, wie ich es getan habe.
Du bist zu einem festen Teil geworden und gehörst zu
den Rays. Mein Mann wäre stolz auf dich gewesen, und
auch auf dich passen wir auf. Wenn du willst, kannst
du mit Amelia die Leitung der Cakery übernehmen,
dies wäre die größte Ehre. Doch sind wir ehrlich, dein
Talent liegt woanders. Baue dir hier etwas Neues auf,

verschwende keine Zeit. Eure Liebe ist größer als die Trauer, die euch gerade benebelt.

An meine geliebten Kinder, alle zusammen: Ihr seid die besten Menschen, die es gibt. Ihr seid meine Familie, und ich hätte mir nicht mehr im Leben wünschen können, als euch zu lieben.

Ich bin in euren Armen gestorben, und auch wenn das wahrscheinlich nur metaphorisch so war, sollt ihr wissen: Ich bin mit einem Lächeln eingeschlafen. Ein Lächeln der Gewissheit, bedingungslos geliebt worden zu sein, und jetzt im Himmel werde ich wieder geliebt.

Verzeiht mir, wenn ich sage, dass ich es kaum erwarten kann, meinen Mann wieder in die Arme nehmen zu dürfen. Ich kann es nicht erwarten, mit ihm da oben Kuchen für alle zu backen und euch zu beobachten, was ihr aus unserem Baby, der Cakery, macht. Ich weiß nur, dass es wunderbar werden wird. Es liegt in euren Genen.

Ich liebe euch, mehr als ihr euch vorstellen könnt. Ich hoffe, ihr vergesst mich nicht und denkt jeden Abend beim Sterneschauen an mich und Granddad.

In Liebe
Catherine Amanda Ray

Ich lächele und gleichzeitig fließen mir die Tränen die Wangen hinab. Jeremias Stimme bricht bei den letzten Worten, und dann sehen wir uns alle an. Ich bin fassungslos, finde keine Worte. Granny wusste, dass sie stirbt, und hat keinen Ton gesagt?

Ich weiß nicht, ob ich wütend sein kann, weil es sich falsch anfühlt, sauer auf einen Menschen zu sein, der bereits von uns gegangen ist. Aber gleichzeitig ergibt jetzt so vieles einen Sinn. Wie sie Jeremia behandelt hat, warum sie noch mal allein mit ihm sprechen wollte, und vor allem das Weihnachtsfest.

Sie wollte uns etwas Schönes hinterlassen.

„Ich kann die Cakery nicht einfach übernehmen, Mom – du bist an der Reihe!" Ich schlucke die Tränen hinunter und versuche, meine Angst zu verdrängen. Ich soll die Cakery übernehmen? Das kann ich nicht. Ich bin viel zu schwach dafür, zu unerfahren, und vor allem nicht annähernd bereit.

Kapitel Sechsundsechzig — Jeremia

Ich wusste es. Nein, ich habe es geahnt. Ich hätte schon misstrauisch werden sollen, als Catherine alleine mit mir reden wollte. Ich hätte mehr auf ihre Worte hören müssen und nachfragen, was mit ihr los ist. Ich habe jämmerlich versagt.

Verdammt. Mir laufen die Tränen die Wangen hinab und ich kann sie nicht stoppen.

„Amelia. Ich habe das mit deiner Granny schon vor langer Zeit besprochen, du bist bereit dafür. Es ist gut so, wie es ist."

Ich sehe die Unsicherheit in Amelias Augen, gepaart mit dem Stolz, der sie durchdringt. Sie ist die geborene Chefin der Cakery, wahrscheinlich hat sie mit zwei Jahren schon besser Bescheid gewusst, wie man einen Kuchen backt, als ich heutzutage.

„Jeremia? Bleibst du?", fragt sie mich zögernd.

Ich schlucke, doch ich muss nicht einen Moment lang darüber nachdenken, wie meine Antwort lautet. „Natürlich. Ich habe hier mein Zuhause gefunden."

Amelia bricht erneut in Tränen aus, und ich stehe vom Boden auf und schlinge meine Arme um sie. „Ich gehe nirgendwo hin", murmele ich und küsse ihre Stirn.

Der Kuss ist ein Versprechen. Mein Versprechen, bei ihr zu bleiben. Mein Versprechen, sie zu lieben. Mein

Versprechen, mein Leben ab sofort mit ihr zu teilen. Mein Versprechen, sie zu akzeptieren, wie sie ist.

Ich kann nicht versprechen, dass es leicht sein wird, doch ich werde für sie da sein und sie immer lieben, vor allem in den Momenten, in denen sie es selbst nicht gut oder gar nicht kann. In diesen Momenten werde ich sie daran erinnern, was es bedeutet, Amelia Ray zu sein.

Amelias Mom sieht mich an. Auf ihrem traurigen Gesicht liegt ein winziges Lächeln, doch es gibt mir in diesem Moment so unglaublich viel.

Wir alle sind Trauernde, die einen unglaublichen Verlust durchmachen müssen, doch wir sind auch Menschen, die einen Neuanfang wagen. Wir beginnen etwas Neues, vor allem Amelia und ich.

Wie sagte Granny in ihrem Brief? Wir sollen fliegen. Die kleinen Vögel sollen die Käfige aufstoßen und sich von ihren Fesseln lösen, um die Freiheit zu finden.

Mir ist klar, was das bedeutet. Bevor ich fliegen kann, muss ich zurück in meinen Käfig. Ich muss nach Hause fahren und einen Schlussstrich ziehen, um hier neu starten zu können. Meine Kehle fühlt sich plötzlich eng an, und ich bin nicht fähig, etwas zu sagen, denn mein Mund ist zu trocken. Ich habe Angst. Angst davor zu gehen, doch gleichzeitig habe ich Hoffnung, hierher zurückzukehren, zu meiner wahren Familie, auch wenn es bedeutet, mich von meiner Blutslinie trennen zu müssen.

„Aber bevor ich hier anfangen kann, muss ich nach Hause zurückkehren und reinen Tisch machen." Die Welt wird nicht untergehen und ebenso wenig in einer Katastrophe enden, wenn ich bei meinen Eltern ankomme.

Im Lügen war ich schon immer der Beste.

Kapitel Siebenundsechzig — Amelia

„Ich werde dich begleiten, Jeremia."

Natürlich werde ich das, weil ich ihm immer und überall hin folgen werde. Er muss das nicht alleine machen.

„Wir werden dich beide begleiten, du bist nicht mehr allein." Moms Worte berühren mich, vor allem berührt mich, was Jeremia für uns geworden ist. Es fühlt sich an wie eine kleine Unendlichkeit, seit er in mein Leben getreten ist. Es ist schön, ihn hierzuhaben, und noch schöner ist es, dass er bereit ist, zu bleiben. „Ich glaube, wir sind uns einig, dass wir unser Weihnachten bereits mit dem Fest in der Cakery gefeiert haben, oder?" Moms Stimme ist kratzig, und mir brennen schon wieder die Tränen in den Augen, doch ich versuche, sie zu verdrängen.

„Ein Weihnachtsfest wäre nicht richtig", sagt Jeremia.

Mom setzt sich auf. „Wir sollten so schnell wie möglich aufbrechen. Wie lange fahren wir denn circa zu dir?"

Auch ich bin neugierig. Ich weiß nicht viel über sein Leben, fällt mir auf. Er ist sehr verschwiegen, wenn es um dieses Thema geht. Aber das ist in Ordnung, er wird reden, wenn er bereit dafür ist.

„Zehn Stunden muss man einrechnen, aufgrund der Glätte vielleicht mehr." Jeremias Stimme ist leise. Der

Sturm hat sich gelegt, und vermutlich denkt er nicht mehr an das verlorene Meeting.

„Wir müssen alle hier dringend raus, in den nächsten Tage können wir eh nichts tun, es ist kurz vor Weihnachten und weil Granny erst … na ja …“ Wir wissen, was sie sagen will, doch keiner traut sich wirklich, es auszusprechen. Sie muss verbrannt werden, fertig gemacht, um die letzte Reise anzutreten.

„Dann sollten wir die Fahrt planen“, sage ich. „Ich sehe nach, ob wir noch Getränke und Snacks für unterwegs haben. Die Cakery bleibt bis auf Weiteres geschlossen.“ Es fühlt sich komisch an, diese Entscheidung zu treffen, ohne dabei Granny um Erlaubnis oder gar um Hilfe zu fragen. In nächster Zeit wird es viele dieser Augenblicke geben, in denen ich mir ihre Meinung wünsche. Wobei es mir egal wäre, was sie antworten würde. Hauptsache, ich könnte noch einmal ihre Stimme hören, denn ich habe große Angst, fast schon Panik. Ich will nicht, dass ich eines Tages vergesse, wie sie gerochen hat. Diese Mischung aus Teig und Zitrone mit Zuckerguss. Ich will nicht vergessen, wie sie ausgesehen hat, wenn sie lacht. Ich kann nicht zulassen, dass ich Details vergesse, doch wahrscheinlich ist es unvermeidbar. Ich muss die Erinnerungen an sie unbedingt behalten, denn sonst wird es mich zerstören.

Ich weiß noch ganz genau, wie es war, als Granddad gestorben ist. Ich habe irgendwann vergessen, wie er lacht, bis ich Fotos gesehen habe und mich daran erinnern konnte. Niemals darf ich zulassen, dass ich von beiden nur noch schemenhafte Bilder besitze. Ich brauche die beiden wie die Sonne den Mond. Ich brauche jeden einzelnen Moment, jeden Augenblick, damit ich nicht vergesse, woher ich komme und was ich schon alles gelernt habe.

Der Schmerz vermischt sich mit schönen Geschichten, und irgendwann wird es erträglicher sein, zu leben und einen Schritt nach dem anderen zu machen.

Kapitel Achtundsechzig — Jeremia

Es sind nicht einmal zwei Stunden vergangen, bis wir im Auto sitzen und Amelias Mom sich den Fahrersitz einstellt.

„Ich kann sowieso nicht schlafen, meine Gedanken sind zu laut", hat sie gemeint, und so haben wir beschlossen, einfach sofort loszufahren.

Ich hatte nicht einmal genug Zeit, um panisch zu werden, doch als ich im Auto die Adresse nenne und das Navigationsgerät eine Fahrtdauer von acht Stunden und achtundvierzig Minuten anzeigt, geht mir der Arsch auf Grundeis. Ich kann kaum noch atmen und schließe die Augen, um mich zu beruhigen. Ich weiß noch nicht einmal, was ich sagen soll. Weiß nicht, ob sie mich vermisst haben oder ob ihnen überhaupt aufgefallen ist, dass seit dem Meeting Wochen vergangen sind und ich wie vom Erdboden verschluckt war.

Ich spüre das Handy in meiner Hosentasche, das sich so schwer anfühlt wie ein Betonklotz. Ich hätte es anschalten sollen, mich anmelden. Oder?

Wahrscheinlich würde ich den Schwanz einziehen, wenn ich die Nachrichten meiner Eltern lese, vielleicht würde ich einen Rückzieher machen. Aber Amelia allein lassen? Nein, das könnte ich niemals.

Wir machen es uns gemeinsam auf der Rückbank bequem und ich sehe nach vorne zu ihrer Mom. Sie blickt konzentriert auf die Straße, und das einzig Gute ist, dass die Tränen versiegen.

Ich versuche, nicht durchzudrehen. Die Müdigkeit steckt in meinen Knochen, doch sie ist schwach im Vergleich zu den Gedanken, die durch meinen Kopf schwirren. Ich gehe die verschiedensten Szenarien durch, die mich erwarten können. Entweder es verläuft alles positiv, meine Eltern sind froh, dass mir nichts passiert ist und haben vielleicht sogar schon jemand anderem meine Stelle gegeben. Oder sie reißen mir den Kopf ab, es wird Krieg geben und ich werde mich total schlecht fühlen.

Ich denke, das zweite ist realistischer. Wahrscheinlich werde ich mir eine Ohrfeige einfangen und es wird sich anfühlen, als würden sie mir das Herz rausreißen.

Ich schließe die Augen, versuche, die Tränen zu verdrängen und nicht an später zu denken. Es kommt, wie es kommen muss, deshalb muss ich mich einfach überraschen lassen.

Amelia nimmt meine Hand in ihre, und wir verschränken unsere Finger miteinander. Sie weiß nicht, wie viel Kraft sie mir damit gibt. In diesem Moment ist sie stärker als ich, und ich bin wahnsinnig dankbar dafür, dass sie an meiner Seite steht.

Irgendwann beruhigt mich das Streichen ihres Daumens, und ich gleite in den Schlaf, nach dem mein Körper verlangt.

Kapitel Neunundsechzig — Amelia

„Du wirkst nervös, Jeremia." Ich werde von Moms Stimme geweckt, die Sonne steht mittlerweile höher am Himmel, und ich sehe müde auf die Uhr. Wir sind seit rund drei Stunden unterwegs.

„Ich bin nervös", sagt Jeremia. „Meine Familie ist das Gegenteil von euch, eigentlich haben sie es nicht einmal verdient, so genannt zu werden." Er klingt ruhig.

„Wir sind bei dir, Jeremia." Ich streiche beruhigend darüber, und er lächelt mich leicht an.

„Es war hart, sich nicht auf Jugendbücher konzentrieren zu können, weil man nur Fachliteratur in die Hände gedrückt bekommen hat. Geburtstage gab es nicht, sie wurden nicht gefeiert und so weiter." Er schluckt. Ich schließe die Augen und kann mir den kleinen Mann bildlich vorstellen. Auch wenn er es mir bereits erzählt hat, ist es noch immer sehr traurig.

„Der einzige Lichtblick war Harry Potter. Ich weiß noch genau, wie ich die Bücher heimlich gelesen und gehofft habe, dass mich ebenfalls ein Hagrid aus der Scheiße herausholen wird."

Ich sehe ihn von der Seite an. Sein Kiefer spannt sich, er ist wütend.

„Ich durfte keine Freunde haben, das gehört sich nicht im Business. Ich war immer derjenige, der alles hinter dem Rücken der anderen gemacht hat. Sie haben mich gehasst, dabei hat niemand gemerkt, dass ich der Gute war." Ihm läuft eine Träne die Wange hinunter, seine Stimme ist brüchig und mir bricht es das Herz, wenn ich höre, was er erleben musste. „Ich habe einer anderen Schülerin heimlich die Klassenfahrt bezahlt, weil sie sonst zuhause hätte bleiben müssen. Ich bin selbst nicht mitgefahren, doch ich habe das Strahlen in ihren Augen gesehen. Das Strahlen, nach dem ich mich so sehr gesehnt habe. Sie war glücklich."

Moms Fingerknöchel sind weiß, so sehr umklammert sie das Lenkrad. Sie ist genauso wütend wie ich. Man kann ein Kind emotional fertig machen, das ist nicht so schwer.

„Also bitte erwartet kein annähernd normales Familienbild", fährt Jeremia fort. „Denn das können wir Andersons nicht bieten."

Mom fährt an der nächsten Abfahrt wortlos ab, und als wir an einer Raststätte anhalten, steigen wir aus und Mom nimmt Jeremia wortlos in den Arm.

Er lässt die Umarmung zu. Ich sehe, wie seine Schultern beben, und entferne mich ein Stück. Dieser Moment gehört den beiden, denn er schenkt die Liebe einer Mutter.

Ich gehe auf die Toilette, und als ich zurückkomme, sitzt Jeremia auf dem Fahrersitz. Ich klettere auf seinen Schoß, und auch wenn es umständlich ist, lege ich meine Arme um ihn.

„Ich liebe dich, Jeremia Anderson", hauche ich an seine Lippen, bevor er mich küsst und meine Taille fest umklammert. Er löst sich nur eine Sekunde von mir, um „Ich liebe dich auch" zu murmeln, und wir küssen uns wieder.

Die Liebe ist das größte Geschenk in unserem Leben, doch gleichzeitig ist es auch die größte Gefahr, denn wir zeigen uns einem anderen Menschen schonungslos nackt. Man reißt alle Schutzmauern ein, um die andere Person ins Herz schließen zu können. Man hat Angst davor, verletzt zu werden. Aber jene Menschen, die die Macht haben, dich zu verletzen, können dich auch bedingungslos lieben und deine Wunden heilen lassen, die dir von anderen hinzugefügt worden sind.

Es ist mir die größte Freude, von Jeremia geliebt zu werden, denn er ist alles, was ich in meinem Leben gewollt habe.

Als Mom in unsere Sichtweite kommt, küsse ich Jeremia noch einmal und lasse mich dann auf der Rückbank nieder, Mom setzt sich neben mich. Dieser Moment war trotzdem magisch. Meine Blicke treffen Jeremias immer wieder im Rückspiegel, und auch wenn die Trauer da ist, finde ich einen kleinen Funken Hoffnung und Dankbarkeit. Wir werden fliegen, Granny, aber wir brauchen noch Zeit, um uns zu trauen, die Flügel auszubreiten.

Kapitel Siebzig — Jeremia

Es sind nur noch zweieinhalb Stunden, bis wir ankommen. Ich bin die ganze Zeit einfach nur gefahren. Es gab mehrere Staus, weil wahrscheinlich viele für die Feiertage nach Hause zurückkehren möchten.

Auch für mich wird es eine Rückkehr sein, doch auf eine ganz andere Art. Es fühlt sich nicht an wie ein Abschied, denn willkommen war ich niemals. Ich bin zwar ein Anderson, doch mehr als diesen Namen habe ich niemals bekommen. Ich knibbele an meinen Fingernägeln, doch ich muss irgendetwas tun, um die Nervosität zu unterdrücken.

Es wird schon wieder dunkel draußen. Das ist dem langen Stau von vorhin geschuldet, und ich bin froh, dass der Verkehr aktuell wieder läuft. Ich sehe in den Rückspiegel, und ein kleines Lächeln bildet sich auf meinen Lippen. Die Frauen halten sich an den Händen und schlafen aneinandergekuschelt. Ich bin erleichtert, dass vor allem Amelias Mom schon seit mehreren Stunden schlummert.

Schmerz ist da, um gespürt zu werden, das hat uns Hazel Grace Lancaster aus *Das Schicksal ist ein mieser Verräter* beigebracht, und nie habe ich den Worten eines Teenagers so zugestimmt. Wir dürfen alle gerade weinen vor Schmerz, die Wunden werden immer wieder aufbrechen und bluten, und auch das ist in Ordnung.

Ich hätte niemals gedacht, dass ich es mal sagen werde, doch es ist okay, etwas zu fühlen.

Es ist in Ordnung, auch mal die Tränen rollen zu lassen. Man ist dann nicht automatisch ein schlechterer Mensch, auch wenn meine Eltern versucht haben, mir das viele Jahre einzutrichtern.

Amelia hat mir gesagt, dass sie mich liebt, und noch nie habe ich mich erfüllter gefühlt. Sie ist der Hafen, an dem ich angekommen bin, und ich weiß, dass ich sie auch liebe.

Kapitel Einundsiebzig — Amelia

Ich wache auf, als Jeremia mich gerade im Rückspiegel mustert. Es ist dunkel und ich runzele die Stirn.

„Ihr habt so schön geschlafen, da wollte ich niemanden wecken."

Ich rolle mit meinen Augen. „Du brauchst dringend eine Pause, Jeremia. Halte an und ich fahre den Rest."

Es sind gerade mal noch eineinhalb Stunden, dieser Mann ist verrückt, und zwar auf so viele Weisen. Jeremia nickt, und in wenigen Kilometern kommt auch ein kleiner Parkplatz, an dem wir tauschen können. Mom schläft weiterhin wie ein Stein, und ich streiche ihr kurz über das Haar, ehe ich auf den Fahrerplatz steige und Jeremia auf dem Beifahrersitz Platz nimmt.

Ich stelle ihn ein, weil Jeremias Beine zu lang sind und ich sonst eine Erhöhung für Kinder bräuchte, um überhaupt über das Lenkrad sehen zu können.

„Du Minion", sagt er.

Ich stecke ihm die Zunge heraus und boxe ihm gegen den Oberarm. „Ey, sei nicht so frech."

Er küsst mich kurz auf die Nase. Dann geht es los, und ich genieße das Gefühl, auf der Autobahn zu sein.

„Damals hat mir Grandpa das Autofahren beigebracht, auf dem Hinterhof der Cakery. Ich glaube, ich war zwölf."

„Das ist nicht dein Ernst, oder?"

„Doch, er hat gesagt, es ist wichtig, dass man als Frau zur Not allein nach Hause kommt.“

„Bei euch auf dem Dorf ist es wirklich sehr wichtig. Du hast aber schon einen Führerschein, oder, Miss Ray?“

Ich nicke. „Natürlich habe ich ihn später noch einmal ganz offiziell gemacht. Ich liebe es, Auto zu fahren, nur im Winter mag ich es nicht ganz so gerne.“

Jeremia nickt. „Man kann euren Winter auch nicht mit dem bei uns vergleichen. Wir hatten nie viel Schnee.“

„Wir ersticken daran.“

Jeremia grinst. „Ja, das habe ich gesehen. Immerhin hat mich die Kleinstadt so von meinem Weg abgebracht.“

Er hat recht. Eigentlich können wir dem Winter dafür dankbar sein, dass er das Auto lahmgelegt hat. Mein ganzes Leben hat sich geändert in diesen wenigen Tagen, und es fühlt sich an, als hätten wir eine völlig neue Welt aufgebaut.

„Dir ist bewusst, dass es danach kein Zurück gibt?“, murmele ich, und Jeremia weiß genau, was ich meine. Ihm steht ein Abschied bevor. Nach allem, was er bisher erzählt hat, wird es wahrscheinlich darauf hinauslaufen, dass er nicht wiederkommen kann.

„Ich möchte bei euch sein, Amelia. Ich kann mir ein Leben ohne dich nicht mehr vorstellen.“

Ich lächele und widerstehe dem Drang, ihn anzusehen. Blick auf die Straße, hat Opa immer gesagt. „Ich freue mich darüber. Ich möchte nur nicht, dass du etwas überstürzt. Immerhin ist es ein riesengroßer Schritt.“

Jeremia nimmt meine Hand kurz in seine. „Ich liebe dich, Amelia. Ich will einfach nur der Mann sein, der ich in Clarcton geworden bin. Ich möchte nicht mehr zurück und die Leute über den Tisch ziehen, das kann ich nicht mehr. Ich bin bereit für das hier."

Ich nicke und lächele. „Ich bin dir unglaublich dankbar dafür, dass du einfach alles aufgibst, um ein neues Leben zu beginnen."

„Nein, Amelia. Ich bin für die Chance dankbar, endlich leben zu dürfen und nicht mehr nur existieren zu müssen. Du lässt mich freier atmen als je zuvor. Ich freue mich auf das gemeinsame Leben mit dir, ich liebe dich."

Keine Worte könnten beschreiben, wie schnell mein Herz in diesem Moment schlägt und wie sehr ich ihn liebe, denn dies ist der Moment unserer Unendlichkeit.

Der Start eines gemeinsamen Lebens.

Kapitel Zweiundsiebzig — Jeremia

Es ist kurz nach sieben Uhr am Morgen des zweiundzwanzigsten Dezembers, als ich Amelia die Anweisung gebe, direkt auf das Firmengelände zu fahren. Mein Magen hat sich zu einem großen Klumpen zusammengezogen, der mir das Atmen erschwert.

Amelia parkt auf meinem Parkplatz, und es fühlt sich einfach nicht gut an, hierher zurückzukommen. Es fällt mir schwer, sie anzusehen. In ihren Augen entdecke ich die Sorge um mich, und auch wenn ich mich geschmeichelt fühle, weiß ich genau, dass sie berechtigt ist.

„Bist du bereit? Amelia legt beide Hände an meine Wangen, und ich schließe die Augen, versuche, ihre Ruhe auf mich zu übertragen. Am liebsten würde ich den Kopf schütteln, doch ich nicke.

„Ich muss allein da reingehen. Wartet bitte im Auto auf mich, es sollte nicht lange dauern." Das Zittern in meiner Stimme ist kaum hörbar.

Amelia sieht mir tief in die Augen. „Du musst da nicht ohne uns durch, Jeremia. Wir sind da."

Ich schüttle den Kopf, dann nicke ich und versuche, Worte zu finden, die sie nicht verletzen werden. „Das weiß ich, dafür bin ich euch unglaublich dankbar. Ich will euch nicht in diesem Gebäude haben, wenn ich einen Schlussstrich für mich ziehen muss, okay?" Ich küsse sie und sehe danach Amelias Mom an.

Sie nickt. „Amelia, er schafft das." Sie legt ihrer Tochter die Hand auf die Schulter, und ich steige aus dem Wagen. Es ist kalt, doch nicht so sehr wie in Clarcton. Wenn man von dort kommt, ist das Ganze hier ein wahres Kinderspiel.

Die Luft riecht städtisch, nicht so frisch wie im Dorf.

Ich halte mit zitternden Händen meine Zugangskarte an die Tür, die sich sofort öffnet, und trete ein. Nach nur zwei Schritten laufe ich meinen Eltern in die Arme. Sie sind erstaunt, und gleichzeitig erkenne ich den puren Hass in ihren Blicken. Gerade, als ich den Mund aufmachen will, trifft mich die Faust meines Vaters mitten auf der Nase.

Ich höre ein verräterisches Knacken und merke, wie warme Flüssigkeit über meinen Mund läuft. Er hat mir zur Begrüßung die Nase gebrochen, das habe ich nun auch nicht erwartet.

Ich versuche, den Schmerz zu ignorieren, und halte mir nur die Hand an die Nase, um die Blutung zu stillen. Ich sehe ihm in die Augen und finde nichts als pure Verachtung.

„Du hattest eine Aufgabe und hast unseren Namen in den Dreck gezogen", sagt er hart. „Was ist deine Entschuldigung dafür? Da du nicht tot bist, ist es mir eigentlich total egal, du bist eine Schande!"

Und da passiert es: Ich verliere die komplette Stärke, die ich mir in den letzten Wochen aufgebaut habe. Ich bin wieder der kleine Junge, bekomme keinen Ton heraus und sehe demütig zu Boden. Meine Stimme ist einfach versiegt, und mein Vater schubst mich. Ich taumele, weil ich es nicht erwartet habe. Er ist nie handgreiflich geworden, doch seine Worte sind das, was am meisten schmerzt.

Ich will schreien, will irgendetwas sagen, doch ich kann es nicht. Ich bringe keinen Ton heraus, weil er mir die Stimme nimmt.

„Sag etwas, du elendiger Dreckskerl. Wir hätten dich damals abtreiben sollen! Du liegst uns nur auf der Tasche und tust einen Dreck dafür! Es ist ekelhaft, dein Vater zu sein!"

Er stößt mich erneut, und ich falle hin, liege vor meinen Eltern auf dem Boden und spüre, wie sich die Tränen sammeln und mir über die Wangen rollen.

Sie haben gewonnen.

Kapitel Dreiundsiebzig — Amelia

Irgendetwas stimmt nicht. Jeremia ist schon lange in der Höhle der Löwen, und mein Bauchgefühl ist nicht gut. Etwas läuft schief.

Ich drehe mich zu meiner Mom um, die ebenfalls unruhig wirkt. „Wir sollten reingehen", sagen wir beide gleichzeitig, und unter anderen Umständen wäre es wohl an der Zeit zu lachen. Wir haben schon immer dieselben Empfindungen gehabt.

Gerade kommt ein Mitarbeiter hinaus, sodass wir uns unbemerkt einen Weg in die Firma bahnen können. Das Gebäude ist riesig und schüchtert mich ein, die Inneneinrichtung ist nobel, und langsam verstehe ich, warum Jeremia einen Kulturschock hatte, als er zu uns gekommen ist. Man kann diese Welt nicht mit unserer vergleichen, nicht einmal annähernd. Und dann höre ich die Worte eines fremden Mannes.

„Steh auf, du Bastard. Verschwinde von hier."

Mom und ich sehen uns nur einen Wimpernschlag lang an und beschleunigen unsere Schritte. Was ich erkenne, lässt mein Herz in tausende Teile zerspringen.

Jeremia liegt am Boden, seine Nase blutet, Kleidung und auch seine Hand sind rötlich verschmiert. Viel schlimmer aber sind die Tränen, die über sein Gesicht strömen. Zum ersten Mal sehe ich seine Eltern. Zumindest vermute ich stark, dass es seine Eltern sind. Der Mann sieht ihm verdammt ähnlich.

Seine Mutter steht neben ihm, ohne eine einzige Emotion in ihrem Blick. Ich sehe den Mann an, der wohl Jeremias Vater sein muss, und finde keinen Funken Liebe, nur Verachtung und Hass.

Ich schlucke. Das ist schlimmer als die Höhle der Löwen. Wir sind im Brunnen des Teufels gelandet.

Ich gehe zu Jeremia, knie mich neben ihn, und sehe etwas, das ich niemals zuvor erlebt habe: Meine Mom holt aus und knallt dem Idioten von Vater ihre Hand mitten ins Gesicht.

Ich höre sein Knurren. Auf seiner Wange prangt ein hellroter Abdruck. Ich muss mir das Grinsen verkneifen.

„Was fällt Ihnen ein, die Hand gegen Ihr Kind zu erheben? Das ist eine absolute Schande, Sie können froh sein, einen so tollen Sohn zu haben!" Meine Mom habe ich in den vielen Jahren meines Lebens noch kein einziges Mal so wütend erlebt, kein Mal hat sie so gerast vor Wut.

„Wer zur Hölle ist das denn?!", spuckt Jeremias Vater ihm entgegen. Ich sehe ihn nur an und schüttele den Kopf. Jeremia muss nichts sagen, doch er rappelt sich auf, und ich stelle mich neben ihn, nehme seine Hand, die nicht die Nase hält, in meine. Und Jeremia findet seine Worte wieder.

„Das ist die Familie, die ihr hättet sein sollen." Das Verletzte in seiner Stimme ist nicht zu überhören. Es wird Zeit brauchen, bis diese Wunde heilt, wenn sie überhaupt jemals heilen wird.

Mom stellt sich zu uns. Wir bilden eine Einheit, lassen uns nicht unterkriegen. „Wow, wegen einer kleinen, elendigen Schlampe und der Hure als Mutter hast du das Meeting ausfallen lassen? Es war ein Millionendeal, den wir wegen dir verpasst haben, du Vollidiot!"

Jeremia lässt meine Hand los, packt seinen Vater und drückt ihn an die Wand. Ich schlage mir beide Hände vor das Gesicht.

„Hör mir zu, Vater. Auch wenn es dich überhaupt nichts angeht, ich war im Schneesturm gefangen und bin nicht weitergekommen. Diese Familie hat mir Zuflucht gegeben, sonst wäre ich erfroren."

„Es wäre besser gewesen, dich tot zu sehen, als dass du dieses Meeting versaust."

Ich atme scharf ein und sehe seine Mutter an, flehe mit meinem Blick, dass sie etwas unternimmt, doch sie sieht mich noch nicht einmal an. Diese Frau ist wie ein Roboter, ich erkenne keine Gefühle.

„Ich werde die Firma verlassen, Dad. Ich ziehe zu Amelia und ihrer Familie."

Nun ist die Bombe geplatzt.

Kapitel Vierundsiebzig — Jeremia

„Verpiss dich. Du brauchst keinen Fuß mehr in unsere Nähe setzen. Der Geldhahn wird zugedreht und deine Karriere ist vorbei." Ich kenne diese Ausdrucksweisen von ihm nicht, normalerweise zügelt er sich immer. Die Wut hat überhandgenommen.

Die Worte meines Vaters richten gar nichts in mir an. Er hat mir bereits alles genommen, alles, was mich ausgemacht hat.

Ich sehe zu meiner Mom, erkenne in ihren Augen nur ein kurzes Aufblitzen, doch es ist so schnell wieder weg, dass ich es mir wahrscheinlich eingebildet habe.

„Du solltest gehen", haucht sie.

Ihre ersten und letzten Worte, und sie treiben mir die Tränen in die Augen, doch ich schlucke sie schnell herunter.

„Lebt wohl."

„Wir haben dich nie geliebt, Jeremia. Auch wenn du immer um unsere Liebe gebuhlt hast, es war nie genug." Vater.

Nach diesen Worten verschwimmt meine Sicht und ich erlebe alles nur noch in Trance. Sie rufen mir nicht hinterher, sie lassen mich einfach ziehen, und auch, wenn ich mir das so gewünscht habe, ist der Schmerz unfassbar groß. Ich funktioniere und atme, existiere nur noch. Aber ich lebe nicht mehr.

Ich gebe Amelia die Adresse meiner Wohnung, lotse sie dorthin, und gemeinsam räumen wir das Nötigste ins Auto. Ich fühle mich leer, spüre nicht einmal die wärmenden Berührungen von Amelia. Ich höre ihre Worte nur wie durch einen Schleier, denn nichts zu fühlen ist gerade besser, als den Schmerz zuzulassen.

Die Rückfahrt bekomme ich kaum mit, weil ich auf der Rückbank sitze und entweder vor mich hinstarre oder immer wieder einschlafe. Ich habe seit unserem Aufbruch kein Wort mehr gesprochen, und ich finde auch keine über das, was passiert ist. Ich bin ein Mensch, der immer gut mit Fakten klargekommen ist, doch nun habe ich das Gefühl, es gibt keine. Wobei, doch:

1. Ich habe meine Familie verloren.

2. Mein Vater hat mir meine Ehre genommen.

3. Meine Verletzlichkeit wurde mit Füßen getreten.

Ich fasse mir an die Brust, um den Schmerz zu lindern, der dort sitzt. Ich habe viel erwartet, doch so, wie es gelaufen ist, war es noch viel schlimmer als in meinen Befürchtungen. Keine Ahnung, ob es besser gewesen wäre, wenn meine Mom auch nur einen Ton gesagt hätte. Aber ihr Schweigen hat den Dolch, den mir mein Vater in die Brust gerammt hat, umgedreht.

Ich will vergessen, meine Vergangenheit streichen. Ich taste in der Dunkelheit, in die ich gefallen bin, nach Amelias Hand, und als sich ihre Finger um meine schließen, da sehe ich einen winzigen Lichtstrahl.

Es wird dauern, doch das Licht ist stärker als die Dunkelheit.

Kapitel Fünfundsiebzig — Amelia

Drei Wochen später

Ich sehe in den Spiegel, trage die leuchtendsten Farben, genau wie Granny es sich gewünscht hat, doch ich bin müde. Schwarz ist die Farbe der Trauer, und irgendwie verstehe ich es auch, denn an dem Tag, an dem man einen geliebten Menschen verabschiedet, sieht man die Welt nicht bunt.

Ich spüre Jeremias Hand auf meiner Schulter und seinen Kuss auf meiner Schläfe. „Wir schaffen das, Honey."

Ich nicke und sehe in seine Augen. Dort finde ich alles: die Schatten der vergangenen Wochen, die Tränen, die an diesem Tag zur Normalität gehören, und die Stärke, die er mir schenkt.

Wir gehen gemeinsam mit Mom das kurze Stück bis zum Friedhof, und der Anblick verschlägt mir den Atem. Es stehen unglaublich viele Leute vor der Kirche, alle haben Kuchen oder Gebäckstücke in den Händen, und vor allem strahlen alle in den hellsten Farben.

Ich schlage mir die Hand vor den Mund und schluchze auf. Es ist wunderschön. Wir gehen durch die Menge, die sich für uns teilt, und entdecke so viele Menschen von der Weihnachtsparty.

Ich kann nicht anders, und auch wenn ich es nie erwartet habe, lächle ich, denn die Sonnenstrahlen kämpfen sich heute durch die Wolken.

Das neue Jahr startet mit einem klaren Winter. Ich sehe nach oben und glaube, zwei Silhouetten zu erkennen: eine alte Dame auf den Armen eines Mannes. Ihre Lippen sind vereint und im Hintergrund sieht man Kuchen im Backofen.

Sie sind vereint, und auch wenn es schwierig wird, auf Wiedersehen zu sagen, so ist es kein Abschied für immer.

Eines Tages, Granny, da werden wir dort oben stehen und gemeinsam backen, das verspreche ich.

Die Kirche ist voll bis auf den letzten Platz und ich sehe nach vorne, zu dem Bild neben der Urne. Es wurde auf der Weihnachtsparty aufgenommen. Ein Journalist hat es uns zugesandt, als er vom Trauerfall in der Familie gehört hat.

Es könnte nicht treffender sein: Dort sieht man eine lebensfrohe, alte Dame, die herzlich lachend in einen Cupcake beißt. Das Strahlen in ihren Augen erleuchtet alles.

Niemand hätte bei diesem Bild geahnt, dass sie in dieser Nacht von uns gehen würde.

Die Worte des Pfarrers bekomme ich nicht wirklich mit, weil ich von dem Bild total fasziniert bin. Krokodilstränen laufen über meine Wangen, doch ich fühle es: Granny ist hier und beschützt uns.

Jeremia erhebt sich und geht an das Rednerpult. Das wusste ich nicht. Wir wollten eigentlich nichts sagen, doch als ich Mom ansehe und sie meine Hand in ihre nimmt, wird mir klar, dass sie es wusste.

„Mein Name ist Jeremia Anderson. Ich bin der Lebenspartner von Amelia Ray, der Enkelin von Catherine, und ich habe die Ehre, heute etwas sagen zu dürfen." Er räuspert sich kurz und ich schließe die Augen, als seine Worte die schönsten Bilder in meinem Kopf erzeugen. „Ich habe Catherine in einer Nacht kennengelernt, als hier ein Schneesturm getobt hat und mein Wagen liegengeblieben ist. Ich dachte nur, welch eine verrückte, alte Dame". Alle lachen. Es fühlt sich falsch an, doch auch mir entkommt ein kurzes Schnauben.

„Ich habe seitdem unschlagbare acht Kilo zugenommen, und ich sage Ihnen: Wenn diese Familie etwas kann, ist es kochen und backen." Erneutes Gelächter. „Aber wissen Sie, was mir alles bedeutet? Dass mir diese Frau gezeigt hat, wie es ist, eine Familie zu haben. Ich habe sofort gespürt, dass bei den Rays bedingungslos geliebt wird, und ich könnte nicht dankbarer sein, dass ich Catherine kennenlernen durfte und nun die Ehre habe, mit Amelia und ihrer Mutter die Cakery weiterzuführen." Die Menge atmet erleichtert auf und ich bin ein wenig stolz darauf. „Ich habe noch eine kleine Überraschung vorbereitet und bitte Sie alle, mitzumachen. Komm her, Prinzessin."

Ich runzele die Stirn und sehe ihn verwundert an. Er beugt sich hinunter, und ich sehe das kleine Mädchen von der Feier wieder. Jeremia nimmt es auf den Arm, und Jeff tritt nach vorn. Er hat die Gitarre in der Hand und wischt sich über die Augen.

Ich schlucke. Das kleine Mädchen trägt ein geblümtes Kleid, und selbst Jeff hat für diesen Tag ein rotes Hemd gewählt.

„Ihnen mag es ein wenig seltsam erscheinen, doch ich
erinnere mich gerne an den Moment, als wir gemeinsam gesungen haben. Kleines, sag ihnen, was wir singen.“ Jeremia hält sie so, dass sie mit ihrem kleinen
Mund in die Nähe des Mikrofons kommt.
„Santa Claus Is Coming to Town.“
Als die Gitarrenklänge einsetzen und die ganze Kirche anfängt, das Lied zu singen, kann ich zum ersten
Mal wieder atmen. Denn ich sehe Granny vorne stehen,
Hand in Hand mit Granddad, fröhlich singend und sich
der Musik hingebend. Sie zwinkert mir zu, und in diesem Augenblick weiß ich, dass wir es schaffen werden
und alles gutgehen wird.

Weihnachten – ein Jahr später

Ich trage einen Weihnachtspullover mit einem Rudolph, der eine blinkende rote Nase hat. Der Mann, der bis vor gut einem Jahr nur Anzüge getragen hat, trägt nun einen Pulli. Das darf man wirklich niemandem erzählen.

Heute ist das erste Weihnachten ohne Granny, und auch wenn wir jeden Tag an sie denken, so wird der Schmerz langsam schwächer. „Seid ihr bereit?" Ich sehe Amelias Mom an, die sich im vergangenen Jahr total verändert hat. Sie trägt ihr Haar kürzer, aber das Schönste ist ihre Hand, die sie mit der ihres Partners verschränkt hat. Er heißt Joseph und ist der neue Postbote von Clarcton, seine Frau ist verstorben, da brauchte er einen Neuanfang und ist hergezogen. Sie haben sich in der Cakery kennengelernt, und zum ersten Mal sehe ich diese Frau vollkommen glücklich.

Dann blicke ich zu der Frau an meiner Seite. Amelia trägt natürlich ein Weihnachtskleid, und ich muss grinsen, als ich an das erste Mal denke, als wir uns gesehen haben. Niemals hätte ich gedacht, dass ich sie so sehr lieben kann.

Auch Anna ist gekommen, Amelias beste Freundin. Sie haben im letzten Jahr viel miteinander gesprochen,

und dieses Mädchen ist so verdammt verrückt. Aber A-
melia mag sie, also tue ich das auch.

„Wir sind bereit." Amelia nimmt meine Hand und wir
gehen in Richtung Backstube. Heute Morgen haben wir
Granny und Granddad das Weihnachtsgeschenk, ein
Fotoalbum mit einer Fotografie von jedem Monat in
diesem Jahr, auf das Grab gelegt, und ich habe mich
umarmt gefühlt von beiden.

„Ich muss dir die Augen verbinden, sonst ist es keine
Überraschung." Amelia sieht mich an und ich runzele
die Stirn.

„Es ist Bescherung, mir ist bewusst, dass es ein Geschenk geben wird."

„Baby. Bitte. Vertrau mir."

Ich rolle mit den Augen und ernte einen Schlag auf
den Oberarm, als ich mich zu ihr beuge. „Überzeuge
mich davon, dass die Augenbinde uns später mehr
Spaß bereiten wird."

Sie wird knallrot und ich muss grinsen, als sie mich
küsst, weil ich sie auch nach einem Jahr noch verlegen
machen kann.

„Dreh dich jetzt um", befiehlt sie.

Ich gehorche, weil ich dieser Frau sowieso nichts ab-
schlagen kann. Sie verbindet mir die Augen, und tatsächlich sehe ich nichts mehr. Ich bin nervös. Was hat
sie nur geplant? Wir gehen ein paar Schritte vorwärts,
ich vertraue ihr, doch angesichts der Schlittenfahrt damals könnte das wieder in einer Katastrophe enden.

„Bist du bereit?"

Wir scheinen in der Backstube zu stehen, und ich nicke. Der Duft von Zimtsternen dringt an meine Nase,

und ich erinnere mich daran, wie wir sie vergangenes Jahr gebacken haben.

Dann nimmt sie mir die Augenbinde ab, und ich muss mich kurz orientieren. Vor mir liegen viele kleine Zimtsterne, doch vor allem die anderen Kekse verursachen mir Tränen und ein klopfendes Herz. Es sind Schnuller, Störche und Kinderwagen. Das darf nicht wahr sein.

Ich sehe Amelia an, und in ihren Augen erkenne ich die Wahrheit. „Ich werde Vater?", hauche ich fassungslos.

„Merry Christmas, Daddy."

Ich blicke zu Amelias Mom, der die Tränen hinunterlaufen, nehme meine Freundin auf die Arme und hebe sie hoch. Sie quietscht auf, und ich kann meine Freude nicht in Worte fassen. „Geht es euch gut? Seit wann weißt du es?" Ich stelle sie wieder ab, knie mich vor sie und lege eine Hand auf ihren Bauch.

„Seit einer Woche, es geht uns hervorragend. Ich bin bereits in der neunten Woche."

Ich küsse ihren Bauch und die Tränen rinnen über meine Wangen, Tränen der Freude.

„Ich werde dich so sehr lieben, kleiner Schatz." Ich küsse erneut ihren Bauch und nehme ihre Hand in meine. Meine Überraschung fühlt sich nun mickrig an nach ihrer, aber ich muss es tun. Die Ringschatulle in meiner Hosentasche kommt mir schwer vor, und ich sehe in Amelias Augen. „Amelia Ray. Wir haben im letzten Jahr unglaubliche Dinge erlebt. Wir mussten Hürden überwinden und sind oft gefallen. Du bist die tollste Geschäftsführerin für die Cakery geworden, und ich bin froh, dass ich an deiner Seite bin. Du hast den Award gewonnen für die Bäckerin des Jahres und hast mich in jedem Moment an deiner Seite gehabt. Du wirst die Mutter unsers Wunders sein und nun könntest du das Glück perfekt machen. Deshalb möchte ich dich fragen ..." Ich krame in meiner Hosentasche, und sie schlägt die Hand vor den Mund.

„Jeremia?"

Ich lächele und öffne die Ringschatulle. „Würdet ihr beide mir die große Ehre erweisen, eine Familie zu werden? Willst du mich heiraten?"

„Ja."

Mehr als dieses Wort braucht es nicht, dass ich aufstehe, sie an mich ziehe und küsse. Nun ist das Glück wirklich perfekt.

Wir sehen aus der Backstube und entdecken eine Sternschnuppe am Himmel.

Danke, Granny, dass du mir die Ehre erweist, diese Frau heiraten zu dürfen.

Danksagung

Wow ... Das ist es also, mein erstes Buch. Ich könnte stolzer nicht sein und hoffe sehr, dass ihr die Liebe und Familie in der Geschichte genauso fühlt wie ich.
Trotzdem wird es natürlich auch Zeit manchen Menschen Danke zu sagen.
Danke an Alisha Bionda von der Agentur Ashera, die an meine Geschichten glaubt und Jeremia und Amelia das Haus gegeben haben, nämlich hier beim dp Verlag.
Ein riesengroßes Danke an das komplette Team. Allen voran Francesca Hintz: Du hast dich so super um mich gekümmert. Die Zusammenarbeit war reibungslos und ich könnte glücklicher nicht sein, als dass ich bei euch mein erstes Buch veröffentlichen darf.
Danke an Steffi Lasthaus, Lektorin der Geschichte. Es tut mir leid, dass die Protagonisten immer gelacht, gelächelt oder gegrinst haben ... Ich weiß, damit hab ich dich zur Weißglut gebracht ... Ein Lächeln an Dich!
Danke einfach an alle, die hinter der Veröffentlichung der Geschichte stecken.

Nun aber zu den persönlichen Dankeschöns.
Danke an Robin, meinen Begleiter, meinen Anker, meine Stütze. Danke, dass du mir immer wieder in den Hintern getreten hast, wenn ich schreiben sollte, aber

wieder mal lieber geschlafen hätte. Du bist der wichtigste Mensch für mich. Ich liebe dich.

Danke Mama und Papa, dafür dass ihr mir niemals meine Kreativität verweigert habt sondern mich gefördert. Für die vielen Geschichten, die wir in der Kindheit entdeckt haben. Danke.

Larissa? Ohne dich hätte ich wohl irgendwann einfach aufgegeben, du gibst mir immer wieder Rückmeldung um die absurdesten Uhrzeiten und zu den kürzesten Texten. Das ist so unglaublich viel wert. Du wirst immer meine Schreibseelenverwandte sein.

Und zum Schluss: Da danke ich dir. Danke, dass du meinem Buch eine Chance gegeben hast. Danke, dass du nach Clarcton gekommen bist, ich würde mich sehr über deine Reaktion auf das Buch freuen.

Wenn du Redebedarf hast, immer her damit.

Melody Rose
(Herbst 2024)

Cupcake-Rezept

Liebe Leserinnen,
Liebe Leser,
um euch ein wenig Cakery-Feeling für zuhause zu liefern, habe ich ein Rezept für leckere Cupcakes, um euch die Lesezeit zu versüßen. Viel Spaß beim Nachbacken!

Für die Muffins:
- 3 Eier
- 200g feinherbe oder zartbittere Schokolade
- 100g Butter/Margarine
- 100g brauner Zucker
- 200ml Milch oder Milchalternative
- 200g Mehl nach Wahl, falls ihr Dinkelmehl benutzt, dann die Flüssigkeit anpassen
- 1 Päckchen Backpulver
- 1 EL Tonkabohnenpaste

Für die Quarkcreme:
- 50g Schlagsahne
- 100g Doppelrahm Frischkäse
- 125g Speisequark
- 1 EL Zucker
- circa 1 EL Zitronensaft

Für das Topping
- 150 g Frischkäse
- 150 g weiche Butter
- 150 g Puderzucker
- 4 EL Kirschmarmelade
- Eventuell rote Lebensmittelfarbe, wenn ihr farbintensivere Cupcakes servieren möchtet

1. Legt schon mal die Butter für euer Frosting raus, damit sie schön weich wird. Außerdem könnt ihr den Ofen auf 200 Grad Ober-/Unterhitze vorheizen, bei Umluft müsst ihr entsprechend die Temperatur anpassen.
2. Circa 150g der Schokolade in Stücke brechen und mit der Butter/Margarine in eine Schüssel geben. Das Ganze nun über dem Wasserbad schmelzen – ich habe die Mikrowelle genommen. 3 Intervalle à 30 Sekunden bei 800 Watt, dazwischen immer wieder umrühren.
3. Die Eier mit der Milch und dem Zucker schaumig mixen.
4. Schokoladen-Butter-Mischung dazu geben und weiter rühren.
5. Mehl und Backpulver dazu mischen, nicht zu lange rühren, damit sie fluffig werden. Ich habe es auf höchster Geschwindigkeit in der Küchenmaschine für 10 Sekunden gemixt.
6. Die restliche Schokolade hacken und dann unterheben.
7. In Muffinförmchen geben, bei mir werden es 12 große Muffins.

8. Für 15 Minuten in den Backofen, dann Stäbchenprobe durchführen um zu testen, ob sie durch sind und ggf. die Backzeit anpassen.

Frischkäsefüllung:

1. Schlagsahne am besten mit einem Schneebesen per Hand steif schlagen.
2. Frischkäse und Magerquark hinzufügen und unterrühren.
3. Zucker dazugeben und dann noch Zitronenpaste oder Zitronensaft nach Geschmack dazu geben. Einfach abschmecken.
4. Kaltstellen, bis die Muffins vollkommen ausgekühlt sind.

Kirsch-Frosting:

1. Achtet darauf, dass die Zutaten alle dieselbe Temperatur haben.
2. Die weiche Butter aufschlagen, bis sie hellweiß wird.
3. Puderzucker dazu geben und weiter rühren
4. Mit einem Löffel/Schneebesen den Frischkäse dazu geben, dann die Kirschmarmelade.
5. Ggf. Lebensmittelfarbe hinzufügen
6. Kaltstellen
7. Die ausgekühlten Muffins zur Hand nehmen und mithilfe eines Apfelausstechers in der Mitte ein Loch hineinmachen.
8. Die Frischkäsecreme einfüllen.
9. Das Topping drauf spritzen und servieren.

Ich freue mich auf Fotos eurer Leckereien an melody.rose.autorin@outlook.com oder über Instagram @melodyrose.autorin unter dem Hashtag #ClarctonsCakery und bedanke mich hier nochmal herzlich für die Unterstützung.

Eure Melody